후 두 시의

절한 이웃

오후 두 시의
친절한 이웃

이선우 소설

청색종이

오후 두 시의
친절한 이웃

이선우 소설

매번 느끼지만 인생은 의중과는 다르게 흘러간다.

첫 소설집이 세상에 나올 때 더 바랄 게 없다고 생각했다. 늦게 시작한 소설 쓰기, 이것만도 됐다 싶었다. 그때는 정말 그랬다. 그런데 어언 두 번째 소설집을 내게 됐다,

웬걸, 두 번째 소설집에 들어가지 못한 소설들을 〈세 번째 소설집〉이라는 파일 이름으로 노트북에 저장하고 있는 변화무쌍한 내 욕심 앞에서 웃음이 나왔다.

나의 욕심이 나만을 위한 것이 아니라 어딘가에 있을 독자를 위한 선량한 욕심이기를 간절한 마음으로 바랄 뿐이다.

심신이 지쳐 있을 때가 있었다. 그때 소설 쓰기를 시작했다. 결핍의 시간이 아니었다면 복잡한 일상을 뒤로하고 소설을 썼을까, 바꿔 말하면 내 소설이 누군가에게 큰 위로가 되지 못했더라도 이미 내게 위로가 됐으니 큰 몫을 한 거였다. 그럼에도 내 소설이 누군가에게 위로가 될 수 있다면, 잠깐이라도 그렇구나, 공감을 한다면, 고맙고 행복하겠다.

가까운 친구 가족이 불의의 사고로 갑작스럽게 세상을 떠

났다. 떠나기 이틀 전에 부재중 전화가 찍힌 것을 내일로 미루다 끝내… 받지 못한 전화가 지금도 가슴에서 울린다. 아녜스 가족의 평온한 안식을 위해 두 손을 모은다.

우리에게는 내일이 존재하지 않음을 새삼 깨닫게 했다. 소설도 오늘이 마지막 날이라는 마음으로 써야 한다고 다짐하지만 게으름의 하수인이 되어버린 나는 늘 내일을 기약한다. 그래서 언제나 괴롭다.

소설집을 준비하면서 기분이 묘했다. 처음 쓸 때처럼 막막해서 낯설었고, 써놓은 소설이 생경스러워 당황했다. 때로는 기억력이 떨어져 무서워서 움츠러들었다. 감정이 널뛰는 경험이 두려워 퇴고하던 소설을 한참 밀어놓았다. 고요히 생각하니 내가 쓴 소설이 세상으로 나가는 게 두려운 거였다. 눈을 잠시 감았다. 어쩌겠는가. 눈을 뜨고 돌아서 보니 오히려 소설이 나를 다독였다. 미안하고 고맙다.

작은 창문을 열면 오솔길을 사이에 두고 저수지가 펼쳐진 집에서 스무 해를 넘게 살았다. 태풍과 비바람에 제법 울 줄 아는 꽤 큰 저수지는 어린 시절 내 곤고한 영혼을 조용히 위로했다. 저수지 가에 죽 늘어선 가녀린 수양버들과 지천으로 핀 이름모를 들꽃을 바라보기만 해도 저절로 고요해지던 시절, 구차한 변명, 얄팍한 위로, 그런 거 없이도 저수지를 바라보는 것으로 충분한 시절이었다. 깊이를 알 수 없는 검은 저수지가 왜 위로가 되었는지 설명하라면 어렵다. 그냥 물장구치며 놀던 곳, 손등이 갈라지고 동상으로 부어올라도 멈출 수 없던 놀이터였다고만 말할 수 있을 뿐. 그래서 물이 있는 곳이면 어디든 좋다. 강이고 바다고 어디든 뛰어들고 싶어 미친다. 비도 눈도, 물이면 다 좋다.

이번 소설집에도 저수지나 호수가 세 편에 등장한다. 비바람과 세찬 눈보라도 많은 작품에 등장한다. 참아지지 않는 그리움이 불쑥 고개를 들면 소설 속으로 소환시켜 썼다. 앞으로 얼마나 저수지를 소환시킬지 나도 모르겠다. 아직 내 가슴에서 출렁이고 있으니까.

한참 힘든 고비가 있을 때 내민 손을 뿌리치지 않고 잡아 주신 청색종이 대표님께 진심으로 감사드린다. 무궁한 발전을 마음 깊이 기도하겠다. 안타까울 만큼 바쁜 일상을 알기에 양진채 소설가의 해설은 한층 값지다. 잊지 않을 것이다.

가을 하늘이 유난히 높다.

2022년 가을
이선우

오후 두 시의 친절한 이웃

노인은 급하게 고개를 창으로 돌렸다. 창밖을 주시하는 눈
동자가 불안하다. 회백색 스포츠머리 아래 자글거리는 노인
의 얼굴에 잔잔한 경련이 인다. 인기척은 사내가 아니고 눈보
라를 동반한 세찬 바람이라는 것을 안 뒤 보행보조기 손잡이
를 거머쥐었던 깡마른 손을 뻗어 요동치는 심장을 지그시 누
른다. 노인은 사내가 오지 않는 시간이 길어질수록 어떤 일의
전조 같아 더욱 불안해졌다.

　　다시 아랫도리가 묵직하더니 뭔가가 흐른다. 어제 먹은 우
유가 화근이었다. 배가 아픈 뒤로 혹시 하는 마음에 들여다본
우유 유통기한은 닷새나 지나 있었다. 보행보조기에 의지한
몸은 마음 같지 않아 화장실로 가는 동안 똥이나 오줌이 힘없
이 샜다. 오늘만 해도 아침부터 세 차례나 속옷을 갈아입었다.

노인은 화장실을 다녀온 뒤 보행보조기에 몸을 밀착하고 안방으로 갔다. 안방도 밖의 싸늘한 온도와 별반 다르지 않았다. 침대 위에 널브러진 옷가지를 한편으로 밀치고 풀썩 주저앉았다. 노인은 목욕탕에서 넘어져 엉덩이뼈에 철심을 박은 뒤로 바닥에 앉는 것이 불가능해져 1인용 침대를 구입했다. 의사는 걸을 수 없을 거라고 확언했다. 이렇게라도 걸을 수 있는 것만도 천운이라 생각하자 노인의 얼굴에 안도의 미소가 잠깐 스쳤다.

다치기 전 노인은 빈 땅에 푸성귀도 심고 남의 집 농사도 도왔다. 사내가 나타나 일상에 균열을 만들지 않았다면 그럭저럭 살만했다.

노인은 천천히 움직여 바지 벨트를 풀었다. 바지가 깡마른 장딴지를 타고 방바닥으로 흘러내리자 벨트에 붙은 금속음이 정적을 흔들었다. 흘러내린 바지에서 두 다리를 차례로 빼고 똥을 지린 팬티를 벗었다. 물휴지를 뽑아 아랫도리 구석구석을 닦았다. 노인은 거동이 불편한 이후 손쉽게 빼서 쓸 수 있는 물휴지가 죽은 아내의 손길처럼 더없이 고마웠다. 찬 물휴지가 아랫도리를 스칠 때마다 노인은 진저리를 치며 두 손으로 자신의 바짝 쪼그라든 성기를 감쌌다. 어린애 것만도 못하다니, 냉수마찰로 하루를 시작했고 오줌 줄기도 세찼던 지난 날을 떠올렸다. 아내의 속살만 스쳐도 아랫도리가 묵직해왔었다. 좀도둑을 때려눕혔던 기억도 끌려나왔다. 그때가 일흔 서 넛이었다. 그때만 해도 살아 있다는 것에 감사했고, 살고 싶다 는 욕망이 솟구쳤다. 이 모든 것이 불과 삼 년 전 일이었다.

노인은 신발 집게로 집은 팬티에 소름이 오소소 돋은 두 다 리를 차례로 넣고 끌어 올렸다. 엉덩이 양쪽을 번갈아 들썩이 며 바지를 추켜올리고 벨트를 채웠다. 바지 허리춤에 생긴 잔 주름을 내려다보자 당혹스러웠다. 수술 전까지 잘 맞던 바지 였다. 노인은 잔주름투성이인 허리춤이 어그러지고 쪼그라든 자신의 인생을 보는 것 같아 콧김을 길게 뿜어냈다.

노인은 거실로 나와 성에를 손바닥으로 문지르고 밖을 내 다봤다. 들녘에 쌓인 눈은 자신의 불안한 심사와 상관없이 평 화로워 보였다. 노인은 손이 닿지 않는 등을 안간힘을 다해 긁 적이다 말고 깜짝 놀라 보행보조기에 몸을 붙였다.

창, 창, 창, 현관문 두드리는 소리가 들렸다. 급할 것 없다는 듯 일정한 간격으로 두드리는 소리는 사내가 확실했다. 노인 은 습관적으로 벽시계를 올려다보았다. 오후 두 시였다. 재가 요양보호사가 돌아가는 시간을 꿰뚫고 있는 사내는 오후 두 시면 문을 두드렸다. 노인의 얼굴이 삽시간에 창백해졌다. 시 곗바늘을 꺾어놓고 싶다는 생각이 불끈 솟았다. 노인은 얼마 전부터 사내가 나타나는 오후 두 시 언저리에 오줌을 지렸다. 수 분간 미동 없이 섰던 노인은 갑자기 터져 나온 기침 때문에 새우처럼 등을 굽히고 기침이 멈추기를 기다렸다. 절대 포기하고 돌아가지 않을 사내를 너무도 잘 아는 노인은 현관문 손잡이를 천천히 비틀었다.

사내는 현관문을 열어젖히고 안으로 저벅저벅 걸어 들어와 자신의 어깨와 머리에 쌓였던 눈을 툭툭 털었다. 눈송이가 마룻바닥으로 화르르 날렸다. 사내의 행동이 새삼스러울 것도 없는데 노인은 오늘따라 사내가 끌고 온 찬 공기에 압도당한 듯 눈알도 못 굴리고 정면을 빤히 바라보았다. 사내는 노인을 향해 아무렇지 않게 깊게 목례했다.

"어제는 제가 부득이 서울 갈 일이 있어서 못 왔습니다. 궁금하셨죠?"

사내는 우스갯소리를 던지듯 활기차게 말했다. 노인은 사내의 가장된 활기 속에서 차디찬 표정을 놓치지 않았다. 별말을 다 하네, 제발 돌아가 주게, 노인은 목구멍까지 나온 말을 억지로 삼켰다.

"제가 그저께 넣어 둔 술 좀 꺼내겠습니다."

노인은 심하게 떨고 있는 자신을 향해 괜찮을 거야, 다독였다. 그리고 잠시 후 큰 결심이라도 한 듯 입을 열었다.

"오늘은 얼굴 봤으니 돌아가게. 내가 몸살기가 있는지 미열이 있다네. 좀 쉬어야겠어."

"어르신 집인데 쉰들 누가 말리겠어요? 저 개의치 마시고

쉬세요."

잠시 얼굴을 찌푸리던 사내는 허공에 대고 간단히 대답했다. 사내는 매일 하던 대로 냉장고에서 소주와 두부 부침, 계란말이를 꺼내 식탁에 벌렸다. 그리고 가스레인지 위의 김치찌개에 불꽃을 피웠다. 술상을 내려다보는 사내 얼굴에 만족한 미소가 번졌다.

밖은 좀 전과 달리 눈보라가 더욱 세차게 휘날렸다. 노인은 사내의 미소가 밖의 차고 사나운 날씨 같아 소름이 돋았다. 노인은 떨고 있는 자신을 감추기 위해 보조기를 힘차게 움켜쥐고 몸을 곧추세웠다.

노인도 사내가 반가울 때가 있었다. 아내가 죽은 뒤 한동안 미아가 된 기분이었다. 무엇을 먹어도, 어떤 일을 해도 비루해 보일 뿐이라고 생각했다. 집안은 아내의 화장품 냄새 대신 쿰쿰한 냄새가 떠다녔다. 노인의 속옷은 누렇게 변했고 거실바닥은 얼룩이 생겨 윤기가 사라졌다. 개수대에서도 시궁창 냄새가 올라왔다. 치매를 앓기 전까지 자상하고 알뜰하게 아우르던 아내의 빈자리는 노인의 흉내로는 너무도 부족했다.

혈색을 잃어가던 노인은 활기 넘치는 누구라도 자신의 옆에 있었으면 하는 바람이 간절했다. 그 무렵 사내가 나타난 거였다.

사내가 가져온 푸성귀와 노인이 정성껏 준비한 밥과 차를 나누며 농사에 관해 얘기를 나누었다. 생기가 돌고 사람 사는 집 같아 추운 겨울날 이불을 덮은 듯 온기가 돌았다. 아내가 죽은 뒤 처음으로 맛보는 안온함이었다. 자식이 생긴 듯 든든했다. 더는 외롭지 않아도 될 것 같아 암울했던 일상에 빛이 되어준 사내를 보면 힘이 솟았다. 노인은 특별할 것 없는 음식이라도 나눠 먹고 싶은 마음이 저절로 생겼다. 심지어 사내가 오지 않는 날은 기다려졌다.

사내와의 관계가 깊어질수록 노인의 생각은 빗나갔다. 친절과 과묵함은 연출이었다는 듯 술에 취한 사내는 험상궂게 돌변했다. 술이 깰 때까지 냉장고 문을 여닫으며 빈 술병으로 식탁과 마룻바닥을 천천히 두드리고 돌아다녔다. 휴대하고 다니는 칼로 무나 고구마, 과일 따위를 뭉텅뭉텅 잘랐다. 그러다 칼을 눈앞에 들어 올려 엄지와 검지 손끝으로 칼날을 훑어 내렸다. 노인은 모든 것이 격 없이 대해 준 자신 탓이라고 자책했다.

사내도 처음부터 주정뱅이는 아니었다. 중학교에서 아이들을 가르치다 귀농했다는 사내는 노인의 집 앞 밭에 사과대추 500그루를 심고 밭 귀퉁이에 컨테이너를 놓고 살았다. 4년 전 일이었다. 사내는 마을 사람들과도 임의롭게 잘 어울렸다.

사내가 키운 사과대추는 태풍을 동반한 강풍에 힘없이 떨어져 뒹굴었다. 첫 수확을 앞둔 가을이었다. 어린나무 절반이 가지가 부러지고 뽑혀나갔다. 사내는 천재지변을 사람이 어찌 막을 수 있겠냐며 허허거렸다. 그리고 뽑힌 나무를 다시 심었다. 거짓말처럼 그 다음해에는 더 큰 태풍이 몰려와 어린 사과대추나무를 덮쳤다. 사내는 밭두렁으로 뽑혀 나뒹구는 회생 불가능한 말라가는 나무를 망연히 지켜보다 드문드문 서 있는 나무까지 뽑아 팽개쳤다. 밭두렁에 떨어진 풋대추는 썩고 뭉크러져 냄새가 났다. 사내는 그때부터 자주 술에 취해 있었고 그가 키우던 뭉크러진 작물과 닮아갔다.

사내가 농부로의 꿈을 자연재해에 무참히 짓밟힌 뒤로 노인도 시무룩해졌다. 안쓰러운 마음에 색다른 음식이 있으면 사내와 나눴다. 사내는 반주로 시작한 한잔 술이 한 병이 되고 네다섯 병으로 늘어갔다. 노인 집에서 쓰러져 다음 날까지 내쳐 자는 날이 늘었다. 잠은 제집에 가서 자라고 깨우는 노인을 향해 내뱉은 사내의 음습한 말투와 날카로운 눈빛을 목도한 날의 공포는 지금껏 노인의 가슴에 각인되어 남았다.

술상 앞에서 사내는 노인을 획 돌아봤다. 그럴 리가 만무하다는 것을 알면서도 사내를 기억에서 끄집어내 난도질한 것이 들통난 듯 노인은 소스라치게 놀랐다. 식사하시죠. 사내는 통보에 가깝게 한마디 던지고 자신의 잔에 술을 가득 따랐다.

"덜어먹지 않고 그게 뭔가. 냄비째 들고 와서 숟가락을 첨 벙 담그고, 더럽게."

말을 하고 난 노인은 두려움에 다시 맥박이 빨라졌다. 빈 술 병이 두 병, 세 병 늘어가면서 사내의 얼굴은 붉어지고 말은 꼬이기 시작했다.

"어르신도 숟가락 하나 들고 오시면 되겠네요. 오늘따라 눈 발이 좋같습니다."

사내는 세워 둔 검정 비닐봉지 깊숙이 눈길을 꽂고 봉지 표 면을 손등으로 자르르 쓸어내렸다. 노인은 바로 뱉어냈던 말 을 쓸어 담을 수만 있다면, 후회가 밀려왔다. 오늘만큼은 모진 말을 해서라도 돌려보내리라 다짐했던 마음은 사내 앞에서 점점 쪼그라들었다.

"그만 마시게. 취했네."

마음을 다잡고 입을 연 노인의 한마디는 사내가 들을 수 있 게 한 말인지 의심할 정도로 작은 소리였다. 말을 뱉어낸 노인 은 사내와 눈이 마주치자 자신도 모르게 몸을 움찔했다. 사내 의 눈초리는 뭔가 잘못되어 가고 있다는 불길한 생각을 들게 했다. 노인이 본 사람 중에 술 취한 사내의 눈을 닮은 사람은 여태껏 보지 못했다. 노인이 다시 용기를 내 거칠게 한마디 던 졌다.

"젊은이가 되먹지 못하게 매번 남의 집에서 술에 취해 행패를 부리면 쓰나. 이제 그만 일어나게."

사내의 침묵은 백 마디 말보다 노인을 허둥거리게 만들었다. 노인은 자신이 사냥개 앞에 선 어린 짐승 같다고 생각했다. 차라리 마음대로 되지 않는 세상을 탓하며 어린양이라도 부린다면 잘 될 거라고, 희망을 갖고 노력하라고 등을 토닥여줬을 것이다. 작은 것이라도 나눠 먹고 나눠 쓰면 될 일이었다.

"매번 이럴 텐가? 오늘은 그만 마시라는 말 못 들었는가?"

노인은 목소리뿐 아니라 몸도 부들부들 떨고 있었다. 사내는 빈 술잔을 뚫어지게 내려다보다 빈 소주병을 식탁 바닥에 탁탁 내리치기 시작했다. 노인은 자신이 방정맞게 입을 열었다고 후회했다.

"어르신, 저 너무 무시하지 마세요. 세상도 좆같은데 어르신까지 그러시면 안 되시지요. 안 그렇습니까?"

중저음의 사내는 욕까지 상대방에게 정중하게 들리게 하는 재주가 있었다. 사내는 연거푸 냉장고 문을 세차게 열었다 닫기를 반복했다. 현관문을 두드리는 리듬과 닮아 있었다. 일정한 리듬을 듣고 있자니 노인은 구토가 날 듯 속이 메스꺼워졌다. 냉장고 문에서 나는 소음과 식탁 두드리는 소음 강도가 점점 세지는 동안 노인은 차라리 자신을 한 대 때리고 사라졌으면 바랐다.

"어르신이 생각해보세요. 제가 사 온 술, 얌전히 마시는 걸

행패라고 하시면 되겠습니까?"

노인의 턱밑에서 사내의 힘이 들어간 붉은 눈동자가 뒤룩거렸다. 술주정을 하다 지치면 방을 차지하고 누울 것이다. 노인은 오늘만큼은 다른 날처럼 당하지만은 않을 것이라 주먹을 불끈 쥐었다.

아직도 죽음이 두려운 게냐? 이 나이에 뭘 겁내는 것이냐, 노인은 침울한 표정으로 떨고 있는 자신에게 마음속으로 따지듯 묻고 또 물었다.

처음에 사내가 들고 온 술의 명분은 노인을 대접하기 위한 것이었다. 해수병이 지병인 노인에게 술은 독약과 같다고 했던 의사의 말을 표정까지 흉내내며 정중히 거절했다. 술을 냉장고에 두고 가겠다고 우기던 사내는 며칠 후 산낙지를 들고 와 소주 병목을 돌려 땄다. 노인은 그때만 해도 예의 바른 젊은이라는 생각에 안주 될 만한 것을 냉장고에서 몽땅 꺼내줬다. 그런데 언제부턴지 매번 술을 들고 와 냉장고를 뒤져 안주 될 만한 것을 꺼내 펼쳤다. 노인은 사내가 하는 행동이 일반적이지 않아 불편했지만 관계가 비틀릴까 염려되어 참았다.

지금 같은 외딴집이 아닌 아파트였다면 이웃이 무서워서라도 사내의 행패는 없었을 것이다. 당장 아파트로 이사 갈 수 없는 형편으로 만든 딸 내외를 생각하면 괘씸하고 원망스러웠다.

사위가 하던 사업이 어렵게 됐다며 딸이 찾아와 노인의 연금을 잠시 빌려 쓰자고 사정했다. 명분은 빌려 쓰고 곧 갚겠다고 했지만 협박에 가까웠다. 하나뿐인 딸 내외가 돈 냄새를 맡고 덤비는데 거절할 도리가 없어 연금을 일시불로 돌린 것이 화근이었다. 사위 사업이 건재하다는 말도 잠깐, 아예 사기혐의로 감방까지 갔으니, 노인은 그때 일은 떠올리기조차 싫었다. 그나마 빚잔치 전에 딸이 발 빠르게 아파트를 팔아 자신은 작은 빌라로 옮겨 앉고, 노인에게는 지금의 외딴집을 헐값에 사 새 유리창을 달고 간신히 매달려 있는 현관문을 바꿔줬다. 마음뿐이네요. 딸은 매번 죄인의 형상으로 황급히 전화를 끊었다. 서울 어느 번화가에서 빌딩 청소를 하러 다닌다고 들었을 뿐 얼굴조차 잊을 정도였다.

사내는 술병을 반복해서 마룻바닥에 또르르 굴리기 시작했다. 떨어진 술을 내놓으라는 신호였다. 사내는 본인이 다 먹어 치웠다는 것도, 노인이 나가서 사 올 형편이 아니라는 것도 잘 알았다. 노인은 치켜뜬 사내의 눈을 피하지 않았다. 사내에게 약해진 모습을 보이면 안 된다고 마음을 다잡으며 사내를 돌려보낼 방도를 생각했다. 사내는 비틀거리며 자리에서 일어나 양팔을 벌리고 제자리에서 빙글빙글 돌다가 엎어지면 다시 일어나 돌았다. 술값을 건네받기 전에는 하던 짓을 멈추지 않을 것임을 알기에 노인은 자신의 바지 주머니에서 만 원짜리 한 장을 꺼내 사내에게 건넸다. 술을 사러 나간 사내가 다시 돌아와 현관문을 두드릴 것은 분명했다. 오늘만큼은 절대 열어주지 않겠노라 다짐하며 세상과 단절하듯 문을 잠그고 걸쇠를 채웠다. 그리고 사내가 흰 눈밭 위를 비틀거리며 멀어져가는 창밖을 망연히 바라보았다.

사내가 두고 간 검정 비닐봉지가 노인의 눈에 들어왔다. 사내는 얼마 전부터 술이 모자라거나 기분이 언짢으면 검정 비닐봉지를 눈에 띄게 만지작거렸다.

"갖고 있는 게 대체 뭔가?"

"어르신한테는 필요치 않은 것이니 신경쓰지 마세요."

사내가 신경쓰지 않아도 된다니까 더 신경이 쓰였다. 어디에 쓰는 것인지 궁금했지만 알 필요 없다는 것을 구태여 돋보기를 쓰면서까지 보는 것도 노인한테는 용기가 필요했다. 어느 순간부터 그저 술병이려니 생각하니 마음이 편했다.

그것이 농약병이란 걸 알게 된 것은 사내가 술에 취해 쓰러져 있는 동안 방문한 사회복지사의 입을 통해 듣게 된 뒤였다.

"이것 때문에 어르신이 공포를 느끼시는데 위험한 것을 왜 갖고 다니세요?"

"몇 그루 남은 유실수에 주려고 사오다 들러서 그렇습니다."

사회복지사의 물음에 사내는 얼굴빛 하나 구기지 않고 대답했다. 차분하고 정중하기까지 했다.

"자네 제발 내 집에 안 와줬으면 좋겠네. 아주 불편해."

노인은 사회복지사가 옆에 있어 마음놓고 속엣말을 꺼냈다.

"어르신 상태를 보세요. 제가 어르신한테 뭔 짓을 할까 봐 걱정입니까?"

사내는 어이없다는 듯 양어깨를 으쓱거렸다. 거동이 불편한 노인을 위해 자신은 조력자가 되어준 죄밖에 없다고 겸손하게 조아렸다. 귀신같은 놈, 노인은 속으로 읊조렸다.

사내는 서두르는 법도, 말로 엄포를 놓지도 않았다. 문이 열릴 때까지 같은 간격으로 두드렸다. 맨정신의 사내는 그래도 괜찮았다. 만취의 사내는 현관문 여는 시간에 따라 반응이 달랐다. 길게 기다리게 한 날은 농약병을 식탁 위에 올려놓고 노인을 불쾌하게 만들 계략으로 침대에 벌렁 누웠다. 비교적 빨리 문이 열린 날은 마루에 누워 잘근잘근 대상 없는 욕지거리를 조용히 해댔다.

그것이 농약병인지 알고 난 뒤로도 노인은 자신의 집에 왜 그것을 들고 오는지 따져 묻지 못했다. 사내 눈빛으로 충분한 대답을 들었기 때문이었다.

사회복지사와 행정복지센터 민원실 역시 한결같은 대답으로 일관했다.

"점잖으신 분 같던데요? 농약을 사가지고 오던 중에 어르신

댁에 들렀다고 저랑 같이 들으셨잖아요? 어르신 적적하실까봐 자주 오시는 고마운 분이던데, 너무 예민하게 생각하지 마세요."

노인에게 돌아오는 것은 까다롭고 배은망덕한 늙은이란 눈초리만 돌아왔다. 그 뒤 노인은 전화하는 것을 멈췄다.

가끔 만나는 집배원에게도 사내에 대한 속마음을 어렵게 꺼냈다. 그래요? 그렇게 안 보이던데요. 평소 사내의 참한 인상 때문인지 건성으로 대답했다. 오히려 엄살이나 피우는 늙은이란 눈빛을 읽은 뒤로 그 짓도 그만뒀다. 사내는 노인에게 보냈던 냉정한 눈빛을 다른 사람 앞에서 교묘히 감추는 방법을 알고 있었다.

노인은 자신의 불안한 심사를 아무도 궁금해하지도, 믿으려 하지도 않는다는 것이 사내보다 더 무서웠다. 모두가 늙고 병든 자신에게 등을 돌렸고, 자신이 설 곳은 아무 곳도 없다는 생각이 공포로 덮쳤다.

노인도 사내와 사회복지사의 말대로 농약을 사오는 중에 자신의 집에 들어온 것이라고 믿으려 했다. 다음 날 어느 시골 마을에서 부부가 농약을 넣은 음료수를 먹고 죽었다는 뉴스를 봤다. 범인은 친분 있는 동네 사람이라고 했다. 그 뒤로 노인은 자주 들고 오는 사내의 농약병은 자신을 위협하고 급기야 해칠 수도 있다고 믿게 됐다.

노인은 사내가 검정 봉투를 들고 온 날은 사내의 기분을 건드리지 않으려고 애썼다. 애쓰면 애쓸수록 울화가 치밀었지만 알 수 없는 힘에 끌려 더욱 비굴해졌다. 그리고 술값도 주고 숨겨놨던 불고기도 내놨다.

노인은 사내가 아직 돌아오지 않는 것이 기이했다. 햇살이 비치는 곳만 유리창의 성에가 녹아 만들어진 원으로 밖을 내다보려는 순간 안을 들여다보는 사내의 검은 눈동자와 마주쳤다. 노인은 소스라치게 놀라 뒤로 한 발짝 물러났다. 심장이 요동치기 시작했다. 잠시 후 사내의 눈동자가 사라진 원 안에 현관문을 가리키는 사내의 검지가 나타났다. 노인은 주체할 수 없이 빨라지는 심장을 움켜쥐고 보조기를 움직여 안방 침대에 풀썩 주저앉았다. 가정용 호흡기를 입 가까이 대고 가쁜 호흡을 몰아냈다.

창, 창, 창, 사내는 일정한 간격으로 현관문을 두드렸다. 노인은 언제까지 사내에게 휘둘릴 수는 없다고 생각했다. 차라리 그놈 손에 죽어도 오늘만큼은 꼭 되돌려 보낼 것이라 두 주먹을 불끈 쥐었다. 노인은 호흡이 안정되자 현관문 두드리는 소리를 듣고 싶지 않아 양 손바닥으로 귀를 힘껏 덮었다.

노인은 사내가 술에 취해 하는 행동을 옆에서 지켜보지 않은 사회복지사와 주민자치센터 상담사의 일반적인 말을 떠올리자 다시 울화가 치밀었다.

거동이 불편하고 연고자가 없는 순서로 차례가 온다는 가톨릭재단의 보호시설에서 입소를 허락하는 연락을 받은 날은 더 담담하려 애썼다. 노력일 뿐이었다. 베로니카 수녀는 오랜 시간 노인을 설득했다. 시설에 가면 혼자가 아니어서 외롭지 않을 것이라는 말도 했다. 기댈 곳 없어 몸도 마음도 지치고 외로운 노인들이 서로를 거울처럼 들여다보고 위로하며 지내게 될 것이라는 거였다. 사내를 보지 않아도 된다는 것은 다행한 일이지만 노인은 고개를 저었다. 거울 속을 들여다보듯 스러져가는 자신과 같은 노인들을 마주보며 사는 것 또한 지금 못지않게 우울할 거라고 생각했다. 구부정하고 불편한 걸음걸이, 아픈 곳도 비슷할 것이고, 방마다 비슷한 시름 소리가 날 것이었다.

노인은 아내처럼 내 집에서 죽을 수 있기를 희망했다. 내 집에서 죽는다면 혼자 떠난다 해도 두렵지 않을 것 같았다. 그러나 노인의 옆에는 속을 알 수 없는 사내가 포진하고 있다는 것이 문제였다.

얼마가 흘렀을까, 노인은 상념을 떨쳐내듯 보조기를 잡고 침대에서 벌떡 일어났다. 창을 통해 본 먹색 하늘은 언제까지고 걷히지 않을 것처럼 보였다. 순간 현관문 두드리는 소리가 다시 들렸다. 노인은 매번 소스라치게 놀라는 자신이 더 놀라웠다. 두드리는 소리는 사내의 것과 달랐다. 노인을 부르는 소리로 봐서 분명히 사내는 아니었다. 비틀어 연 현관 밖에는 사회복지사가 서 있었다. 노인은 안도의 숨을 내몰았다.

"어르신, 무슨 일 있으세요? 종일 전화를 안 받으시기에 둘러볼 겸 왔습니다."

큰길에 차를 세워놓고 걸었다는 사회복지사가 현관 밖에서 머리와 어깨에 쌓인 눈을 털고 들어섰다.

"추운데 기다리게 해서 미안하구려. 그런데 밖에 누구 없었소?"

"매번 그런 말씀 하지 마세요. 거동이 불편하시잖아요. 그리고 밖에 아무도 없던데요, 누구 기다리세요? 아, 젊은 분 기다리시는군요."

노인은 사회복지사가 진심으로 사내를 자신의 조력자로 믿고 있다고 생각했다. 노인은 방전된 휴대전화를 충전기에 꽂았다. 사내에게서 걸려온 스무 통이 넘는 통화목록을 보면서 노인은 족쇄를 차고 있다고 느꼈다. 이놈이 왜 나한테 이러는 게야. 이 나쁜 놈. 노인은 가라앉지 않는 화를 어찌하지 못하고 중얼거렸다.

"길도 미끄러운데 뭘 일부러 예까지 왔는가. 잘 알겠으니 따뜻한 차라도 한 잔 마시고 가시게."

"괜찮습니다. 늦기 전에 돌아볼 데가 많아서요. 오늘 같은 날은 밖에 나오시면 절대 안 됩니다. 넘어지시면 큰 변 당하세요. 오늘은 젊은 분이 안 보이시네요? 바늘에 실처럼 옆에서 돌봐주시더니."

노인은 사회복지사가 사라진 험상궂은 밖을 망연히 바라보며 다시는 봄이 찾아오지 않을 것 같다는 막연한 생각이 들었다. 노인은 딱히 배가 고픈 것도 아니지만 배가 부르지도 않았다. 꼭 먹고 싶은 것도 없고 먹기 싫은 것도 없는, 먹는 것이 큰 고충이었다. 노인은 싱크대 앞에서 해야 할 것을 잊은 사람처럼 오래도록 서 있다 가스레인지 불을 켰다. 시퍼런 불꽃이 일순간에 솟구쳤다. 불꽃이 자신을 덮쳐버릴 것 같아 주전자를 올리고 주춤 뒤로 물러섰다. 노인은 불 앞에서 매번 놀라는 자신이 싫었다.

삼 년 전 죽은 아내는 노인과 반대로 불만 보면 덤벼들었다. 장식장 위에 세워 둔 나무 십자고상을 시퍼런 가스레인지 불꽃에 그슬리며 아내는 웃고 있었다. 하필 예수님이 십자가에 매달려 못 박힌 형상의 십자고상을 태우다니, 왜 하필 십자고상이냐고 노인은 묻지 못했다. 아내는 이미 인지 능력이 없는 상태였다. 노인은 십자고상에 묻은 그을음을 닦고 아내가 찾을 수 없게 서랍 깊숙이 넣었다. 아내를 화장실로 데려가 닦아주다 말고 노인은 다시 바닥에 주저앉았다. 아내의 사타구니 옷 위로 검붉은 피가 선명했다. 분명 아내의 음부에서 흘러나

온 피였다.

병원에서는 자궁경부암 말기라고 했다. 방사능 치료와 약물 치료로 기력이 소진되어 가는 아내의 항암 치료를 중단하게 한 것은 노인이었다. 그리고 아내를 죽을 때까지 보살핀 것도 노인이었다.

노인은 죽은 아내를 생각하면 자신이 더 큰 고통을 받다 죽어도 마땅하다고 자책했다. 죽어가는 아내 앞에서 자신이 겪는 고단함을 더 중하게 여겼다. 뭐든 쉽고 간편한 쪽으로만 몰고 갔다. 뭐가 먹고 싶은지, 어디를 가고 싶은지, 알고 싶지 않았다. 그냥 끼니를 때우게 하는 데 급급했고 치매환자에게 간절한 것은 없다고 생각했다. 때때로 아내 얼굴을 마주보면서 아내가 죽고 난 뒤 자신의 편안한 삶을 상상했다. 그때가 아내 나이 예순 후반이었다.

남들은 치매에 걸리면 밖으로 나간다는데 아내는 어디든 숨었다. 방문을 잠그고 옷장의 옷을 가위로 잘게 잘랐다. 이불장의 이불도 잘라 방안 가득 솜뭉치가 날아다녔다. 얼굴과 몸에 솜이 붙어 솜뭉치 같은 아내가 방그레 웃었다.

노인은 아내가 세상을 떠나던 날도 오늘처럼 먹색 하늘에서 눈이 펑펑 쏟아지고 바람이 세찼다는 것을 기억했다.

잠깐 집을 비운 사이였다. 노인이 장롱문을 열자 솜이 화르르 달려들었다. 아내는 장롱 안에서 이불을 가위로 잘게 자르고 솜뭉치를 뒤집어쓰고 죽어 있었다. 아내를 생각하니 다시 정리되지 않는 막연한 회한으로 복잡해졌다.

노인은 점점 세차지는 창밖의 눈발을 멍하니 바라보다 물이 끓어 와글거리는 주전자로 눈을 돌렸다. 주전자 물이 자신을 대신해서 신음하고 있다고 생각했다. 누룽지를 대접에 담고 끓는 물을 붓고 부드러워지기를 기다렸다.

어느 순간 노인의 눈에 부엌 창밖에서 검은 물체가 지나가는 것이 보였다. 아무리 성에가 끼었어도 분명 검은 물체였다. 노인은 다시 두려움이 엄습했다. 누룽지에 물을 부었다는 것도 잊은 채 들었던 수저를 부엌바닥에 떨어뜨렸다. 저놈이 왜 나한테만 저 짓을 할까, 다른 곳에서는 온순하다고 칭찬받는 놈이 왜 하필 나한테만. 어느 순간 긴 그림자가 유령처럼 스치더니 성에 낀 유리창에 입김을 불어 동그랗고 투명한 원을 만들고 들여다보는 사내의 성난 눈동자와 마주쳤다. 노인은 붉어진 얼굴로 뜨거운 주전자 물을 부엌 유리창에 냅다 뿌렸다. 성에가 가시고 남자 얼굴이 또렷이 창문에 양각처럼 드러남과 동시에 윽, 사내의 외마디 비명이 들렸다.

"이놈 썩 없어져."

노인은 사내를 향해 소리쳤다. 창밖의 사내 얼굴이 일그러졌다. 노인의 고함을 명확하게 들은 듯 보였다. 노인은 사내의 일그러진 얼굴을 더 마주할 용기가 없어 황급히 부엌을 빠져 나와 방으로 숨어들었다.

　노인은 쌓인 눈이 무거워 곧 부러질 것 같은 나무로 눈길이 갔다. 오늘만 해도 얌전히 내리던 눈이 눈보라로 바뀌기를 여러 번 반복했다. 노인은 변하는 날씨가 젊어서 휘돌아 치던 자신을 보는 것 같았다.

　직업군인으로 방방곡곡을 옮겨 다녔다. 딸이 친구를 만들 사이도 없이 전학을 다녀야 했고 아내는 관사와 전방 산동네를 전전하느라 마음 줄 이웃도 사귀지 못했다. 관사에 사는 동안 남편의 계급을 따져 아내들도 무언의 상하관계가 만들어졌다. 무던한 아내는 적응 잘하고 잘 지냈다.

　노인은 처음부터 직업군인이 되려 한 건 아니었다. 군대를 제대하면 아버지가 하던 구두 만드는 가업을 이을 생각이었다. 지문이 없어지고 접착제 냄새가 자욱한 가게 뒤편 공장 재봉틀 앞에서 일생을 살아온 아버지는 뇌출혈로 쓰러지고 돌아가셨다. 그때 노인은 직업군인으로 방향을 바꿨다.

　노인은 황혼에 지금과 같은 비루한 삶이 될 줄은 상상도 못했다. 앞으로 자신의 삶도 밖의 회백색 날씨와 다르지 않을 것이라 생각했다.

　노인은 자신이 사내를 완벽하게 쫓아냈다는 생각에 팔자주름이 깊은 입가에 미소가 번졌다. 그놈도 두려운 것이야. 노인은 자신감이 솟았다. 부엌으로 가 냉장고에서 김치를 꺼냈다.

어차피 육류나 마른반찬은 도둑고양이처럼 드나드는 사내가 모조리 먹어치웠다. 어르신은 반찬을 많이 드시네요. 아침만 해도 재가요양보호사가 노인을 의아하게 바라봤다.

노인은 누룽지탕을 홀홀 마셨다. 뜨거운 것이 들어가니 후들거리던 몸이 진정되는 듯했다.

프라이팬에 밥을 얇게 펴 은근한 불에 오래 구우면 누룽지가 만들어졌다. 누룽지는 밥맛이 없어도, 약을 먹어야 할 때도 요긴했다. 아내가 하는 것을 눈여겨보고 배운 것인데 노인은 누룽지탕을 뜨끈하게 마실 때마다 잘 배워뒀다고 생각했다.

사내가 술에 곯아떨어질 때까지 문을 계속 두드릴 거라는 노인의 생각은 적중했다. 쾅, 쾅, 쾅, 노인은 기겁을 해 보조기에 무너지듯 몸을 기댔다. 무엇보다 자신이 일부러 문을 열지 않는다는 것을 사내도 충분히 알게 됐다는 것이 검정 봉투 속 농약보다 두려웠다. 이제 와서 문을 열어준다 해도 바짝 약이 오른 성난 사내가 독을 품은 독사처럼 덤벼들어 마침내 자신은 서서히 죽임을 당할 것이 분명하다고 믿었다.

세상이 멈춘 듯한 적요를 뚫고 기침이 터져 나왔다. 자신의 기침 소리에도 놀라는 것에 부끄러움이 솟구쳤다. 한기가 몰려왔다. 바닥에 앉지 못하는 노인은 삼단 서랍장 가장 밑에 있던 잠바를 신발 집게로 꺼내 입었다. 그리고 보자기에 싸놓았던 절반은 타고 없어진 십자고상을 꺼내 품에 꼭 끌어안았다. 바짝 마른 낙엽처럼 켜켜이 쌓여 있는 누런 월급봉투도 꺼냈다. 아내가 모아놓은 것이었다. 돈을 뺐다 넣었다 수없이 망설였을 아내의 굵은 손마디가 떠올랐다. 딸 아이 입학식과 졸업식 사진 안에서 아내가 웃고 있었다.

노인은 신병일 때를 떠올렸다. 칠흑 같은 어둠 속에서 구덩이를 파고 들어가 총을 겨누고 있던 시절이었다. 어둠은 시간을 삼켜버리고 소리를 뱉어냈다. 자연의 소리를 누가 아름답다고 했던가. 어둠은 존재하는 모든 소리를 공포로 만들었다. 야간 산악전술훈련은 청년의 패기로 견뎠다 해도 어둠과 대치하고 선 보초병의 졸음은 죽음과 바꾸는 일이었다. 노인은 떨쳐버릴 수 없는 지금의 공포와 신병 때의 공포가 닮았다고 생각했다.

노인은 잠긴 현관을 다시 확인한 뒤 집안을 구석구석 훑어나갔다. 창으로 가 손바닥으로 빛을 가리고 밖을 내다봤다. 갑자기 사내의 눈동자가 나타날 것 같아 급하게 창가에서 물러났다. 아직도 두려움에 휘둘리는 자신이 잔망스럽다고 생각했다.

어르신 집은 외진 곳에 있어 죽어나간다 해도 아무도 알 수 없는 곳입니다. 붉은 습기를 먹은 눈동자를 굴리며 사내가 자주 하는 말이었다. 소설책을 읽듯 공손한 말투지만 음산한 눈빛까지는 감추지 못했다. 사내의 낮고 음침한 목소리를 떠올리자 걸쇠가 제대로 걸렸나 다시 확인하고 싶어졌다. 걸쇠는 단단히 걸려 있었다. 걸쇠도 사내의 느닷없는 출현에 겁을 먹고 달아놓은 것이었다. 노인은 반복하는 자신의 행동을 보며 불규칙하게 뛰는 심장을 지그시 눌렀다.

창, 창, 창, 현관문 두드리는 소리가 다시 들렸다. 소리로 보아 사내는 몹시 술에 취한 듯했다. 노인은 다시 호흡이 가쁘고 맥박이 빨라졌다.

"문 여세요. 좋게 말할 때 여시라고요. 약 올리면 어르신만 위험해집니다."

노인은 보조기를 움직여 안방으로 도망쳤다. 인공호흡기를 입에 대고 숨을 고르는 동안 노인의 어깨가 심하게 들썩였다. 날카로운 기침 소리는 벽으로 날아가 꽂혔다. 노인은 하던 호흡기를 내동댕이치고 불에 타다 만 십자고상을 꼭 끌어안고 주문을 외우듯 기도했다. 주님, 당신의 종 요셉을 불쌍히 여기시어 구원하소서. 불쌍히 여기시어 구원하소서. 불쌍히 여기시어 구원하소서. 기도는 기침 소리 사이사이에 섞여 방안으로 퍼져 나갔다.

노인은 장롱문을 열었다. 솜뭉치로 변했던 죽은 아내의 모습이 떠올랐다. 노인은 재빨리 장롱문을 닫고 화장실로 숨어들었다. 화장실은 유일하게 불빛이 밖으로 나가지 않는 곳이었다. 잠깐 안도하는 동안 노인은 다시 터져 나온 기침 소리가 밖으로 새어나갈까 두려워 자신의 입을 손으로 틀어막았다.

얼마가 흘렀을까, 기침도 잠잠하고 사위도 고요했다. 다시 현관 두드리는 소리가 들렸다. 이놈이 나를 피 말려 죽일 작정이구먼. 이놈을 그냥, 노인은 사내가 자신을 가지고 논다고 생각했다. 노인의 얼굴은 흥분과 초조한 빛이 역력했다. 모두에게 내성적이고 순종적인 사내가 유독 자신 앞에서 마음 놓고 난폭해지는 것은 세상 누구도 자신의 일상에 관심이 없다는 것을 알고 있기 때문이라고 생각했다. 순간 끌어안은 불에 탄 십자고상이 마치 아내의 손길이 되어 자신을 토닥이는 것 같았다. 어서 나가 사내에게 맞서라고 용기를 주는 듯했다.

그래, 그놈을 내 손으로 잡아 요절을 내고야 말겠어. 노인은 한순간 이해 못 할 오기가 치솟았다. 뒤뚱거리며 보행보조기를 밀어 현관으로 갔다. 노인은 현관문에 건 걸쇠를 풀다 말고 야릇한 신음 소리에 다시 멈칫했다. 걸쇠를 잡은 손끝이 미세하게 떨렸다. 현관문 틈을 통과한 바람 소리인 것을 확인하고 다시 걸쇠에 손을 얹었다. 노인은 누군가가 말려주기를 바라는 듯 두리번거렸지만 벽지에 군데군데 핀 곰팡이 자국만 보일 뿐이었다.

어느 순간 노인은 자제력을 잃은 듯 걸쇠를 풀고 현관문 손잡이를 돌렸다. 세찬 눈보라가 노인을 향해 달려들었다.

"이놈 어디 갔어. 어서 나타나지 못해, 내가 너를 무서워 할까 봐? 천만에 이 망측한 놈 같으니."

보조기를 움켜쥔 노인의 손이 부르르 떨렸다. 사내는 보이지 않았다. 그러면 그렇지, 내가 무서워서 도망친 게야. 노인이 떨고 있는 것은 추워서만은 아니었다. 알 수 없는 후회로 인한 전율이었다. 중얼거리는 노인의 말에 답이라도 하듯 칼바람이 볼을 때렸다.

노인은 심호흡을 해도 도무지 화가 가라앉지 않았다. 기침을 토해낼 때마다 몸이 휘청거렸다. 노인은 이제야 금속에 벤 듯 아린 발을 내려다봤다. 맨발이었다. 노인은 집안으로 들어가기 위해 보행보조기를 옮겨놓고 종종걸음으로 발짝을 떼었다. 몇 발짝 떼는 사이 오목한 곳에 쌓인 눈을 밟은 노인은 짧은 비명과 함께 균형을 잃고 눈 위로 고꾸라졌다. 노인은 눈 속에 처박힌 보조기를 향해 손을 뻗었지만 닿을 수 있는 거리가 아니었다. 몸을 뒤척일수록 눈은 옷 속으로 파고들어 피부를 도려내는 듯했다. 노인은 일어서 보려고 한참을 버둥거렸지만 통증만 느껴질 뿐 할 수 있는 일이 아무것도 없었다. 노인은 서서히 고개를 치켜들어 눈밭에 묻혀 간당거리는 부러진 나뭇가지를 바라보다 다시 눈 위로 고개를 떨어뜨렸다. 그리고 논바닥에서부터 불어오는 칼바람이라도 자신을 옮겨놔줬으면 하는 어림없는 생각을 하며 쓸데없는 객기를 부린 자신을 책망했다.

눈보라는 깡마른 노인의 젖은 몸 위에 두텁게 쌓여갔다. 노인은 사내가 더 이상 버티지 못하고 간 것은 자신이 두려워서가 아니라 혹독하게 불어오는 눈보라 때문일 거라 생각했다. 이럴 때 사내라도 와줬으면 싶지만 오늘은 더 이상 사내의 방문은 없을 것임을 노인은 잘 알고 있었다.

토끼마켓

그녀는 공원으로 가는 중이었다. 중간에 도시에서 가장 오래된 은행나무를 보고 싶어 언덕길을 올랐다. 오랜 세월 땅 깊숙이 뿌리내리고 풍성한 가지를 키운 은행나무를 보면 위안이 될 듯해서였다. 멀리 은행나무가 눈에 들어왔다. 그런데 은행나무 가까이 엿장수의 각설이 타령에 맞추어 한 무리의 노인들이 춤을 추고 있었다. 그녀는 우스꽝스러운 춤사위와 마이크에서 나오는 커다란 노랫소리가 싫었다. 그 앞을 지나가는 것은 더욱 싫었다. 은행나무 보는 것을 포기하고 공원 입구로 돌아가기 위해 그녀가 아는 샛길로 발길을 옮겼다.

공원은 이른 시각인데도 많은 사람들로 활기찼다. 주로 여자들이 무리지어 공원 중앙의 호숫가 산책로를 걸었다. 우거진 느티나무가 터널처럼 긴 산책로였다. 한 무리의 여자들이 비정상적으로 양팔을 앞뒤로 휘적거리며 걸었다. 순간 그녀는 그들과 일행인 척 걷고 싶다는 충동이 일렁였다. 바로 뒤에 붙어 그들을 따라 양팔을 앞뒤로 크게 흔들며 걸었다. 그래야만 그들과 밸런스가 맞고 늠름한 나무들과도 잘 어울릴 것 같아서였다. 앞서 걷는 일행 중 붉은 운동복을 입은 여자가 요즘 유행하는 전염병에 대한 이야기를 꺼냈다. 백신 부작용에 대한 두려움을 말할 때는 흥분한 듯 목소리가 커졌다. 그들이 잠시 서면 그녀도 따라 섰다. 차분한 어투의 여자는 물통을 꺼내 물을 한 모금 넘긴 뒤 전염병 때문에 자신이 운영하는 노래방이 회생불능 상태가 되었다는 말을 끝낼 때는 울먹이는 듯했다. 옆에서 걷던 여자도 가늘게 한숨을 내쉬었다. 걷기라도 해야 그나마 화가 가라앉는다는 거였다. 걷다 보면 평정을 찾아서 돌아가지만 다음 날 아침이면 떠오르는 해처럼 자신에게 처한 답답한 현실이 뭉실뭉실 피어올라 다시 공원을 찾게 된다는 거였다.

그녀는 자신이 하고 싶은 말을 그들이 대신해준다고 생각했다. 그녀도 매일 나와 걸었다. 걷지 않으면 깊은 굴을 파고 들어가 언제까지고 세상 밖으로 나오지 못할 것 같아 두려웠다. 어린이집 교사들은 대부분 젊은 여자여서 나이 든 그녀와 휴일을 같이 보낼 여유가 없었다.

그녀가 다니던 어린이집은 원생이 더 이상 늘지 않아 폐원했다. 올 초의 일이었다. 하나 낳아 키운 아들이 세 살이 되던 해부터 보육교사를 시작했으니 짧지 않은 세월이었다. 그녀는 보육교사를 그만둔 뒤로 갱년기 증세가 생겼다. 생리도 불규칙했다. 의사는 한두 번 생리가 있다가 곧 폐경이 될 거라고 했다.

그녀는 한동안 폐원한 어린이집 앞을 서성였다. 어린이집 앞 놀이터에서 혹시 그녀가 보육했던 원생을 만날 수 있을까 해서였다. 그 짓을 그만두기 위해 공원에 나와 걷기 시작했다.

그녀에게 시간은 야속하게 느릿느릿 지나갔고 고요하게 흘렀다. 지루한 날들이 이어졌다. 심심해.

그녀는 자신에게 찾아온 심심함을 더 심심하게 만들기로 마음먹었다. 자신에게 가장 중요하지 않고 급하지 않은 일이 어떤 일인지 고민했다. 중요하고 급한 일에 당분간 매달리고 싶지 않았다. 그때부터 그녀는 걷는 것이 더욱 즐거웠다.

잠깐 생각에 잠겨 걷는 동안 같이 걷던 여자들이 보이지 않자 그녀는 친구가 사라진 듯 허전하고 쓸쓸해졌다. 늘 혼자였던 그녀는 습관대로 괜찮아지려고 눈을 돌려 다른 길을 찾아 두리번거렸다.

작약이 만개한 들판 저편에서 웨딩 촬영 중인 한 무리가 눈에 들어왔다. 날씨는 화창한데 구름이 군데군데 몰려다녔다. 그녀는 웨딩 촬영을 위한 무리들 쪽으로 발길을 돌렸다. 그들은 수레국화와 개양귀비가 활짝 핀 들판을 배경으로 사진을 찍고 있었다. 신부는 미소를 짓고 있었지만 몹시 지쳐 보였다. 촬영기사는 한쪽 눈을 찌그리고 다른 한쪽 눈은 뷰파인더에 대고 신부 신랑 모습을 마구 찍어댔다. 그녀는 지쳐 보이는 신부가 짠한 생각이 들어 가져온 물 한 병을 건네는데 드레스 자락을 들고 호위병처럼 신부 옆에 섰던 스텝이 물병을 낚아채듯 받아 들었다.

"고맙습니다, 그런데 화장실 가기 어려워서 물 못 마십니다."

"어머 그래요."

그녀는 스텝의 말이 친절을 가장한 책망처럼 들렸다. 그녀는 스텝 손에 들려 있던 물을 다시 낚아챘다. 자신도 저런 시절이 있었지만 허상이 끝나는데 그리 오래 걸리지 않았다는 것을 떠올리며 저들도 곧 알게 되겠지, 그녀는 희미한 미소를 지으며 돌아섰다.

그녀는 내일 있을 아들의 상견례에 대해서 생각했다. 남편과 연출된 부부로 완벽하게 연기해야 아들한테 난처한 일이 생기지 않을 거였다. 그녀는 아들을 위한 일이라면 얼마든지 열심히 할 수 있다고 생각했다.

느티나무 산책로는 벚나무 길로 이어졌다. 벚나무 길은 앉을 수 있는 벤치가 많았다. 삼삼오오 짝을 지어 걷거나 앉아 있는 노인들이 곳곳에 눈에 띄었다. 벤치에 앉은 노인들은 혼자 걷는 그녀를 유심히 올려다보았다. 노인과 그녀의 눈이 마주쳤다. 당신은 젊어서 좋겠네, 부럽구먼. 그녀의 눈에 노인의 눈빛은 그렇게 읽혔다. 무늬만 젊었죠, 속은 당신보다 더 늙었는걸요, 남자의 손길이 닿지 않은 지 너무 오래됐고요, 닿는다 해도 몸이 반응을 보이지 않을 거예요. 그녀가 움직이는 데로 끌려오던 노인의 시선은 그녀의 더 따가운 눈빛에 풀이 죽어 맥 빠진 눈빛으로 주저앉았다.

그녀는 다시 걸었다. 저만큼에서 젊은 엄마가 유모차를 밀며 다가오고 있었다. 그녀는 새싹반 아이를 만난 것처럼 가슴이 뛰기 시작했다. 그 자리에 막힌 듯 서서 유모차가 오기를 기다렸다. 예쁘게 생겼네요. 너무 예뻐요. 그녀의 목소리는 떨고 있었다. 모르는 아이를 안지도, 만지지도 말아야 한다는 것을 너무도 잘 아는 그녀였다. 그런데도 자신도 모르게 유모차 깊숙이 고개를 숙여 아이를 들여다보고 쓰다듬었다. 아이는 그녀가 담임을 맡았던 새싹반 아이들 중 선화와 닮아 보였다. 젊은 엄마는 그녀를 밀어젖히듯 빠르게 유모차를 밀고 도망쳤다. 그녀는 화가 치밀었다. 그냥 새싹반 아이들이 그리워서, 반가운 마음에서 한 행동이었다고 쫓아가 말하고 싶었다. 다 미쳤어, 미쳤다고. 그녀는 멀어져 가는 유모차를 바라보며 중얼거렸다.

그녀는 남편에게 자주 듣던 질책이 생각났다. 오지랖하고는, 쯧쯧. 그녀는 길 가다 넘어진 아이가 눈에 띄면 아이 엄마보다 먼저 달려가 일으켜 세웠다. 한 번은 아이가 길바닥에서 뒹굴며 울고 있었다. 저만큼에서 아이의 엄마로 보이는 여자가 아이를 향해 소리쳤다. 그래, 잘해봐, 달래주지 않을 거니까 알아서 해. 그녀는 아이에게 뛰어가 벌떡 일으켜 세우고 흙을 툭툭 털어주었다. 왜 그랬어. 속상한 일 있었구나. 엄마가 저기서 기다리고 있잖아, 어서 가. 아이는 오히려 낯선 그녀를 의아하게 바라보다 엄마로 보이는 여자에게 뛰어갔다.

남편이 싫어하는 일은 하고 싶지 않았지만 몸이 먼저 움직였다. 그럴 때면 남편은 어느새 저만큼 멀어져 있었다. 빠른 걸음으로 쫓아간 그녀에게 얼굴을 찌푸린 남편은 한마디 던졌다. 유난떠는 여편네들 질색이야. 창피해. 그녀는 남편에게 무슨 말이든 하고 싶었지만 입술이 떨어지지 않았다.

그녀는 마음이 예쁜 어른과 있으면 아이들은 저절로 예뻐진다는 말을 믿었다. 자신의 주변 사람들에게 의무와 책임을 다하고, 배려를 하면 반듯이 너에게 돌아온단다. 평화로운 아버지가 어린 그녀에게 했던 말을 믿고 싶었다.

주머니에서 전화벨이 울렸다. 남편이었다. 남편은 앞뒤 다 잘라먹고 간단히 용건을 꺼냈다. 내일 오전에 아들 상견례에 동행하기 위해 그녀의 집으로 데리러 오겠다던 약속을 지킬 수 없다는 거였다. 오전 일정에 바쁜 일이 끼어들어 그녀를 데리러 올 시간을 도저히 낼 수 없다는 것이다. 자신의 회사 앞까지 오면 같이 갈 수 있을 거라는 말을 끝으로 일방적으로 전화를 끊었다. 한집에 살 때도 익숙했던 남편의 모습이었다.

그동안 내뱉지 못한 말들이 그녀 안에서 무성하게 자라는 것을 느꼈다. 자란 말들은 언젠가 그녀를 뚫고 나올 거라고 믿었다. 그녀는 남편 앞에 서면 자신이 알 수 없는 사람이 된 듯했다. 너는 누구니? 그녀는 갑자기 목이 탔다. 가지고 있던 물을 씹듯이 오래오래 목을 적셨다.

상견례 장소는 신부 측 부모가 정한 곳이었다. 남편 회사를 거쳐 30분쯤 내려가면 나오는 P시였다. 그녀는 이상한 인연이라고 생각했다. P시는 남편이 나고 자란 도시와 경계를 이루는 곳이었다. 그녀에게도 익숙한 곳이라 상견례 장소를 찾기란 어렵지 않을 터이지만 아들의 부탁이 걸려 남편과 만나 가기로 했던 것이다.

남편이 자진해 발령지를 전전하던 지난 시간들을 그녀로서는 이해할 수 없어 분노의 감정으로 오랜 시간 격양된 시간을 보냈다. 그런 시간을 보내고 지금처럼 안정을 찾기까지 자신을 납득시키기 위해 외롭고 쓸쓸한 시간이 길었다.

남편은 아예 발령지로 방을 얻어 나가겠다고 했을 때 그녀는 반대했다. 벌써 5년 전이었다. 출퇴근이 가능한 거리이기도 했지만 그녀는 이상한 예감이 두려웠다. 남편이 다시는 집으로 돌아오지 않을 것 같은.

"그만둘 수밖에 없는 사정, 이미 어린이집에도 말해 뒀어요."

"무슨 소리야? 상의도 없이."

남편은 황당하다는 듯 그녀를 바라봤다. 마음대로 하고 싶다는데 말이 많네, 남편의 마음이 여실히 전해지는 눈빛이었다. 당신은 뭐든 나와 상의했나요? 묻고 싶었지만 또 입이 떨어지지 않았다. 그래도 가만히 있을 수는 없었다.

"안 돼요. 같이 갈래요. 나는 그곳에서 새로운 일을 찾으면 되고, 준수는 전학하면 되잖아요."

"굳이 그렇게까지 할 필요 있어? 나 없이 사는 거 쉽지 않겠지만 그냥 있어, 혼자 가고 싶어서 그래."

남편의 굳은 표정을 보면서 당연히 남편에게서 듣고 싶은 대답은 돌아오지 않을 거라는 확신이 들어 그녀는 입을 굳게 닫았다. 자신의 자녀들 앞에서 말끝마다 자신이 죽어 없어지면 어찌 살지 걱정된다고 혀를 차던 죽은 시어머니가 생각났다. 그럴 때마다 그녀는 하마터면 튀어나올 뻔한 말이 있었다. 그럼 죽어보면 알겠네요. 어떻게 사는지. 산 사람은 살게 마련이랍니다. 그녀는 남편과 시어머니가 많이 닮았다고 생각했다.

"난 복잡한 게 싫고, 말 많은 것도 싫어, 당분간이라도 혼자 조용하게 살고 싶어, 그러니까 잘 다니는 애 학교까지 전학시켜 힘들게 하지 말고 당신은 그냥 여기서 애하고 지내."

그녀는 짧은 시간에 벌어진 일이라 곱씹어 생각할 여유도 없었다. 누구라도 붙잡고 이야기하고 싶었지만 딱히 털어놓을 만큼 가깝게 지내는 사람도 없었다.

남편은 그전까지 아무 문제 없었다. 다만 말이 줄어들었고 자주 피곤하다고 했다. 혼자 있고 싶다는 말을 꺼냈을 때 그녀는 그동안 보지 못했던 남편의 그늘을 볼 수 있었다. 그동안 같이 열심히 살았다고 생각했는데 그는 어느새 저 멀리 멀어져 있는 듯했고 다른 세계의 사람처럼 느껴졌다.

"무슨 일 있어요?"

있는 힘을 다해 겨우 물었을 때 남편은 그녀의 한 톤 높은 목소리가 부담스럽다고 했다. 그건 또 무슨 말인지, 새삼스러운 말을 듣고서야 남편의 지방 발령은 우발적인 것이 아니고 남편의 연출이었다는 걸 알았다.

그녀는 남편이 사는 작은 아파트에 서너 번 갔었다. 쓸데없는 짓 하지 말고 오지 마. 남편의 말을 무시한 건 그때가 처음이었다.

가르쳐준 비밀번호로 현관문을 열고 들어갔다. 정갈한 싱크대, 물때 없는 욕실, 무엇보다 은은히 빛이 들어오는 하늘거리는 흰 커튼이 안온했다. 그녀는 구석구석 살폈다. 문득 여자 흔적이 있을지 모른다는 생각이 들어서였다. 그렇다 해도 남편의 성품으로 눈에 띄게 할 사람은 아니었다.

남편은 그녀가 다녀갈 때마다 미세하게 불쾌한 안색을 보였다. 그녀가 2주 후 다시 갔을 때, 가져갔던 반찬은 뚜껑도 열어보지 않은 채 냉장고에서 잠자고 있었다. 그녀는 반찬을 열어보지 않는 것으로 자신을 거부한다고 생각했다. 그 뒤로 남편에게 가는 것을 끝냈다.

그녀가 공원 수목원 깊숙이 들어갔을 때 안개비가 내리기 시작했다. 드물게 우산 쓴 사람도 눈에 띄었지만 대부분 머리 위로 두 손을 펴 비를 피했다. 그녀는 두 손으로 머리를 가리고 뛰어가는 게 쉽지가 않아 걸었다.

집에서 나오기 전 일기예보를 보지 않았던 것은 아니었다. 비 소식은 늦은 오후에나 폭우처럼 잠깐 퍼부을 거라고 했다. 그녀는 찌푸린 베란다 밖의 날씨와 일기예보를 번갈아 살피며 우산을 챙길까 말까 고민하다 물 두 병만 들고 집을 나섰다.

그녀는 머리에서 떠나지 않는 내일 일정을 더듬느라 비가 굵어졌다는 것을 의식조차 못 했다. 머리에서 물방울이 뚝뚝 떨어졌다. 눈으로 비가 흘러들어 갔다. 그녀는 옷소매를 끌어다 눈가를 닦고 다시 걸었다. 웨딩 촬영하던 사람들은 비를 무사히 피했을까, 하는 생각이 갑자기 들었다. 예쁘게 기억되어야 할 사진에 빗방울이 튀면 안 될 거라고 생각했다. 빗줄기가 굵어지면서 사람들은 어디로 숨어들었는지 알 수 없었다. 그녀는 텅 비어버린 숲을 빙글빙글 돌았다.

그녀의 휴대전화에서 경쾌한 소리가 울렸다. '토끼마켓' 알림음이었다. 어린이집이 문 닫은 이후 중고 사이트인 '토끼마켓'을 놀이 삼아 들락거렸다. 다른 사람들이 쓰다 싫증나서 내놓은 물건들을 찬찬히 둘러보는 거였다. 그들은 무엇을 입고, 어떤 것을 쓰는지 기웃거렸다. 적당한 것을 골라 채팅창을 열고 말을 걸었다. 그러다 사이즈를 핑계로 채팅창을 나왔다. 그러면 그녀에게도 왠지 이웃이 많은 것처럼 느껴졌다. 이웃과 소통한 것처럼 뿌듯했다.

그녀는 평소 남이 쓰던 물건을 좋아하지 않았다. 어느 날부터 '토끼마켓'에 나오는 물건과 자신이 닮았다는 생각이 들었다. 자신을 바라보듯 원피스도 샀고 10인용 전기밥솥도 샀다. 5인이 마실 수 있는 다기도 샀다. 아들이 다녔던 고등학교 체육복을 사온 날은 한동안 들떠서 빨아 개켜두었다.

한쪽 귀는 바짝 서고 한쪽 귀는 축 내려앉은 토끼가 인상적이어서 들어갔었다. 온라인 중고매장이었다. 채팅창에서 약속을 한 뒤 화장을 하고 옷을 예쁘게 차려입고 약속 장소로 갔다. 나온 사람을 유심히 쳐다보다 가까이 다가가 혹시 중고, 혹시 토끼, 모르는 사람을 만나 쑥스럽게 웃고 쇼핑백을 받아들고 인사를 했다. 잘 쓰겠습니다. 그리고 뜯어보지도 않은 쇼핑백이 식탁 옆에 쌓여갔다.

그녀는 언제부터인지 트럭에서 들리는 쓸모없어진 가전제품 산다는, 잔잔하고 조금은 무료한 소리에 귀를 기울였다. 친절하게 전화번호까지 알려주며 낡고 오래된 텔레비전이나 세탁기 산다는 트럭의 스피커 소리가 어린시절 친구가 불러내는 소리처럼 다정하게 들렸다. 이제 휴대폰에서 '토끼'가 그녀를 수시로 불러냈다.

그녀는 쉬지 않고 수목원을 걸었다. 어쩌다 우산 쓴 여자들이 그녀를 스치고 지나갔다. 비를 맞고 걷는 사람은 그녀뿐이었다. 그녀는 비를 피할 요량으로 대왕참나무 군락지 아래 섰다. 밑동 크기로 보아 우람한 대왕참나무였을 잘린 나무도 여러 그루 눈에 띄었다. 깊고 단단하게 뿌리내린 나무도 저렇게 잘릴 수 있구나 생각했다. 밑동이 잘릴 만한 원인이 무엇이었을까, 그녀는 긴 시간의 흔적을 오래 바라보았다. 비는 잦아들지 않았다.

그녀는 어린이집 아이들에게 말을 걸듯 공원 수목원의 나무와 꽃에게 말을 걸었다. 모두 제자리를 지키고 서 있느라 고생했어. 자리를 지키며 산다는 것이 얼마나 힘든 일인지 나는 안단다.

얼마나 걸었을까. 머리칼에서 물방울이 주르르 얼굴을 타고 흘렀다. 마땅히 비를 피할 곳은 근처 화장실밖에 없어 보였다. 그녀는 화장실로 들어가 처마 밑에 서서 낙숫물을 바라보았다. 다시 자신이 알 수 없는 사람이 된 듯했다. 그녀는 자신이 누구인지, 왜 이곳에 서 있는지 잠깐 고민하다 그만두었다. 그럴 때마다 남편이 끌려나오는 것이 싫었다.

그녀는 갑자기 얼굴에 열이 확 올라왔다. 정수리에서도 뜨거운 것이 솟았다. 갱년기가 찾아오면서 시도 때도 없이 열이 솟구치고 땀이 흘렀다. 잠자리에서 깨어나면 온몸이 땀으로 젖고 침대 시트도 젖었다. 그런 날은 잠을 설치고 베란다 밖 먼 불빛을 바라보다 아침을 맞았다.

아들과 함께 지낼 때는 그나마 괜찮았다. 아들의 출퇴근 시간이 벅차 회사 인근에 작은 오피스텔을 얻어 나간 뒤로 눈에 띄게 그녀의 갱년기 증세가 심해졌다. 그나마 어린이집에서 아이들과 지낼 때는 가장된 활기라도 있었다.

많이 걷고 스트레스받지 마세요. 그녀는 의사의 말을 귀로 듣지 않고 아름다운 꽃을 바라보듯 구경했다.

그녀는 화끈거리는 정수리 때문에 빗속으로 뛰어들어가 돌처럼 서 있었다. 얼마나 지났을까, 뜨거웠던 머리가 시원해지는 게 느껴졌다. 우산 하나를 받쳐 들고 걷던 두 여자 중 하나가 우산을 하늘로 높이 쳐들고 그녀를 빤히 보며 말을 걸었다.

"어디 불편하세요? 뭐 도와드릴까요?"

"……"

"어디 들어가 비 좀 피하시죠. 감기 걸리시겠어요."

그녀의 귀에 여자 목소리가 빗소리처럼 들렸다. 몸을 타고 흐르던 뜨거운 것들이 사라지더니 오한으로 몸이 떨려왔다. 그녀는 빠르게 걷기 시작했다.

그녀는 한 달 전 늦은 밤 아들에게 온 전화가 떠올랐다. 일찍 잠들지 못한다는 것을 알고 아들은 늦은 시간에 전화를 했다. 상견례를 했으면 하는데 시간이 언제가 괜찮겠냐고 물어왔다. 그녀는 당장 다른 직장을 가질 형편은 아니니 시간은 아무 때나 맞출 수 있을 거라고 했다. 그렇게 잡은 날짜가 내일인 거였다.

"엄마, 요즘 건강은 괜찮으시죠?"

그녀는 괜찮지 않다고 말하고 싶었지만 내뱉지는 않았다.

"당연히 괜찮지."

"엄마, 있잖아요, 두 분 따로 사는 거 저쪽 집에서 몰라요. 앞으로도 그랬으면 좋겠어서요. 서란이도 아직 모르구요. 그저 아버지 직장 때문에 잠깐 그런지 알아요."

"저쪽 집은 그렇다 해도 서란이까지는 좀 그렇지 않겠니? 언제까지 그럴 수 있을까 싶다. 그리고 얘기 못 할 일 아니지 않니?"

"서란이한테는 차차 얘기해야죠. 그런데 두 분이 별거하는 거 이유를 얘기할 수가 없어서요. 납득 가능한 이유가 없잖아요. 왜? 라는 물음에 엄마 같으면 뭐라고 얘기하시겠어요?"

통화를 끝냈을 때 그녀는 땀으로 온몸이 축축하게 젖어 있었다. 그녀는 집안의 창이란 창은 모두 열었다. 밤 공기도 그녀의 몸을 식혀주지 못했다. 그녀는 욕실로 들어가 찬물을 틀어 샤워를 했다. 모든 것이 귀찮다는 생각이 들었다.

그녀는 그날처럼 모든 것이 귀찮게 여겨졌다. 공원에서 나와 천변을 따라 걸었다. 어느덧 비는 멈추었지만 그녀의 몸에서는 여전히 빗물이 방울져 떨어졌다.

집으로 돌아온 그녀는 뜨거운 물로 샤워하고 소주를 한 병 꺼냈다. 소주병 뚜껑을 비틀어 따며 그녀는 아들이 옆에 있더라면 같이 한잔하고 싶다는 생각이 간절해졌다.

남편이 발령지로 떠난 뒤 주말마다 혹시, 기다리는 시간이 길어질수록 그녀는 스스로를 설득할 말을 찾지 못해 괴로웠지만 술은 마시지 않았다. 그러나 아들이 상견례 날짜와 결혼 날짜를 잡고 자신의 애인에게 집중하느라 부산이 움직이는 동안 그녀는 술을 마셔야 잠을 잤다.

시간이 지난 뒤에 알게 된 것이지만 자신도 남편에게 질린 구석이 있었다는 것을 알았다. 그녀도 차츰 약간의 해방감을 느낀 것이 분명했다. 남편 앞에서는 무엇이든지 정리 정돈하려고 노력했다. 남편은 까다롭기보다 늘 어려웠다.

남편이 집으로 오는 횟수가 줄어들수록 시댁 식구들은 그녀가 남편을 바깥으로 밀어냈다고 했다. 얌전한 것이 독하기는, 그녀는 변명을 하고 싶을 때마다 가슴에 푸르고 무성한 나무를 꾹꾹 눌러 심었다. 언젠가 그녀를 뚫고 하늘 높이 치솟을 나무가 되기를 기대했다.

　그녀는 한참을 뒤척이다 일어나 베란다 문을 열고 찬바람을 맞았다. 조금 가슴이 시원해지는 듯했다.

　아들은 열일곱 살쯤 한밤중에 베란다에 나와 담배를 한 모금 빨고 기침을 쿡쿡하다 그녀에게 들켰다. 그때 그녀는 알은체하지 않았다. 그 시간이 그리웠다.

　그녀는 서랍장에 넣어두었던 담배 한 갑을 꺼내 베란다로 나갔다. 마트에서 소주를 사면서 계산대 뒤에 진열된 담배가 눈에 들어와 샀었다. 그리고 감색 가죽으로 된 수제 담뱃갑 케이스도 샀다. 아들처럼 담배에 불을 붙여 길게 빨아 입안에다 연기를 잠시 가두었다 뱉어냈다. 쿡쿡, 그녀는 여러 번 기침을 토했다. 쌉쌀한 맛이 마음에 들었다. 앞으로 한 모금, 한 개비, 한 갑, 그렇게 담배와 가까워질 것 같은 예감이 들었다.

　남편은 인근 커피숍을 얘기했지만 그녀는 1층 주차장에서 기다리겠다고 했다. 시계를 들여다보고 난 뒤 회사 앞을 서성였다. 남편은 많이 기다리지 않게 했다.

"오랜만이네요. 그죠? 간혹 통화는 했지만."

"당신도 좋아 보이네."

남편은 아이보리 원피스에 남색 재킷을 입은 그녀를 은근히 훑어보았다. 아들을 결혼시키면 혼자 남을 그녀를 통화 중에 은근히 부담스러워 했었다. 그것에 대한 안도인 듯했다. 그녀는 처음 만났을 때의 남편 눈빛을 떠올렸다. 지금의 눈빛과는 많이 달랐다.

"회사는 더 버티기 힘들어서 그만뒀어. 대신 작은 사무실을 냈어. 저 건물 6층. 아직은 작고 초라하지만, 거래처도 다 이곳에 있고 익숙하기도 해서, 준우가 말 안 해? 준우는 알 텐데."

그녀는 남편의 말에 아들에게 이상한 소외감이 들었다. 그녀가 묻지도 않았고 꼭 알아야 할 이유도 없었다. 남편도 자신에게 꼭 말해야 할 의무가 없다는 걸 잘 알지만 그녀는 막 뗏목을 타고 표류가 시작된 아찔한 느낌이 들었다.

아버지는 어린 그녀에게 신 같은 얼굴을 하고 세뇌시켰다. 삶은 공평하다고, 절대자는 고통을 감당할 만큼만 주신다고, 아버지의 세뇌에 새같이 작은 가슴을 콩닥거리며 숨죽이고 종종거리며 살았다. 조용하게 입 닫는 훈련에 익숙했고 나눌 동기간 하나 없이 늘 아득한 일상일 때가 많았다. 아픔이라든지 고독은 새가슴에 구겨 넣는 것에 익숙했고 그렇게 훈련된 거였다.

무남독녀인 그녀는 육형제 중에 가운데인 남편 가족관계가
동경의 대상이었다. 그래서 형제들의 소란함이 부담이라는 그
의 볼멘소리를 배부른 소리로 일축했다. 남편은 정직했고 선
량했고 신사라고 믿었다. 그때는 편안한 사람이라고 믿어 의
심치 않을 때였다.

그녀의 졸업과 남편의 학사장교 임관 뒤에 자연스럽게 결
혼이 이어졌다. 더 정확히 말하자면 졸업하기 몇 달 전, 아들
을 임신한 거였다. 자연스럽게 아버지 집에서 신혼살림을 차
렸다. 남편은 제대를 하고 취직을 했지만 웬일인지 걱정거리
에 치인 얼굴을 하고 다녔다.

사돈 될 부부는 인상보다 말씨에 더 호감이 갔다. 바깥사돈
은 침착하고 부드러운 말투가 편안했다. 그녀는 흡사 오빠가
있으면 저렇지 않을까 싶었다. 반대로 안사돈은 활달하고 경
쾌했다.

그녀는 남편과 자신을 생각했다. 한두 번은 있었을 것이지
만 소리 내어 깔깔깔 웃어본 것이 기억 멀리 밀려나 끌려나오
지 않았다. 그녀가 소리 내 웃으면 빤히 바라보다 얼굴을 돌리
던 남편과 달리 바깥사돈은 안사돈과 눈을 맞추고 잘 웃고 공
감해줬다. 아들의 애인은 두 사람을 많이 닮은 듯 침착하고 경
쾌했다. 그녀는 아들을 바라보고 아들은 자신의 애인을 바라

보며 빙그레 웃었다. 잘 웃는 아들을 보며 그녀는 안심했다. 그런데 기이하게도 가슴에서 바람이 지나갔다.

와인 한 병을 비울 때쯤 바깥사돈이 다시 한 병을 시켰다. 와인을 두 잔째 비웠을 때 그녀는 얼굴이 달아오르는 것을 느꼈다. 차 안에서 느꼈던 소외감도 편안한 분위기가 상쇄시켜준 듯 사라져버렸다. 그녀는 아들이 좋아하는 잡채와 갈비를 눈치채지 못하게 아들 쪽으로 슬쩍 밀었다. 아들이 조금은 완강하게 그녀를 바라보다 자신의 애인 앞으로 다시 밀어 놓으며 많이 먹어, 했다.

"한창 좋을 때죠, 그렇죠?"

안사돈은 아이들의 모습을 흐뭇하게 지켜보다 그녀를 의식했는지 한마디 던졌다. 그녀는 자신이 잡채와 갈비를 아들에게 밀어주었을 때부터 안사돈이 지켜보았구나 싶어 조금 민망했지만 얼굴이 달아오른 자신에게 더욱 집중하느라 길게 민망해할 여유가 없었다.

"운전을 하셔야 하니까 안사돈께서 한잔 더 드시죠."

그녀는 바깥사돈의 권유를 거절하지 않았다. 잔을 받아들고 반사적으로 아들 얼굴을 쳐다보았다. 아들은 고개를 미세하게 끄덕였다.

"자식을 나눠 가졌으니 저희가 얼마나 가까운 사입니까. 자주 만나 친밀하게 지냈으면 합니다만, 어떠세요?"

바깥사돈은 한층 더 밝은 얼굴로 동조를 얻고 싶은 듯 남편을 바라보았다.

"그럼요. 그러면 좋죠. 저희도 바라는 바입니다."

오늘처럼 친밀한 부부인 척 연기하는 건 한 번도 어려운데 어떻게, 무슨 수로 자주 만나 쇼를 하겠다고 쉽게 대답했는지, 대답하지 않을 수 없는 상황을 이해 못 하는 것은 아니지만 남편이 가증스럽다는 생각이 들었다. 다시 바깥사돈이 그녀의 빈 잔에 와인을 따랐다. 여보, 남편이 낮게 부르는 것과 동시에 그녀는 단숨에 와인 잔을 비우고 내려놓으면서 아들 얼굴을 쳐다보았다. 아들은 남편과 비슷한 얼굴로 그녀를 바라봤다. 갑자기 그녀는 웃음이 터져 나왔다. 그만두려고 해도 웃음은 멈추지 않았다.

"엄마."

아들은 단호하고 낮은 목소리로 그녀를 불렀다. 사돈 내외는 농구공을 바닥에서 튕기는 것처럼 훅, 훅, 훅, 웃었다. 보기 좋으십니다, 했지만 얼굴은 보기 좋은 얼굴이 아니었다.

그녀는 일어나야 한다고 생각했다. 순간 아랫도리에서 뭉텅 쏟아지는 느낌이 들었다. 연거푸 세 번쯤 같은 느낌이 들었다. 그녀는 두리번거렸다. 누구 하나 도움을 청할 사람이 없어 보였다. 일어나지도 못한 채 꼼짝 못하고 앉아 있는데 남편이 입을 열었다.

"이제 일어나는 게 좋을 것 같습니다. 집사람이 좀 취한 것 같네요. 뭐 앞으로 자주 뵐 사이들이니 아쉽지만 오늘은……."

남편은 그녀를 향해 눈빛으로 일어나기를 종용했다. 그녀는 온몸이 용광로처럼 뜨거워졌다. 이번에는 폭소와 울음이 같이 터져 나왔다. 웃음도 눈물도 쉽게 멈추지 않았다. 아들 애인이 일어나 자신의 손수건으로 그녀의 얼룩진 얼굴을 꼭꼭 눌러 닦아주었다. 그녀는 왠지 남편이나 아들보다 아들 애인의 손길이 닿자 눈가가 한층 뜨거워졌다.

"여보 일어납시다. 어서."

남편은 사돈 부부에게 여러 번 고개를 조아리며 그녀에게 시선을 깊게 꽂았다.

"엄마, 괜찮으세요?"

"괜찮지 어때서, 걱정 마."

어수선한 가운데 남편은 그녀를 다시 일으켜 세웠다. 그녀가 일어나 몸을 돌리는 순간 남편은 갑자기 자신의 재킷을 벗어 그녀 엉덩이를 덮었다. 그녀는 무슨 영문인지 의아해하다 좀 전에 뭉텅 쏟아진 느낌을 생각해 냈다. 화장실을 들릴 사이도 없이 남편은 그녀를 엘리베이터에 밀어 넣었다.

남편은 자신의 손수건을 시트에 깔고 그녀를 차에 앉히고 편의점으로 뛰었다. 잠시 후 생리대와 팬티를 사 차로 돌아온 남편이 한마디 던졌다.

"병원으로 가야 하는 거 아냐?"

그녀는 고개를 흔들었다. 신음과 같은 울음 사이로 간간이 웃음이 비어져 나왔다. 근거를 알 수 없는 눈물이었다.

"진정해. 처음 만난 자리였는데 창피하게 참."

남편이 짧게 한마디 던졌다. 그녀는 남편다운 말이라고 생각했다. 언제나 처연한 그녀의 감정보다 자신의 감정을 소중하게 여겼으니까.

차는 빠르게 달렸다. 얼마쯤 갔을까, 남편은 도로 가에 길게 늘어선 아울렛 앞에 차를 세웠다. 사라졌던 남편이 쇼핑백 하나를 들고 돌아와 창가에 머리를 기대고 앉은 그녀 옆자리에 던지듯 내려놓고 차 문을 조금 세차게 닫았다.

"내 취향대로 샀는데 마음에 들지 모르겠어."

남편은 시동을 켜고 잠시 앞 차창 먼 곳을 잠시 바라보다 조용히 입을 열었다.

"은근히 강해 보이더니 무슨 일 있는 거야?"

그녀는 남편의 말에 어떤 대답도 하지 않았다. 입에서 나오는 말은 모두 부질없을 듯해서였다. 잠깐 사이에 많은 것들이 그녀에게서 빠져나갔다는 생각이 들었다. 자신의 몸속에 키워왔던 나무가 몸을 뚫고 나온 듯도 했다. 이상하게 가볍고 편안했다.

남편은 호텔 주차장에 차를 세웠다. 호텔은 작지만 외관은 깨끗했다. 그녀는 남편이 처음 자신의 집에 데려간 날 돌아오는 길에 들렀던 호텔이 이쯤이 아닐까 생각했다. 아주 오랜 시간이 흘렀다. 그 호텔이 아직 있을 리 만무하지만 이 근처임은 틀림없어 보였다. 남편은 체크인을 하고 주차장에서 기다리던 그녀를 데리고 엘리베이터에 올라탔다. 엘리베이터는 5층에서 멈춰 섰다.

엘리베이터에서 내리자 정면 벽에 오드리 헵번 액자가 걸려 있었다. 세월이 내려앉기 전의 모습이었다. 사진 속 여배우처럼 젊은 날 지금의 남편 뒤에 숨어 수줍게 호텔 복도를 지나던 때가 생각났다. 세상 부러울 게 없는 밤이었다. 붉은 카펫이 깔려 있는 좁은 복도를 지나 남편은 503호 앞에서 잠시 망설이는 듯싶더니 전자키로 문을 열었다. 그리고 그녀의 등을 살짝 밀었다.

그 옛날에도 남편은 호텔방 앞에서 망설이는 그녀의 등을 살짝 밀고 문을 닫았다. 그때 그녀는 무섭지 않았다. 마음을 온통 지금의 남편에게 빼앗겨 안달이 났을 때였으니까.

대학 졸업을 두 달 앞둔 날이었다. 연말연시와 성탄의 분위기는 두 젊은이를 뜨겁게 만들었다. 남편의 부모님을 만나러 갔다 돌아오는 길에 들렀던 호텔방에서 뜨거운 밤을 보냈다. 후회나 미련도 없는 밤이었다. 그리고 열 달 후에 아들을 얻었다.

남편은 요란하게 울리는 전화를 받지 않았다. 잠시 후 그녀

의 전화도 울렸다. 남편은 자신의 전화를 묵음으로 전환하는
듯했다. 그리고 그녀의 전화를 들고 묵음으로 전환하고 탁자
위에 두 개의 휴대전화를 나란히 올려놓았다. 두 대의 휴대전
화에서 한참 더 불빛이 반짝반짝했다.

남편은 옷이 든 가방과 생리 패드가 든 봉지를 꼼짝 않고 선
그녀에게 들려주고 욕실 문을 열고 등을 가볍게 밀어 들여보
내고 문을 닫았다.

한참 후 그녀는 검정색 긴팔 원피스를 입고 나왔다. 그전부
터 그녀가 입던 옷처럼 잘 맞았다.

"걱정했는데 잘 어울리네."

남편은 자신이 골라준 옷에 대한 만족감으로 목소리는 한
층 부드러워졌다. 그녀는 대답하지 않았다. 고맙다는 말도 하
고 싶지 않았다. 자신의 젊음을 방치한 남편이었다.

생리혈로 엉망인 옷을 쇼핑백에 담아 들고 선 그녀는 젖은
머리를 뒤로 넘기며 소파 깊숙이 앉았다. 원피스 자락이 무릎
위로 끌려 올라갔다. 그녀가 원피스 끝자락을 늘리기라도 하
듯 아래로 잡아당기면 다시 슬며시 무릎 위로 걷어 올라갔다.
탐탁지 않은 원피스 길이 때문에 그녀는 소파에서 일어나 침
대 가장자리로 가 걸터앉았다. 남편은 일부러 시선을 멀리 두
려는 듯 창가에서 움직이지 않고 밖을 내다봤다.

그녀가 어린 나이에는 죽음이 갈라놓을 때까지 부부로 살

거라고 믿었다. 마음만 먹으면 남편의 몸을 언제든지 보고 만질 수 있을 거라는 걸 의심하지 않았다. 어쩌다 보니 남편도 그녀도 서로에게 털끝 하나 건드릴 수 없는 사이가 되어 있었다. 내 몸만 내 것이었다. 이만큼 살고서야 알게 되다니, 피식, 웃음이 나왔다.

의사는 폐경 막바지에 한두 번 심하게 생리혈이 나올 거라고 했다. 그날이 하필 오늘이라니, 이상하게 홀가분한 생각이 들었다. 만들어내려고 한 상황이 아니고 악몽처럼 찾아왔으니 자신의 잘못도 아닌 거라고 토닥였다. 그녀는 아들에게 짧은 문자를 보냈다.

– 엄마 잘 있어. 걱정 말고 즐거운 시간 보내.

남편은 여전히 석고처럼 창가에 서서 밖을 내다보았다. 그녀는 일어나 냉장고에서 생수 한 병을 꺼내 모두 마셨다. 찬물이 들어가니 후련했다. 그리고 한 병을 가져다 남편에게 건넸다.

"마셔요."

"진짜 병원에는 안 가봐도 되는 거야? 필요하면 데려다주고."

"병원 필요 없어요. 병 아니야, 걱정 마요."

"아들 잘 키워줘서 고마워."

"내 아들이기도 하니 당연하죠. 당신도 돈 벌어 가르치느라 수고했죠."

얼마큼은 진심이기도 했고, 남편도 진심으로 보였지만 그녀는 낯선 공간이 너그러운 마음을 갖게 한다는 생각을 했다.

"당신 좋은 상대 있으면 말해요. 호적 정리해줄게. 준수 결혼시키면 홀가분하게 해줄 수 있을 것 같아서 그래."

그녀는 숨을 깊게 내쉬고 남편의 대답을 기다렸다. 남편은 그간 한 번도 이혼에 대해 말하지 않았다. 그녀 역시 먼저 원할 만큼 이혼이 필요한 절차가 아니었다.

"그런 일 없어. 필요하면 말할게."

호텔 창밖으로 천변을 산책하는 사람들이 보였다. 남편의 대답을 듣는데 오래된 장면이 떠올랐다. 발령지로 떠나고 두 번째 방문한 남편의 작은 아파트에서 그녀는 컵에 묻은 검붉은 립스틱 자국을 남편 몰래 지워놓고 돌아왔었다. 그녀는 한 발도 앞으로 나가지 못할 자신이라는 것을 알고 있었다. 무엇보다 아는 체했다면 남편은 떠났을 거였고 그때는 남편을 떠나보내는 것이 두려웠다. 이제 보낼 수 있는데, 그녀는 다시 깊은숨을 내뱉었다. 남편에 대한 원망이 빠져나간 자리에 원래 타인이었다는 사실이 자리잡은 듯했다.

그녀는 휴대전화 묵음을 풀었다. 그리고 카카오택시를 불렀다. 얼마 후 화면에 카카오택시 도착을 알리는 알림이 떴다. 그녀는 남편보다 먼저 호텔 방을 빠져나갈 생각에 가벼운 흥분이 일렁였다. 남겨진 사람의 마음을 남편이 잠시라도 느끼게 됐다는 것이 즐거웠다. 그녀는 쇼핑백을 들고 남편을 돌아보았다.

"금방 택시 도착할 거예요. 준수 결혼식까지 만날 일 많을 텐데 또 봐요. 건강 잘 챙기고, 그리고 당신은 좀 쉬었다 가도 좋겠네요."

남편은 갑작스럽다는 듯 아무 말 못 한 채 그녀를 바라보았다. 객실을 빠져나오는데 '토끼마켓'의 빨간불이 깜빡거렸다. 그녀는 깜박거리는 자신의 휴대전화를 들여다보며 흐리게 웃었다.

빌라로부스 전주곡

굉음은 짧고 강렬했다. 개들이 놀라 마을 여기저기서 맹렬하게 짖었다. 미처 잠들지 못했거나 선잠을 자고 있던 사람들이 서둘러 불을 켜고 창밖을 내다보았다. 개 짖는 소리가 잦아든 뒤에도 마을 사람들은 굉음에 대한 상상으로 길고 불안한 밤을 보냈다.

  에덴펜션 주인인 홍은 날이 밝자 습관대로 수도원 쪽 창문을 열고 물기 한 점 없는 마른 초가을 아침 하늘을 바라봤다. 홍은 동네를 휘감은 가을바람이 좀 쓸쓸하다고 느꼈다. 수도원 쪽 야산은 갈색으로 물들어 갔다. 홍은 큰 창에 펼쳐진 풍경이야말로 갤러리 중앙에 걸릴법한 사계절을 담은 수채화 같다고 생각했다. 홍에게는 이곳이 에덴이었다.

  홍의 감상은 그리 길게 가지 못했다. 어젯밤의 굉음이 떠오른 거였다. 신발을 간신히 꿰신고 달려나갔다. 약속이라도 한 듯 마을 사람들이 몰려들었다. 그들은 모두 굉음의 실체 앞에서 깊은 한숨을 내쉬었다.

공터에 생긴 구멍은 거대했다. 공터는 대령으로 예편했다는 외지 남자가 집을 지을 예정으로 구입한 땅이었다. 설계가 끝나 곧 집을 짓기 위해 건축 자재도 부려놓고 사무실로 쓸 컨테이너도 놓아두었던 자리에 구멍이 생긴 것이다. 컨테이너는 구멍이 삼켜버렸는지 사라지고 없었다.

깊이와 넓이를 가늠할 수 없는 구멍을 보며 마을 사람들은 공포에 빠졌다. 가까이 다가가려던 사람들은 구멍에서 흙이 떨어지는 소리를 듣고 지반이 다시 무너질지 모른다는 생각에 급하게 뒷걸음질쳤다. 잠시 후 최 교장이 먼저 구멍 가까이 발을 옮겼다. 몇몇 마을 사람들이 조심스럽게 최 교장 뒤를 따랐다. 눈앞에 펼쳐진 불가해한 현상에 마을 사람들은 기겁하고 한발 뒤로 물러났다.

"싱크홀이잖아!"

최 교장의 외마디 말에 사람들은 약속이나 한 듯 여기저기서 탄식이 흘러나왔다.

"설마, 그럴 리가요. 하루아침에 도깨비장난도 아니고."

"지금 이게 도깨비장난이 아니면 뭐랍니까."

누군가의 말에 누군가가 흥분된 목소리로 쏴붙였다.

"싱크홀이 대체 뭡니꺼? 앞으로 내는 우째야 합니꺼?"

홍은 최 교장을 향해 휘둥그렇게 뜬 눈알을 굴리며 물었다. 홍의 에덴펜션 바로 옆이 공터여서 자신의 집이 사라진 듯 당황해했다.

"글쎄요. 구멍이 너무 커서 저도 말문이 막힙니다. 앞으로가 문제입니다."

최 교장은 침착하게 말했지만 표정은 절망의 빛이 역력했다. 여기저기서 세상에나, 세상에나, 놀라움에서 나온 말이 리듬을 타고 술렁였다.

"침착합시다. 이런 상황일수록 침착해야 합니다."

최 교장은 사람들이 동요하는 걸 막으려 애썼다.

"지금 이 상황에 침착할 수 있겠습니꺼? 교장 쌤은 멀리 산다꼬 여유 부리나 본데 코앞에 사는 지가 어떻게 침착할 수 있겠는교."

최 교장의 말에 홍이 나서 핏대를 높였다.

"이제껏 이 마을에 사는 동안 큰소리 낼 일이 없었는데, 참……."

최 교장은 불쾌함을 감추지 못하고 중얼거렸다. 무슨 일이 일어났는지 파악을 못 하는 해봉이만이 신이 나서 구멍 주위를 맴돌았다. 누군가가 해봉을 향해 뒤로 물러서라고 호통을 쳤지만 해봉은 호루라기까지 불며 구멍 주변을 경중경중 뛰어다녔다.

"해봉아, 호루라기 그만 불고 집에 가거라."

다시 누군가가 짜증 섞인 목소리로 소리쳤다.

홍의 연락을 받은 공터 주인이 허둥거리며 달려와 구멍 앞
에서 믿을 수 없다는 듯 털퍼덕 주저앉았다. 어제 내린 비로
아직 땅은 젖어 있었다. 공터 주인은 바지가 젖고 있다는 것은
염두에도 없다는 듯 혼이 나간 사람처럼 쉽게 일어서지 못했
다. 최 교장이 다가가 좋은 방도를 찾아보자고 일으켜 세우고
다독였다.

"일주일 뒤에 기초 공사를 시작하려 했는데 이게 도대
체……."

공터 주인은 꺾인 무릎을 펴지 못하고 최교장 어깨에 기대
어 깊게 파인 눈만 파르르 떨고 있었다.

"그저께도 저 컨테이너에서 건축사와 늦게까지 있더만 이
게 대체 무슨 일이래요?"

최 교장의 말에 여기저기서 혀 차는 소리가 들렸다.

공터 주인은 언제나 챙 모자에 선글라스를 쓰고 꼿꼿한 모
습으로 나타나 지휘봉만 쥐여주면 당장이라도 사단을 지휘할
듯 보였다. 오늘은 달랐다. 모자와 선글라스를 쓰지 않고 달려
와 텅 빈 정수리와 쳐진 눈매가 그대로 드러나서인지 한없이
초라한 노인네로만 보였다.

곧은 자세에 절도 있는 걸음걸이까지, 마을 사람들은 그와 같은 마을에서 살게 될 것을 은근히 기대했다. 홍은 달랐다. 공터 주인이 거들먹거린다고 매사 삐쭉거렸다. 며칠 전 집을 짓는 동안 에덴펜션에서 인부들 밥을 대놓고 먹어야겠다는 공터 주인의 말이 있은 뒤로 홍은 그를 대령님이라고 불렀다.

"오늘도 컨테이너에서 모일 예정이었어요."

"단디 맘 묵으소. 컨테이너에 있다 봉변당하지 않은 것만도 다행이라예. 좋게 생각하이소."

홍은 진심을 담아 위로했지만 공터 주인은 공포에 질려 아무 말도 듣지 못한 사람처럼 허둥거렸다.

"우야꼬, 지도 이틀 전에 컨테이너에 즘심 배달 갔다 대령님깡 점토록 놀았다아닙니꺼. 그것이 어제였으면 내도 변을 당했을 낍니더. 이리될 줄을 누가 알았겠심니꺼. 해봉아 니도 그날 내깡 점토록 예서 놀았제?"

홍은 이틀 전 기억을 더듬으며 구멍 가까이서 돌아치는 해봉을 향해 소리쳤다.

"어떠한 전조도 없었다는 게 섬뜩하지 않아요? 언제 또 이런 일이 일어날지 모르잖아요. 그나저나 얼마나 깊고 큰지 봤으면 좋겠는데 무서워서 가까이 갈 수가 없네요."

누군가의 말에 맞아요, 맞아요, 다시 술렁였다. 구멍은 어제 존재했던 것들을 오늘 흔적도 없이 삼킬 수 있다는 것을 보여주기에 충분했다.

"아들놈의 교통사고가 아니었다면 자재를 부려 놨던 5개월 전에 집을 짓기 시작해 지금쯤 들어와서 살고 있었을 겁니다, 생각만 해도 살 떨립니다."

공터 주인은 이성을 찾은 듯 인제를 피한 것만도 다행이라고 작은 소리로 웅얼거렸다. 교통사고 난 아들이 가족을 살렸다는 말끝에 울음을 토해냈다.

"저런, 저런, 세상에나 만상에나."

파리 할머니는 슬픈 오페라의 여주인공처럼 두 손을 얼굴 가까이 모으고 금방이라도 눈물을 뚝 떨어트릴 표정을 지었다.

조금 전까지 구멍 주위를 돌아치기만 하던 해봉은 어느 순간 장난감 플라스틱 칼을 들고 껑충껑충 뛰어다녔다. 뛸 때마다 가슴에 매달린 두 개의 줄이 나풀거렸다. 하나는 이름표였는데 수도원과 최 교장, 펜션 홍의 전화번호가 적혀 있었고, 하나는 호루라기 줄이었다. 두 개 다 길을 잃었을 때를 대비해 수도원에서 걸어준 것이지만 해봉은 시도 때도 없이 호루라기를 불어댔다. 마을 사람들은 평소 그런 해봉의 호루라기 소리를 웃어넘겼지만 오늘은 달랐다. 이런 상황에 정신 사납게 호루라기를 불어대는 해봉에게 다른 곳에 가 놀라고 쫓으며 인상을 구겼다. 해봉은 귀를 닫은 사람처럼 아랑곳하지 않고 구멍 주변을 돌아쳤다.

마을 사람들은 동쪽 산마루에서부터 떠오른 해가 머리 위로 이동할 때까지 아무도 구멍 주변을 떠나지 않았다.

시간이 지나면서 마을 사람들의 표정이 미세하게 달라지기 시작했다. 구멍과 먼 거리에 집이 있는 사람들은 들키지 않도록 눈치껏 자기네끼리 안도의 눈빛을 주고받았다. 공터주인과 홍만 시종일관 흥분에서 헤어나지 못했다.

구멍과 홍의 에덴펜션과는 소방 도로를 끼고 길 하나 사이였다. 수도원과는 전방 20m 안팎으로 떨어진 거리였다. 가장 두려움을 크게 느낄 사람은 에덴펜션 주인인 홍과 투숙객들이었다. 수도원 사람들은 한 사람도 구멍 가까이 나타나지 않았다. 마을 사람들은 한 번씩 수도원 쪽을 쳐다보았다.

홍은 에덴펜션에 돌아와 컴퓨터를 켰다. 서둘러 싱크홀에 관해 찾기 시작했다.

"이런 거라꼬! 이런 것들이 최 교장이 말했던 싱크홀이란 말이제."

땅이 꺼진 광경의 사진이 여러 개 나왔다.

"예측할 수 없이 내 집이, 내 차가, 내 이웃이 땅속으로 꺼져버릴 수 있단 말이제!"

홍은 흥분해서 중얼거렸다. 기사에는 땅속 자연의 질서를 무분별하게 역행한 인간들에게 돌아오는 악순환의 고리라고 쓰여 있었다.

　- 인재가 먼저인지 자연재해가 먼저인지 알 수 없는 미스터리한 현상은 대자연의 땅속 법칙을 무시한 인간의 난무한 이기가 빚은 결과가 아닐까?

　기사 내용은 모두에게 자문하게 만들었다. 홍은 인간이 망가뜨린 자연이 인간에게 되돌려주는 재해라면 지금 상황은 시작에 불과하겠다는 불안한 결론을 내렸다.

　"젠장, 우리가, 아니 내가 뭘 어쨌다고 하필 내 땅 옆에 그런 게 생겼단 말이고. 어, 이 괴물은 또 뭐꼬."

　홍은 두 눈을 의심했다. 지름 120km로 서울과 청주 간 거리와 지름이 맞먹는 거대한 이집트의 싱크홀 사진을 보면서 소름이 돋았다. 과테말라에서는 집 스무 채와 사람 세 명을 한꺼번에 삼킨, 거대 구멍을 메우는 기간만 3년이 걸렸다는 기사도 있었다. 홍은 모골이 송연해졌다. 지진은 잔해라도 남는데 땅꺼짐은 잔해도 없이 사라져버린다는 기사를 보며 재앙 중 재앙이라고 생각했다. 기사를 읽으니 더 큰 두려움이 엄습했다.

　홍은 당장이라도 책상과 함께 땅으로 꺼져버릴 것 같았다. 창문이 미세하게 흔들리는 것 같고 땅이 가라앉기 위한 전조 같이 눈앞의 모든 것이 저절로 움직거리는 듯했다.

　'요담엔 구멍에서 가장 가차운 우리 집을 삼킬라카나. 어데

쯤이 꺼질라 카는기지. 요쯤인가.'

앞마당이나 대문 쪽일까, 홍의 걱정은 점점 거대해져 갔다. 갑자기 대문이 사라지고 마당의 감나무가 사라졌다. 홍의 지나친 상상은 모든 것을 구멍과 관련짓게 만들었다.

홍은 두렵고 억울한 생각이 들었다. 두려움을 잊기 위해 술을 입에 털어 넣었다. 그리고 병마와 싸웠을 때가 떠올라 눈시울이 뜨거워졌다.

직장암 수술 이후 요양할 곳을 찾아 이곳을 들락거리다 정착했던 지난날이 스쳤다.

홍은 이곳이 마음에 들었다. 수도원과 가까운 것도, 산책할 수 있는 야산과 인접하다는 것도. 홍은 가지고 있는 걸 모두 긁어모아 지금의 펜션 자리를 샀다. 그리고 지금의 펜션이 있기까지 고생도 즐겁게 참아낼 수 있었던 것은 이곳에 온 이후 되찾은 건강이었다.

마을은 사계절 모두 아름다웠다. 녹음이 짙어 어디를 가도 공원을 산책하는 느낌이었다. 나무와 돌과 흙으로 지은 집들이 사생활을 침범당하지 않을 만큼 거리를 두고 서 있었다. 관광지도 아니고 유락 시설도 없는 곳이었다. 크고 작은 나무들이 하늘을 향해 쭉쭉 뻗어 올라갔기 때문에 어느 방위에서도 회색의 콘크리트 건물은 보이지 않았다. 마을 사람들은 잘 가꿔진 초록의 마을길을 따라 산책하거나 가볍게 달리는 것으로 하루를 시작하며 품위 있고 점잖게 서로의 안녕을 확인했다.

도시인의 메마른 모습은 이곳에 머무는 누구에게서도 찾아보기 힘들었다. 마을 뒤로 누워 있는 산 능선은 완만하여 노인과 환자들도 어렵지 않게 산책할 수 있었다. 소문을 듣고 병원을 들락거리던 환자들이 요양 차 모여들면서 에덴펜션에 손님이 들기 시작했다. 편의점이나 찻집, 치킨집이나 미용실조차 없어 시내까지 나가야 했다. 홍 씨 펜션에 딸린 가짓수 얼마 안 되는 구멍가게가 유일했다.

불편을 무릅쓰고 문명하고 거리가 먼 이곳으로 이주하는 까닭은 대부분 비슷했다. 빼어난 자연환경과 맑은 공기였다. 최 교장 역시 투병 중에 이곳을 찾았다가 눌러앉았다. 그는 감정의 흔들림이 없는 사람이었고 누구에게나 관심과 배려를 공평하게 쏟았다. 온화한 미소를 짓고 있긴 해도 격의 없이 친해지긴 어려웠다.

예외적인 인물이 있다면 기타 치는 김과 파리 할머니였다. 김은 어깨까지 내려오는 숱이 많지 않은 그의 머리칼처럼 헐렁한 사람이었다. 기타 연주할 때만 제정신으로 보이고 항상 뭔가에 취해 보였다. 김은 이틀에 한 번꼴로 마을 스피커를 통해 자신의 기타 연주를 들려줬는데 특별히 잿빛 하늘에서 비가 쏟아지면 밥 먹는 시간만 빼고 종일 기타 연주를 했다. 그는 음산한 기운을 타고난 사람처럼 축축한 날에 더 행복해 보였다.

"무청 시래기 같은 머리칼을 흔들며 음산한 날만 골라 마을을 시끄럽게 하다니, 천박하고 무식해."

파리 할머니의 비난에도 굴하지 않고 김은 머리칼을 늘어트리고 음산하게 웃었다. 홍은 말끝마다 파리 파리 하는 파리 할머니를 향해 파리는 무슨 파리, 파리바게트에서 빵이나 사 먹었으면 다행이지, 하며 빈정거렸다. 파리 할머니는 젊어서 파리 다녀온 여행 이야기를 40년 동안 우려먹는 듯했다. 어떤 이는 파리에 다녀온 것도 거짓말일지 모른다고 했다. 누군가에게 얻어들었거나 TV 여행 프로그램에서 본 걸 저렇게 떠드는 거라고 했다. 마을 사람들은 파리 할머니 입에서 에펠탑이나 노트르담 같은 말만 나오면 슬슬 자리를 떴다. 마을 사람들이 김을 대놓고 따돌렸다면 누구의 비밀이든 까발려야 직성이 풀리는 파리 할머니는 은근히 따돌렸다.

홍 씨 사위가 한 달 머무는 동안, 그의 근황을 캐묻던 사람도 파리 할머니였다.

"홍 씨, 사위 사업이 힘들어졌구먼. 그래서 도피해온 거야? 아니면 어디 아파?"

최 교장 아들이 내려왔을 때도 도박이니, 공금 횡령이니, 암에 걸렸다느니 떠벌렸다. 동네를 떠다니던 소문의 발상지는 홍 씨 펜션 2층에 머무는 파리 할머니 방이었다. 사람들은 파리 할머니한테 잘못 걸려 시간과 감정을 소모하는 게 싫어 차츰 그녀를 피해 다녔다.

파리 할머니의 딸은 남편 눈치에 괴로워하다가 에덴펜션에 방을 얻어주고 올라간 뒤 생활비만 계좌 이체할 뿐이었다. 파리 할머니는 곧 딸네로 돌아갈 거라고 했지만 딸은 그 뒤 나타나지 않았다.

싱크홀이 생긴 지 사흘이 지났다. 구멍에서부터 시작된 불안은 도미노처럼 평화롭던 마을을 삽시간에 암울에 빠뜨렸다. 낯선 상황에 떠밀려 두려움과 공포에 떨게 했다. 예고 없는 공포는 얼마 전까지 친화적이던 마을 사람들을 변하게 만들었다.

에덴펜션의 홍은 사흘 동안 행정 기관에 찾아가는 것도 부족해 전화를 수십 통 해댔다.

"우리 펜션이 기울었심더. 아니, 기우는 것 같아예. 매일 쬐매씩 기우는 것이 분명하다 아입니꺼. 당장 어떤 조치라도 해 주이소."

홍은 전화를 끊고 주먹으로 벽을 쳤다. 벽은 그대로인데 주먹에는 피가 맺혔다. 펜션의 고객들은 자녀들이 꼬박꼬박 월세를 넣어주는 터라 속 태울 일 없었던 지금까지와 달리 홍은 혹여 그들이 떠날까 봐 겁이 났다. 그러기 전에 대책이 필요했다.

에덴펜션은 늘 단골 숙박 손님이 줄을 섰다. 요양 중인 가족을 만나러 온 손님이 며칠씩 묵어갔다. 취사가 가능한 2층 건물에 방 9개가 늘 꽉 찬 것은 뛰어난 자연환경뿐 아니라 홍의 지나치리만큼 깔끔함과 완벽에 가까운 준비성, 친절하다는 정평이 한몫을 차지했다. 그러나 입장이 완전 달라졌다. 구멍이 생긴 뒤로 영원할 줄 알았던 홍의 사업 수완에도 본의 아니게 틈이 생기기 시작한 거였다.

홍이 수없이 군청에 전화를 한 결과 마을 초입에 있던 작은 폐교에 임시 시설을 마련하고 구멍과 제일 가까운 가구부터 옮겨 안전에 차질 없게 하겠다는 전갈이 온 다음날, 에덴펜션 투숙객들은 간단한 필수품만 챙겨 급하게 임시 시설로 옮겨갔다. 군수와 국회의원은 쌓아놓은 구호물품 앞에서 생색을 위한 사진 찍기에 급급했다.

"잘못 말했다가 마을에 불이익으로 돌아올까 봐 그냥 관둬야겠어요."

최 교장은 그들에게 뭔가 말을 하려다 홍을 향해 작은 소리로 속삭였다.

"그라입시다 마."

홍은 덩달아 속삭였다.

홍은 폐교로 옮긴 뒤로도 눈만 뜨면 구멍으로 갔다. 에덴펜션의 기울기도 면밀히 둘러보기 위함이었다. 홍의 구멍가게에서는 구멍이 생긴 뒤로 소주가 제일 많이 팔렸다. 홍은 언제

땅 속으로 사라질지 모르는 가게를 지키고 앉아 있을 수는 없었다. 전화로 주문을 하면 물건을 챙겨 빠르게 뛰쳐나오는 식이었다. 홍은 구멍 때문에 짜증을 부리다가도 손님 앞에서는 얼굴을 싹 바꿔 딴사람처럼 굴었다.

폐교로 옮긴 사람들에게 군수와 국회의원은 절대 안정, 안전 보장을 거듭 강조했지만 더는 나타나지 않았다. 폐교에 머무는 사람들은 두려워 밖으로 나오지 못하고 교실에 모여 식사하고 같은 시각에 자고 비슷한 시각에 깨어났다. 밤새 불도 끄지 못하고 환하게 교실을 밝혔다. 가을바람 소리에도 땅이 갈라지는 소리라며 자지러졌다.

그들은 우주 비행사처럼 걸음을 떼었다. 파리 할머니와 뜻을 같이하는 몇몇은 엉덩이를 뒤로 빼고 오리걸음처럼 천천히 발을 떼어야 하중이 덜 가 안전하다고 했다. 금순 씨를 따르는 부류는 발바닥을 땅에서 빨리 떼고 달려야 안전하다는 거였다. 작은 일에도 두 패거리로 나뉘어 다투었다. 할머니들은 폐교를 요새로 삼고 종일 창밖을 내다보며 밖의 상황을 살폈다.

마을 사람들은 제2의 인생을 뿌리내리고 싶다는 목적으로 이곳에 정착했지만 느닷없는 구멍의 습격은 여정의 방향을 새롭게 도모할 수밖에 없게 되었다. 매일 모여 회의했지만 매번 대책 없이 끝났다.

"풀 한 포기, 나무 한 그루 함부로 다룬 적 없고 자연에게 해코지한 적 없는데 왜 자연에게 역습을 당하는지 모르겠어요."

"그러게 말이에요. 하필 왜 우리 마을에 저런 것이 생겨가지고 참."

마을 사람들은 고장 난 녹음기의 반복 음처럼 왜 하필 우리 마을인가를 되풀이했다.

아침부터 하늘이 잿빛으로 변해 갔다. 하늘은 금방이라도 굵은 빗줄기를 뿌릴 기세였다. 그 기세를 뚫고 여느 날과 다름없이 〈가을의 속삭임〉이 흘러나왔다. 그러나 마을 사람들은 김의 집에서 흘러나오는 기타 연주를 더 이상 달가워하지 않았다. 최 교장 역시 예전처럼 눈을 감고 선율을 감상하지 않았다. 스피커를 통해 흘러나온 음악을 듣자니 마음이 더 가라앉아 모든 것들이 무생물처럼 보였다. 최 교장은 가늘게 한숨을 내쉬며 짙은 잿빛 하늘을 올려다보았다.

갑자기 음악이 멈추고 싸우는 소리가 흘러나왔다. 마을 사람들은 하던 일에서 손을 떼고 김의 집 스피커에서 흘러나오는 부부 싸움을 들었다. 처음 있는 일도 아니었다. 가끔 있는 일이므로 놀랄 일은 아니지만 마을 사람들은 예전처럼 웃어줄 마음이 전혀 없는 듯 인상을 구겼다.

"기타만 치면 먹고 살 수 있어? 돈을 벌어야 살지, 돈을. 당장이라도 저 기타를 부숴버리든지 해야지."

"예술을 모독하지 마. 당신이 예술을 알기나 해?"

"그래, 난 예술이 뭔지 몰라도 밥은 먹고 살아야겠다. 돈을 벌어야 밥을 먹지, 어이구 웬수."

악다구니 사이로 갑자기 띵, 기타 줄 끊어지는 소리가 들렸다.

구멍이 생긴 뒤로 김의 부부뿐 아니라 마을 사람들도 자주 부부싸움을 했다. 점잖은 최 교장 부부도 별일 아닌 것으로 다퉜다. 어느 날은 최 교장보다 먼저 아내가 숟가락을 들었다는 이유로 싸웠다. 나중에는 무엇 때문에 싸웠는지 모른 채 싸우고 있었다. 홍은 군청에 전화해서 화풀이를 했다.

이 마을에서 씽크홀을 두려워하지 않는 사람은 해봉이 하나뿐이었다. 해봉은 구멍으로부터 사람들을 지켰다. 어디서 났는지 안전관리라고 쓰여 있는 노란 완장을 차고 호루라기를 불며 사람들이 다가오지 못하도록 구멍 주위를 돌았다. 가요, 가. 빠지면 죽어요. 가요, 가. 빠지면 죽어요. 일정한 리듬을 타며 외치는 소리는 사람을 지키는 것인지 구멍을 지키는 것인지 모호했지만 힘찼다. 마을 사람들은 빠진다고 멀리 가라고 소리치는 해봉에게 구멍에 대해 묻기도 했다.

해봉의 지능은 대여섯 살 정도였다. 체면이나 조심성 없이 마을을 누비고 다녔다. 마을 사람들도 해봉이 나타나면 가족처럼 챙겼다. 식사시간에 어느 집에서든 해봉이 눈에 띄면 불러들여 같이 밥을 먹었다.

1년 전에 유일한 가족이던 엄마가 죽은 뒤 수도원에서 해봉을 거두지 않았다면 서른이 넘은 나이에 시설에 보내졌을 것이다. 해봉이 수도원에서 하는 일이란 마당에 매어 놓은 개에게 밥 주고 놀아주는 것이다. 개와 놀다 무료해지면 마을로 내려왔다. 해봉이가 마을에 나타나면 누구라도 보호자를 자처했다. 그러나 구멍이 생긴 뒤 사람들의 관심사는 오로지 마을에 생긴 구멍뿐이었다.

최 교장은 산란한 기분을 달래보려고 홍의 가게로 소주를 사러 나갔다 김과 맞닥뜨렸다. 김을 보는 순간 이상하게 화가 치밀었다.

"착잡한 마을 분위기에 뭔 기타연주를 매일 해댑니까. 마을 사람들 약 올릴 생각 아니라면 당장 스피커 꺼요. 거기다 공개적으로 부부싸움까지 하고 말이야."

최 교장이 김에게 언성을 높인 것은 처음이었다. 김은 여전히 싱겁게 웃으며 싸한 분위기를 무마하려 했다. 누구 말도 듣지 않는 김이라는 걸 알지만 최 교장은 이 상황에 웃는 김이 자신을 무시한다고 생각했다. 화가 끓어올랐지만 그렇다고 싸울 수는 없는 일이었다. 최 교장은 의도치 않게 지나치다 김의 어깨를 툭 쳤다. 반대편 어깨에 멘 김의 기타가 흙바닥으로 떨어졌다. 기타를 집어 든 최 교장을 바라보는 김의 눈이 날카롭게 빛났다. 김에게서 처음 보는 모습이었다. 순간 최 교장은 자신도 모르는 사이 몇 걸음 주춤 뒤로 물러섰다.

"일부러 그런 건 아닙니다."

"조심하세요. 기타를 함부로 대하는 사람은 누구든 못 참아요."

김의 말에서 평소와 달리 강한 힘을 느꼈다. 뭔가에 취해 보이던 평소와는 사뭇 다른 모습이었다. 김은 미안하다는 최 교장의 사과를 듣고서야 눈빛을 풀고 돌아섰다.

선선한 바람이 마을을 휘돌아서 수도원 쪽으로 빠져나갔다. 김은 마을 분위기상 당분간 스피커는 끄는 게 좋겠다고 충고한 최 교장 말을 무시하고 기타연주를 흘려보냈다. 탱고 리듬이 바람결을 타고 수도원의 뾰족지붕에 걸린 석양을 휘감았다.

프랑스 추기경들은 탱고가 상대를 유혹하는 관능적인 춤이라 해서 신성 모독이라고 금기시했지만, 그러나 김의 탱고 연주는 수도원 철문의 빗장이 열리고 외출하러 나온 수사들의 발걸음까지 경쾌하게 만들었다. 그러나 모든 상황은 구멍이 생기기 전이라는 걸 김은 받아들이지 못했다.

김은 비 내리는 날에는 주로 〈물방울〉을 연주했다. 마을 사람들은 김의 연주에 맞게 물방울처럼 따로 또는 함께 뭉쳐 다니며 즐거워했다. 그러나 구멍이 생긴 뒤 연주가 흘러나오면 인상을 구기지 않는 사람이 없었다.

마을 사람들 공히 이곳을 빨리 탈출해야겠다는 생각이 팽팽하게 부풀어 터지기 직전으로 변해갔다. 묘책은 나오지 않은 채 허둥거리고 불안한 일상이 이어졌다. 그러나 구멍에 대해 이상하리만큼 아무 반응이 없는 사람은 김과 수도원 수사들이었다.

한 달에 두 번, 오후 6시가 가까워지면 굳게 닫힌 수도원 철문이 열렸다. 수사들이 만든 치즈와 직접 구운 호밀빵과 딸기잼을 살 수 있는 시간이었다.

마을 사람들은 닫힌 수도원 앞에서 철문이 열리기를 기다렸다. 수도원 담장을 빈틈없이 타고 올라간 담쟁이넝쿨 때문에 수도원은 거대한 화분처럼 보였다. 구멍에 대한 소문이 멀리까지 퍼져 나가 빵과 치즈를 사러 오던 단골들 발길이 끊긴 탓인지 기다리는 사람은 불과 십여 명에 불과했다.

김도 줄 끄트머리에 섰다. 마을 사람들은 김이 구멍에 대한 두려움도 관심도 없다고 생각했다. 구멍이 생긴 뒤 더 많은 시간을 기타연주에 쏟는 것을 보고 결론지은 거였다.

최 교장과 홍은 앞쪽에 서 있었다. 홍은 최 교장에게 김이 두려움을 감추기 위해 연주에 한층 몰두하는 거라고 말했다. 그럴 수도 있겠네요. 최 교장도 홍의 말에 동조했다.

홍은 수도원이 시간 약속을 정확히 지키는 곳임을 모르지 않았다. 그런데 약속 시간 전임에도 철문을 두드리기 시작했다.

"여게는 사람이 살지 않습니꺼? 마을에 난 구멍이 조막띠만한 것이 아닙니더. 우째 여게는 잠잠합니꺼? 마을 사람들 모다 까물칠라 캅니더. 여게는 사람 사는 곳이 아닙니꺼?"

"그러게, 마을은 아수라장인데 어쩜 나 몰라라 하고 있어? 강 건너 불구경하는 격일세."

홍의 말에 파리 할머니가 거들고 나섰다. 신성한 곳이든 권위가 있는 사람이든, 죽을 수도 있다는 공포 앞에서는 같을 터인데 이토록 고요할 수 있다는 것에 화가 난다는 거였다.

저녁 삼종 기도를 알리는 종소리가 들리더니 담장 안에서부터 청아한 기도 소리가 퍼져 나왔다.

"앉아서 기도만 하믄 다 해결된다 캅니꺼?"

홍은 한마디 던지고 다시 철문을 두드리려고 손을 들었다. 홍의 손을 잡은 것은 최 교장이었다.

"수도원에서 나는 수사들의 기도 소리는 열심히 고민하고 회의하고 심지어 싸우고 있다는 신호 아니겠어요? 어려운 상황을 극복할 때 수사님들이 할 수 있는 일이 뭐겠어요? 잘은 몰라도 기도일 겁니다. 기다려 봅시다."

홍은 잡혔던 팔목을 슬며시 뺐다.

"언제부터 이곳 사람들 대변인이었어요? 교장 선생님은 속 편하시죠? 구멍과 제일 멀리 떨어졌으니 모두 남 일 같겠지만 우리는 매일 죽다 살아나요."

정작 홍은 가만있는데 듣고 있던 파리 할머니가 거들고 나섰다. 최 교장은 말문이 막혔다. 이런 말까지 오가게 되다니, 최 교장은 낭패감이 들었다.

철문이 열리고 두 명의 수사가 커다란 바구니를 각각 들고 나타났다. 그들은 그늘에서 길게 자란 청초한 풀포기처럼 키크고 마른 체형이었다.

"채소만 묵고 살믄 저리 되나브네."

다가오는 수사를 보고 홍이 중얼거렸다. 두 수사는 홍의 말을 들었는지 빙그레 웃으며 줄 선 사람들이 원하는 만큼의 수제 소시지와 치즈, 잼과 함께 호밀빵을 나누어주고 돈을 받아 들었다. 두 수사가 손을 합장하며 인사를 하고 돌아서는 순간 그들을 세운 것은 파리 할머니였다.

"수사님들, 궁금해서 그러는데요. 이곳에 사는 분들은 재앙도 피할 수 있답니까? 어째서 같은 마을에 사는데 담 밖의 일이라고 무관심하게 모르쇠로 일괄할 수 있어요?"

여전히 수사들은 잔잔한 미소를 지어 보였다.

"이보이소, 수사님들. 댁들은 저 구멍이 안 보입니꺼? 마을 사람들은 땅 밟기가 무서버 죽겠는데 여기 사람들은 믿는 구석이 있는 갑네요? 꿈쩍도 안 한다 아입니꺼? 군청에라도 가서 지질검사라도 해봐야 원인을 찾을 수 있지 않겠냐고 항의라도 해야 하지 않겠습니꺼."

홍의 말에 수사는 더 크게 미소 지어 보였다.

"걱정됩니다. 걱정되고 두려워 저희 마을을 위해서 기도 많이 하고 있습니다. 수도원 본원에도 보고했고 군청에도 다녀왔습니다. 곧 지질검사팀도 나온다고 약속했습니다."

수사는 두려운 표정 없이 두렵다고 말했다. 총총 멀어지는 두 수사의 등 뒤로 붉은 석양이 내려앉았다. 마을 사람들은 수도원 철문 앞에서 이상하게 떠나지 못하고 서서 수사들이 사라진 수도원 마당을 응시했다. 손에 든 치즈와 호밀빵의 온기를 느끼며 해도 바람도 통하지 않을 것 같은 수도원을 마을 사람들은 한참을 서서 바라보았다.

구멍이 생긴 지 열흘이 지났다. 마을 사람들은 군청으로 민원전화를 넣고 찾아갔다. 곧 나갈 거라던 지질검사팀은 여전히 오리무중이었다. 구멍은 주변 흙이 무너져 내리면서 더 거대해졌다. 마을 사람들은 생기를 점점 잃어갔다. 홍의 말대로 구멍은 마을이 품은 폭탄이었다. 푹 꺼져 땅속으로 사라질 것 같은 공포는 폭탄을 안고 다니는 것과 같았다.

폐교에 머무는 펜션 사람들은 구멍이 무섭긴 해도 궁금함을 못 참고 매일 나와 구멍 멀찍이서 지켜보다 재빨리 돌아왔다. 폐교에도 익숙해져서 어느 날은 칠판 귀퉁이에 장미나 코스모스를 그려놓았다. 장난삼아 떠드는 사람을 기타 김 씨라고 써 놓고 깔깔거렸다. 그러나 지자체에서 보내온 주식과 부식, 생필품을 나눌 때는 사소한 것까지 욕심내고 싸웠다.

마을 사람들은 점점 예민할 대로 예민해져 갔다. 관할 공무원은 지질검사팀이 나와야 명확한 이유라도 알게 될 것이라고 궁색한 변명만 늘어놓았다. 자신들이 할 수 있는 일이 아무것도 없다는 거였다. 카메라를 메고 온 기자도 현장을 알리는 것에만 목적이 있어 보였다.

마을 사람들은 공무원을 만나고 온 최 교장에게 마치 늦장 대응하는 관할 공무원을 대하듯 삿대질을 해대며 불만을 토해냈다. 최 교장은 귀를 닫은 사람처럼 묵묵히 상황을 바라보다 기막힌 표정으로 돌아갔다.

K사 지질검사팀이 마을을 찾았다. 조사단은 이틀 동안 세밀하게 원인 규명을 위해 분주히 움직였다. 결과는 허무했다. 석회석 갱도가 있는 것도 아니고, 지하수를 많이 뽑아 써 공동(空洞)이 생긴 것도 아니고, 이상하다는 결론이었다. 마을 사람들은 원인은 파악되지 않고 공포만 빵처럼 부풀어 갔다.

최 교장은 공터 주인, 홍과 함께 군청을 찾아가 적극적인 재조사를 원했다. 그들은 책임지는 관계 부처가 다르다는 말과 함께 오히려 지금까지 신속, 명료한 일 처리를 위해 최선을 다했다고 큰소리쳤다. 세 사람은 침하 우려 지역에서 살 수 없다고 한목소리를 냈다. 특히 공터 주인과 홍은 갈 때마다 입장을 바꿔 생각해달라고 부탁조로 말하다 급기야 언성을 높이며 싸움으로 이어졌다. 공터 주인은 악몽에 시달려 불면증과 불안장애까지 얻었다고 울먹였다. 당신들 집 옆에 활화산을 끼고 살아보라고 악을 쓰며 마을에 나와 환하게 웃으며 사진 찍던 군수를 만나게 해달라고 소리쳤다. 올 때마다 군청 직원의 대답은 똑 같았다. 군수는 군정 발전을 위해 읍면을 순회하며 간담회 중이라는 거였다.

마을 사람 중 일부는 살짝 마을을 빠져나가 시내와 인근의 부동산에 매물로 집을 내놓기 시작했다.

공터 주인은 마을 사람들의 만류에도 덤프트럭에 흙을 싣고 와 구멍 가까이 부려 놓고 구멍을 메워보겠다고 종일 삽질을 했다. 그러나 누구도 구멍이 메워질 거라고 믿는 사람은 없었다. 해봉은 사흘 동안 밤늦도록 그곳을 떠나지 않고 공터 주인과 함께했다. 해봉에게 돌아가라고 구박하는 공터 주인의 목소리만 간헐적으로 들렸다. 사흘을 메운 구멍의 크기는 조금도 줄지 않았다. 해괴하게 생각한 공터 주인은 삽질을 멈췄다.

마을 사람들에게는 지구가 멸망한다는 막연한 불안보다 마을에 생긴 구멍에 대한 공포가 더 컸다. 지구의 멸망은 지구 인구 70억과 두려움을 공유할 수 있지만 구멍에 대한 공포는 오로지 마을 사람들만의 두려움인 것이다. 혼자 길을 가거나 잠자다 땅속으로 사라질 수도 있다는 가능성이 가혹한 공포로 따라다녔다. 마을 사람 누구도 더 이상 자연과 함께 여유롭게 요양할 수 있는 이상적인 마을로 돌아올 거란 희망을 품을 수 없었다.

제일 먼저 마을을 떠난 사람은 말없이 경청만 하던 오 씨였다. 오 씨 집은 마을에서 가장 작은 집이기 때문에 '작은집'이라고 불렀다. 오 씨 집은 구멍과 가장 먼 곳에 있었다. 오 씨가 떠나던 날, 마을 회의가 열렸다. 집을 헐값에라도 팔고 나만 떠나면 된다고 생각하는 사람들에게 경종을 울리고자 하는 자리였다. 마을 사람들은 고갯짓으로 동조를 했지만 모두 의미 없는 고갯짓이라는 걸 모르지 않았다.

공터 주인과 최 교장과 홍이 매일 찾아간 결과 1차 조사와 다른 지질 조사팀이 나와 여덟 시간에 걸친 재조사를 실시했다. 결과는 뜻밖이었다. 지면과 공동과의 거리가 가까워 붕괴된 것이라고 했다. 더구나 공동이 여러 군데라는 거였다. 다른 곳도 붕괴 가능성이 크다고 했다. 설명을 듣던 마을 사람들은 더 이상 내일이 없다고 낙담했다. 평화롭다고 생각했던 땅 속에 텅 빈 골짜기 같은 공동이 여러 곳이라니, 천재지변에 의한 것이니 대책을 마련해서 잃어버린 생활 터전을 마련해줘야 하지 않겠냐고 아우성쳤다.

며칠 후 공단은 구멍으로 인한 위험 지역을 토지 매입 대상 지역으로 선정해서 하루속히 보상을 통해 이주시키는 것을 원칙으로 삼겠다는 통보를 해왔다.

마을은 보이지 않는 알력이 생기기 시작했다. 위험 지역으로 선정되지 않았다 해도 이곳에 남는다는 것이 기분 좋을 리 없었다. 주민들은 전체 이주를 원했다. 공단 측은 그렇게 확대 해석할 일은 아니라는 말만 반복했다. 홍의 반응이 가장 급격하게 변해 갔다.

구멍과 가장 가까이에 있는 펜션 밑으로는 공동이 지나가지 않기 때문에 토지 매입 대상에서 제외되었다는 거였다. 홍은 결과를 수용할 수 없다고 악다구니를 쓰며 대들었다. 공포의 구멍이 인접한 곳인데 위험하지 않다니, 누가 펜션을 찾겠냐고 욕설까지 퍼부었다. 손님이 아니더라도 당신들 같으면 그곳에서 평화롭게 살 수 있겠냐고 반문했다. 그러나 마을사람 누구도 홍의 심정으로 거들고 나서는 사람은 없었다. 홍은 펜션에 난 균열을 사진 찍어 민원을 넣었다. 오히려 최근에 난 균열이 아니라는 거였다. 홍은 감정을 누그러트리고 재조사에 대해 사정과 부탁을 반복했지만 공단 입장은 더 이상 재조사 할 명분이 없을 만큼 이미 명료하게 조사를 마쳤다는 설명만 돌아왔다.

홍은 안전하다고 했지만 두려움은 여전했다. 구멍가게에

앉아 소주를 따라 마시며 밖으로 시선을 보냈다. 접근 금지라고 쓰여 있는 빨간 띠가 어렴풋이 보였다. 살아 있는 것이 아무것도 감지되지 않은 듯 적막하게 느껴졌다.

홍은 술잔을 내려놓고 밖으로 나갔다. 뜻밖에 최 교장과 몇몇 마을 사람들과 마주쳤다. 홍이 걱정되어 왔다는 거였다. 파리 할머니와 금순 씨가 홍에게 다가와 손을 마주잡고 등을 쓸어내렸다. 구멍 이후 한층 늙어버린 공터 주인도 나타났다. 스피커에서는 계속 기타 연주가 흐르고 있었다.

멈췄던 비가 다시 내리기 시작했다. 홍이 가게로 들어가 서너 개의 우산을 들고 나왔다. 비는 점점 세차졌다. 갑자기 〈빌라로부스 전주곡〉이 빗소리에 섞여 가늘게 들렸다.

"가요, 가, 빠지면 죽어요."

보이지 않던 해봉이 어느새 나타나 비옷 자락을 펄럭이며 외쳤다. 간혹 호루라기도 불었다. 홍은 호루라기 소리가 마치 마을에 일어난 일련의 일들을 종료한다는 신호였으면 바랐다. 비는 조금씩 잦아들었다. 때마침 서쪽 수도원에서 정오 삼종 기도를 알리는 종소리가 들렸다. 마을 사람들은 수사들의 기도가 마을을 구원할 수 있기를 염원하며 두 손을 모았다. 평소에 수도원 쪽으로 산책하다 듣던 그레고리오 성가나 성무일도 기도 소리가 들리는 듯했다. 비는 가늘어졌지만 구멍으로 흘러들어가는 빗물은 여전히 위압적이었다. 기타 연주가 절정에 가까워질 때 해봉은 구멍 가까이에서 마을 사람들을 향해 다시 소리쳤다.

"가요, 가, 빠지면 죽어요. 가요, 가, 빠지면 죽어요."

해봉은 장난감 칼을 휘두르며 외쳤다. 그곳에 모인 사람들은 구멍이 빗물을 빨아들이다가 마침내 마을을 몽땅 빨아들일 것만 같은 불길함에 휩싸였다. 사람들은 알지 못할 힘에 이끌려 구멍 쪽으로 조금씩 다가갔다. 그러나 위험표지판을 넘는 사람은 한 사람도 없었다,

"저것이 뭐기에 우리를 미치게 만드는 거야?"

파리 할머니가 구멍을 바라보며 한탄했다.

"해봉아, 가까이 가면 위험해. 어서 나오너라."

최 교장이 해봉을 향해 소리쳤다.

"가요, 가, 빠지면 죽어요."

"해봉이를 끌어낼 수도 없고 저러고 있으니 어쩐대요? 해봉아, 빨리 나오지 못해?"

공터 주인이 소리쳤다. 오히려 해봉은 신나서 장난감 칼을 휘두르며 더 크게 소리쳤다. 최 교장은 하늘을 올려다보았다. 멈추었던 비가 다시 쏟아질 듯 여전히 하늘은 짙은 잿빛이었다.

"불공평한 일이제. 우째 구멍 옆구리에 자리한 내 집이 이주 대상이 아니라 카는지 기막힌 일이데이."

"우리도 더 이상은 학교에서 생활하기 싫어요. 화장실도 멀

고, 바닥도 딱딱하고. 벌써 새벽으로는 춥단 말예요."

"폐교에 오래 있어야 하면 숫제 집으로 돌아가는 게 낫겠어요."

홍의 불평에 파리 할머니와 금순 씨도 한마디씩 덧붙였다.

"이렇게 많은 비가 내리다가는 동네 다른 곳에 또 다른 구멍이 생기는 거 아녜요? 다른 곳은 괜찮아야 할 텐데 걱정이네요."

"그런 재수없는 소린 입 밖에도 내지 마세요. 말이 씨가 된다는 거 몰라요?"

공터 주인의 말에 최 교장이 나무라듯 말했다.

여기저기서 날카로운 말이 오가는 사이 빗줄기가 다시 굵어졌다. 해봉은 여전히 호루라기를 불며 구멍 주위를 맴돌았다.

"비가 너무 많이 오네요. 이러다가 우리까지 위험할지 몰라요. 얼른 돌아갑시다."

누군가가 흥분된 어투로 재촉했다.

"그러게요. 수도원 산에서 흘러내린 빗물이 무섭게 구멍 속으로 흘러드는 거 보니 무서워서 더는 못 보겠네요."

누군가 공포에 질린 소리로 말했다.

"해봉아, 얼른 나와. 위험해. 우리랑 가자. 어서 와."

누군가가 다시 큰 소리로 해봉에게 소리쳤지만 막상 가까이 가 데려올 엄두는 누구도 내지 않았다.

"자 얼른 갑시다."

누군가 다시 다급하게 말했다.

"하늘에 구멍이라도 뚫렸나, 무슨 비가 이렇게 많이 내린데요?"

최 교장은 우산에 떨어지는 사나운 빗방울 소리에 압도당한 듯 겁먹은 목소리로 말했다.

누가 먼저랄 것 없이 하나둘씩 구멍에서부터 멀어져 갔다.

"우리 기분도 그란데 폐교에 가서 소주 한잔하는 거 어떻습니꺼?"

홍이 입을 열었다.

"기분도 꿀꿀한데 그럽시다. 이런 날엔 파전에 막걸리가 제격이지요."

누군가가 입맛을 다시며 말했다.

"파전 까짓거 내가 해주리다."

파리 할머니가 흔쾌히 나섰다.

"그런데 폐교에 술이 있어요? 사가야 하는 거 아녜요? 파전이면 파도 필요할 텐데, 이 상황에 파가 있어요?"

공터 주인이 한마디 거들었다.

"파는 펜션 앞에 심어놓은 거 있어요. 막걸리는 홍 씨 가게에 있을 테고, 안 그래요 홍 씨?"

"막걸리는 없습니더. 대신 소주는 짝으로라도 가져갈 수 있습니더."

"그럼 서둘러 갑시다. 거기 조심하세요. 미끄러워요."

최 교장이 파리 할머니와 금순 씨를 향해 소리쳤다. 그러나 누구도 해봉의 존재를 기억해 내는 사람은 없었다.

그들이 빠져나간 등 뒤에서 빌라로부스 전주곡만이 끝을 향해 가고 있었다.

소심한 복수가 아니었다면

일행과 공항 밖으로 나온 막내는 멈칫했다. 햇살이 한여름 날씨처럼 따가워서였다. 첫째와 둘째는 겉옷을 벗어 가볍게 털어 가방에 넣었다. 반팔 티셔츠 차림이 된 두 사람은 땀을 찔찔 흘리는 막내와 딱풀에게 너희들 뭐니, 하는 눈빛으로 바라봤다. 막내는 그들의 눈과 마주쳤을 때 둘째의 딸 소연과의 통화 내용이 희미하게 스쳤다.

우리 날씨와 비슷해, 그때까지는 문제가 없었다. 터무니없는 누수공사비용을 제시하던 최 주임의 말이 하필 그때 기억을 헤집고 나와 통화에 끼어들었다. 요즘 이곳 날씨가 미쳤어요. 한여름 같으니까 점퍼 속에 반팔 입고 와서 도착하면 바로 점퍼 벗도록 하세요. 광저우 날씨에 대한 소연의 말을 건성으로 듣고 바로 잊었던 것이다. 그렇지 않았다면 경량 패딩 속에 모가 섞인 긴팔 니트까지는 입지 않았을 것이다.

막내는 경량 패딩 점퍼를 벗어 가방에 구겨 넣었다. 양말도 벗었다. 땀을 뻘뻘 흘리는 손자 딱풀에게 다가가 패딩 점퍼를 벗겼다. 자신과 같은 니트가 나왔다. 딱풀은 손등으로 땀을 훔치며 막내를 향해 이맛살을 찌푸렸다.

걸을 때마다 막내의 맨발이 단화 바닥에 쩍쩍 달라붙었다. 좀 전부터 몸에서 보내는 신호가 심상치 않더니 사타구니와 머릿속, 겨드랑이, 털이 있거나 축축한 곳부터 집중적으로 가렵기 시작했다. 도저히 참을 수 없어 몇 걸음 가다 말고 서서 북북 긁기 시작했다.

삼 년 전이었다. 막내는 폐렴을 앓고 난 후 가려움증이 시작됐다. 의사는 항생제를 여러 날 먹어 생긴 약 알레르기라는 거였다. 여름이면 더욱 기승을 부렸다. 막내는 가려움 때문에 이곳에서의 시간을 망칠 수는 없다고 생각했다. 크로스백을 열고 비상으로 가져온 알레르기약을 꺼내 삼켰다.

막내는 딱풀을 갓난아이 때부터 키웠다. 아들 부부가 맞벌이를 해서였다. 며느리는 부부싸움 했다고 일러바치는 일도 없었다. 아들한테도 며느리 흠을 들어보지 못했다. 상냥하다고 할 수는 없지만 왜 저러지, 그런 구석도 없었다. 그런데 어느 날 두 사람이 헤어졌다는 거였다. 막내는 억장이 무너졌다. 아들 등짝을 아무리 후려쳐도 기막힌 마음이 풀리지 않았다. 저희 좋아서 만나 재미 보고 낳은 자식을 맡겼으면 사전에 그 정도의 상의는 당연하다고 생각했지만 서류까지 정리된 다음 알려왔다.

막내는 두 사람의 이혼이 누구의 잘못인지 알고 싶지 않았다. 죽고 못 살던 두 사람이 어린 자식을 떼어놓을 만큼 절박한 그 무엇이 무엇이었는지, 아들과 며느리가 어쩌다 그 지경까지 갔는지 엄마로서 아무 눈치채지 못한 미련한 자신을 자책한 시간이 길었다.

일은 이미 벌어졌다. 자식을 자신 앞에 슬쩍 흘리고 간 아들 내외의 괘씸함보다 어떻게 키워 내야 할지 막막함이 두려웠다. 조력자로도 벅찼다. 갑자기 주 양육자이자 보호자가 된 현실이 깜깜했다. 손자를 막내에게 맡긴 뒤로 아들놈은 도망가다시피 해외지사로 떠났다.

막내는 딱풀을 데리고 친구들과의 여행에 끼어 다녔다. 열정이나 낭만을 앞세울 처지가 안 된다는 것을 모르지 않지만 포기하지 않고 친구들보다 두 세배 많은 가방을 주렁주렁 달고 따라다녔다. 때로는 자존심이 구겨지는 일이 많았지만 무조건 따라나섰다. 자신이 낙오되면 영원히 낙오당할 것 같았다. 그만큼 여행을 좋아했다.

상관없으니 같이 다니자던 친구들 눈치가 차츰 달라졌다. 호텔 문을 나서려는데 갑자기 손자를 변기에 앉히고 손자 손을 잡고 끙끙 힘을 주고 있는 막내를 바라보는 친구들 표정을 본 뒤로 여행을 끝냈다. 그리고 가끔 두 언니들과 다녔다.

두 언니 역시 딱풀을 데리고 다니는 자신을 거북해 한다는 것도 모를 리 없었다. 그러나 자신의 차를 얻어 타고 다니는 형편이니 노골적으로 싫은 내색까지는 못하는 것이라 생각했다.

이번도 막내에게는 부자연스러운 여행이었다. 유람이 목적이 아니니 여행이라고 명명하기도 애매했다. 굳이 이름을 붙이자면 '갑작스러운 잠적'이란 말이 맞을 거였다.

막내 휴대폰이 가볍게 진저리를 쳤다. 최 주임의 문자였다.

- 왜 통화가 안 돼요? 일이 있으시면 공사 날짜를 뒤로 미루시던지 하셔야죠. 답 기다립니다.

막내는 최 주임이 보낸 문자를 읽으며 야릇한 미소를 지었다.

"너는 예까지 와서도 휴대폰을 손에서 놓지 못하니?"

첫째는 휴대폰을 들여다보는 막내를 향해 얼굴을 찡쭉거렸다.

"아냐 언니, 그럴만한 일이 있어서 그래."

"비밀도 많구나. 우리한테까지 비밀하기니? 말해봐 무슨 일인지."

둘째가 거들고 나섰다. 첫째는 아직도 못마땅하다는 듯 입을 삐죽거렸다.

"언니들, 우리 아파트 배관이 새서 아랫집으로 물이 떨어진데. 그런데 나를 여자라고 깔보는지 공사하기로 날짜까지 잡아

놓더니 하루아침에 터무니없이 공사비를 올리잖아."

"그럴 때는 우리를 부르지. 그런 인간은 혼쭐을 내야 돼. 그 정도야 우리가 가서 위아래로 한번 쫙 훑어보면 겁먹고 내뺐을 텐데 말이야."

"그러려고 했지. 그런데 공사비를 올려놓고 연락 두절이 된 거야. 것도 닷새씩이나. 나중에 나타나 엄마가 아팠다는 거야. 전화도 문자도 얼마나 많이 했는데, 답도 못 할 형편이라는 게 말이 돼? 자기가 의사야, 간호사야. 그래서 나도 소심한 복수를 위해 떠나온 거야. 좋아 당신도 내가 당한 게 뭔지 맛 좀 보라고, 마침 언니들이 소연이한테 가자고 보채기도 하고. 말하고 나니까 속이 후련하네."

후련함 때문인지, 약 때문인지 한결 덜 가려웠다. 막내는 택시 정류장을 찾아 앞장섰다. 막내 뒤를 딱풀이 바짝 따랐다. 딱풀 뒤에 첫째와 둘째가 따라왔다. 강렬하고 뜨거운 태양은 그들을 줄기차게 따라붙었다.

"딱풀아 같이 가."

첫째가 딱풀을 불러 세웠다.

딱풀이란 이름은 첫째와 둘째가 붙여준 별명이었다. 녀석은 막내 곁을 한시반시 떠나지 않고 그림자처럼 붙어 다녔다. 그런 딱풀을 막내는 귀찮다기보다 안쓰러워했다. 부모의 이혼 이후 얻게 된 심리적 불안이란 걸 모를 리 없어서였다. 이혼 전에도 마찬가지였다. 주중은 막내에게, 주말은 저희 집으로, 때로는 외가로 탁구공처럼 보내졌다.

앞서 걷던 막내가 멈춰 서서 메모지를 꺼냈다. 메모지는 소연과의 통화에서 얻은 정보를 적어놓은 거였다. 공항에서 2번 게이트로 나와 길을 건너지 말고 왼쪽으로 300미터쯤 가면 기사들이 먼저 쫓아올 거라고 적혀 있었다. 네 사람과 짐까지, 불편하지 않으려면 택시 대신 밴을 타는 것이 낫다고 쓰여 있었다.

"저거 봐라. 즈그 할미 누가 떼 갈까 봐 딱 붙어 있는 거."

어느새 막내 옆에 와 소매끝을 부여잡은 딱풀에게 둘째가 순하게 눈을 흘겼다.

저만큼에서 검정색 남방 차림의 남성이 뛰어왔다.

"깎아줄게요."

기사는 간단한 한국말을 하는 듯했다. 막내가 택시는 타지 않겠다고 단호하게 말했다. 운전기사는 우리 일행을 보고 손짓 발짓을 섞어 밴이 필요할 것 같아 자신이 다가온 거라며 세워둔 밴을 향해 팔을 뻗었다. 밴은 먼지가 뽀얗게 앉은 겉과 달리 내부는 깨끗하고 시원했다. 막내는 주소가 적힌 메모지를 운전기사에게 내밀었다. 기사는 알겠다는 듯 고개를 끄덕였다.

문제는 난폭운전이었다. 첫째는 몸이 튕겨 올라갈 때마다 허리를 잡고 아구구, 신음 소리를 냈다. 기사는 첫째의 비명 직후 잠시 속력을 줄인다 싶다가 얼마 못 가 무섭게 도로를 내달렸다. 한참 침묵이 흘렀다.

"순애가 못 간다고 했을 때 우리 포기했었잖니. 그치 순덕아?"

첫째가 동의를 얻으려는 듯 둘째를 바라보고 다정하게 말했다.

"맞아. 당연히 포기지, 무슨 수로 우리끼리 이곳에 올 생각을 해. 아무리 소연이가 있다 해도 매일 출근하는 앤데, 우리끼리였다면 엄두도 못 냈을 거야. 순애야 고마워."

"애 학교도 빠지면서 누수 문제로 홧김에 왔으니 언니들한테 고맙다고 인사받을 일은 아니지."

막내가 동행했기 때문에 든든하다고 말하고 싶은 두 언니 마음을 막내는 모르지 않았다. 젊은 네가 알지 우리가 뭘 알겠어, 너도 우리 나이 돼 봐봐, 그러나 평소에 자주 하는 두 언니의 말은 때로 중압감으로 다가왔다.

막내보다 첫째는 열다섯 살, 둘째는 아홉 살 위였다. 아들을 낳으려고 줄줄이 낳은 것이 기막히게도 모두 딸이었다. 중간에 딸 셋이 하늘나라로 갔다는 말을 들었을 때 막내는 억장이 무너졌을 당시의 엄마를 오래도록 생각했다. 그 뒤 막내는 대면조차 못 해본 자매를 위해 기도해 왔다.

첫째는 막내를 업어 키웠다고 했고, 둘째는 지치도록 데리고 놀아줬다고 했다. 막내는 두 언니가 하는 부탁은 되도록 들어

줬다. 업어주고 놀아줘서만은 아니었다. 언니라는 이유로 무경위하지 않았고, 민폐 될 일은 아예 질색하고 멀리하는 언니들이 고마웠다.

"저 봐라, 거기 좀 봐. 저러고 다니니 사고가 안 나겠니? 왜 저렇게 달려야 하는데, 아이쿠 내 가슴이야."

둘째는 자신의 가슴을 퍽퍽 후려쳤다. 창밖에는 오토바이 수십 대가 엉기어 곡예하듯 달리고 있었다.

"죽을 줄 모르고 왜 저렇게 위험하게 달리는 거니? 저거 보니까 속 터져 죽겠네."

둘째 얼굴이 다시 일그러졌다. 첫째와 막내는 동시에 둘째를 끌어안았다.

둘째는 오토바이를 타다 전봇대를 들이받는 사고로 아들을 잃었다. 오래된 기억이지만 결코 잊을 수 없는 아픔이었다.

둘째 내외와 막내가 베이징 망경병원에 도착했을 때 둘째의 아들은 시신 보관 냉동고에 있었다. 사고 충격으로 부어 있는 얼굴은 하얗다기보다 푸른 기운을 띄었다. 막내는 차마 마주할 수 없어 멀찍이 도망가 숨죽여 울었다. 둘째 내외의 오열이 삼월의 냉기를 가르고 퍼져 나갔다. 시신처리원은 무표정으로 빠르게 손을 놀려 둘째의 아들 몸을 닦아 중국 전통의상을 입혔다. 내 아들이 왜, 깡마른 둘째는 부들부들 떨면서 울부짖었다.

중국 공안국에서는 누가 오토바이를 몰았는지, 누가 유명을 달리했는지 궁금하지 않은 듯했다. 다만 미성년으로서 오토바이를 빌렸다는 위법에 관해서만 강조했다.

둘째의 아들 친구들은 진술을 번복했다. 친구들은 출발할 때는 둘째의 아들이 뒤에 탔다고 했고 나중에는 모르겠다고 했다, 동승자는 자신이 운전을 했지만 가는 도중 둘째의 아들이 원해 운전해 갔다고 눈망울을 적셨다. 형제처럼 한 집에서 먹고 자던 그들에게 사실을 알아내기란 쉽지 않았다. 둘째의 아들이 죽었다는 것만 사실이었다.

하얀 얼굴에 주근깨가 많은 공안국 교통관리국 사고 담당 여경은 느긋한 중국 공무원들과 달리 이국에서 사고사한 어린 청년을 빨리 고국으로 갈 수 있도록 노력했다.

둘째는 돌아와서도 한동안 손가락 하나 움직이지 못했다. 반미치광이가 되어 울고 웃고, 그러다 시름시름 앓았다.

중국어를 배우는 것이 유행일 때였다. 둘째 남편이 하는 건축업이 잘 나가던 때라 둘째는 딸과 아들을 누구한테 뒤질세라 뒷바라지했다.

둘째의 아들이 초등학교 4학년 때였다. 가까운 지인이 자신의 아들을 중국으로 유학 보내는데 둘째의 아들도 같이 보내지 않겠냐고 권했다. 둘째 부부는 글로벌 시대에 경쟁력을 위해 중국어 하나라도 확실히 하면 좋겠다 싶었다. 다행히 아들도 가기를 원했다. 그렇게 가까이 지내는 네 집 아들 넷은 중국 유학길에 올랐다. 합숙할 아파트를 얻고 교포 도우미를 두었다. 네 명의 엄마들이 교대로 중국을 오가며 아이들을 돌봤다. 둘째 부부는 화상통화 도중 아들이 능통하게 중국어를 구사할 때마다 유학 보낸 것에 자부심을 가졌다.

교포들 사이에 소문이 떠다녔다. 사내 네 놈이 정신없이 몰려다닌다는 거였다. 그렇잖아도 둘째 부부는 점차 낯설어지는 아들을 다시 데려올 시기를 고민하던 참에 사고가 났던 것이다.

둘째의 딸 소연이 광저우에 있는 국제학교 음악 선생이 됐다고 했을 때 둘째는 극구 반대했다. 둘째는 아들을 잃은 곳으로 유일하게 남은 딸까지 보낼 수는 없다고 울부짖었다.

"엄마, 이력서를 얼마나 많이 내고 얻은 직장인데…… 이제 제 나이도 많고……."

소연의 말을 듣고 둘째는 생각을 바꿨다.

소연이 막내에게 전화해서 자신이 광저우 국제학교 음악선생으로 온 지 일 년이 넘어가는데 어느 한 사람도 자신을 보러 오지 않는다고 심통을 부렸다. 농담이 섞인 심통이지만 소연의 목소리에서 영국 유학시절부터 긴 타국살이의 외로움이 묻어 있다고 느꼈다.

영국으로 성악 공부를 하겠다고 떠난 것이 소연의 나이 서른한 살이었다. 남들은 결혼할 나이에 어딜 가냐고 둘째는 오래도록 말렸다. 대학에서 교육학까지 이수했으니 임용고시를 거쳐 자신 옆에 살면서 교사가 되기를 권했다.

소연의 고집은 만만치 않았다. 대학을 졸업한 이후 유학 가겠다는 열망으로 피아노와 성악 레슨, 결혼식 축가, 자투리 시간에는 편의점 아르바이트까지, 돈이 되는 일은 닥치는 대로 해서 서른한 살에야 떠날 엄두를 낸 거였다. 피나는 노력을 했다는 걸 알기에 둘째는 소연을 끝까지 말리지 못했다.

"소연이가 비행기 티켓도 끊어준다니까 가자, 응?"

둘째는 첫째의 지병인 어지럼증이 언제 도질지 모르니 건강할 때 갔다 오자고 하루가 멀다 하고 막내에게 전화했다. 막내는 갈 수 없다고 했다. 현장학습 보고서까지 내면서 딱풀을 데리고 가는 것도 번거롭다고 했다. 막내에게는 그보다 갑작스러운 누수가 더 문제였다.

벤은 대단지 아파트 앞에 섰다. 막내와 딱풀이 앞서고 바로 뒤에 첫째와 둘째가 나란히 서서 메모지에 적힌 동을 찾아 걸었다. 네 사람의 캐리어 바퀴가 노면 위로 굴러가며 내는 소음이 신고식처럼 느껴졌다.

영상으로 본 대로 독일인 동료 교사가 입주 기념으로 사줬다던 화분이 현관 앞에서 반겼다. 방 두 개, 거실, 아담한 부엌이 잘 정돈되어 있었다. 거실 탁자 위에는 막 일을 마친 듯 노트북이 열린 채 놓여 있었다. 큰방에 더블침대가, 작은방에는 싱글침대가 각각 자리잡고 누워 있었다. 딱풀은 큰 방 창가에 있는 한 사람이 겨우 잘만한 통나무 붙박이소파로 가 갈 때까지 자신이 잘 곳이라며 짐을 풀었다.

각자 싸온 마른반찬을 꺼내 냉장고에 넣었다. 냉장고에 있는 커다란 생수병을 따 첫째는 한 컵, 둘째는 두 컵, 막내도 딱풀도 한 컵씩 들이켰다. 그리고 패잔병들처럼 아무 데나 주저앉아 한참 동안 누구도 입을 열지 않았다.

"그런데 여기가 어디니? 도대체 모르겠네. 우리 여기 처음 와 보지?"

적막을 깬 건 첫째였다. 갑작스러운 말에 둘째와 막내는 어리둥절했다.

"우리가 여기 왜 온 거니? 난 배가 고프다."

"언니, 당연히 처음 와보지. 그리고 여기 중국이잖아. 중국 소연이네 집. 순덕 언니 큰딸 집에 놀러 왔잖아. 언니 우리 놀리려고 장난치는 거지?"

첫째는 아무 말 없이 말을 마친 막내를 빤히 바라보다 입을 열었다.

"맞아 맞아, 우리 중국 왔어. 내가 왜 몰라. 걱정 마."

아휴, 둘째와 막내는 길게 숨을 몰아쉬었다. 막내는 요즘 들어 자신 주변에 이상한 일이 빈번하다는 생각을 떨칠 수가 없었다.

주방과 베란다 경계 천장 모서리에서 물이 떨어진다고 아랫집 남자가 올라온 것이 소연에게 전화를 받을 무렵이었다. 남자는 막내네 집 배관 어딘가 미세하게 터졌을 거라고 했다.

가끔 엘리베이터에서 만나면 은근히 입술에 침을 바르며 위아래를 훑어보기는 해도 쓸데없이 말 시키지 않고 깍듯하게 인사하는, 평소 과묵한 이웃이라고만 생각했던 아랫집 남자는 막내를 자신의 집으로 데려갔다.

극히 모던한 실내는 여자가 한 번도 머무르지 않은 듯 휑했다. 그곳에는 오랫동안 아파트 관리실 영선과 하자보수를 담당했던 최 주임도 있었다. 반년 전 관리사무실을 그만두고 설비업체를 차려 아파트에서 일어나는 하자보수를 독점한다는 소문을 반상회에서 들어 알고 있는 터였다. 아랫집 남자는 바쁜 자신을 대신해 누수가 생긴 뒤로 최 주임이 양동이에 고인 물을 이삼일에 한 번꼴로 비워준다는 거였다. 누수의 시작은 열흘 전이라고 했다.

"진작 알려주셨어야죠. 왜 열흘이나 지나서 연락을 하세요?"

막내는 살짝 언성을 높였다.

"두어 차례 올라갔는데 그때마다 안 계시던데요?"

막내는 그랬구나 싶었다. 그리고 기억을 더듬었다.

지난 열흘은 막내에게 우울한 날의 연속이었다. 사람이 집으로 와 잘못 시술된 눈썹 문신을 지워냈고, 시어머니 기일도 그

즈음에 있었다. 제사상을 위해 시장 본 일 외에는 꼬박 집에 머물렀다. 막내는 반박하려다 그만두었다. 혹시 낮잠이라도 잤을 때 왔다 갔을지 모른다고 생각해서였다.

최 주임과 아랫집 남자는 막내를 세워놓고 한참 말을 이어 갔다. 막내가 들어보니 자신의 집 누수공사에 대한 계획이었다. 막내는 남의 집 공사를 왜 자신들끼리 의논하는지 은근히 화가 났다.

"공사 일정이 차서 보름 뒤에나 할 수 있는데, 제가 특별히 며칠 앞당겨 보겠습니다. 그때까지 양동이 물은 계속 제가 비워 드릴게요."

막내는 통상적으로 공사를 앞두고 누수공사 범위를 어디까지 잡으며 비용은 얼마일지 견적을 내는 것이 우선일 듯싶었다.

"어디를 어떻게 뜯고 공사할 계획인지, 비용은 얼마인지, 우선 견적을 뽑아 저한테 보여야 하지 않나요?"

막내는 나빠진 기분을 감추지 않고 노골적으로 얼굴을 구겼다.

"아고, 사모님 답답하시네. 어디를 어떻게 한다고 설명하면 아시겠어요? 몇 번 말씀 드려야 이해를 하실까, 최 주임이 해야 하자 없이 한다니까요. 다시 물새는 일 있으면 내가 곤란해서 그래요."

"공사할 집은 저희 집이고, 돈도 제가 내는데 제가 듣고 결정해야 하지 않나요?"

돌아온 막내는 아래층 남자와 최 주임의 일방적인 질주가 싫어 가장 빠른 일정에 공사할 수 있는 설비업체를 알아보기 시작했다. 이참에 싱크대도 교체해서 오래 살고 싶었다.

업자들은 이상한 말을 했다. 관리사무소에서 전혀 협조를 안 해준다는 거였다. 다행히 하겠다는 공사업체가 나섰다. 막내는 공사를 하게 되면 소음도, 먼지도 많을 테니 양해해 달라는 말을 전하러 아랫집에 내려갔다.

아랫집 남자를 만나고 온 다음 날, 공사하겠다던 업체에서 일정이 꼬여서 못하겠다는 간단한 연락이 왔다. 그리고 잠시 후 최 주임에게 공사 날짜를 통보 받은 것이다.

짐을 푼 일행은 마트를 가기 위해 집을 나섰다. 아파트단지를 벗어나 골목을 서너 바퀴 돌았을 때 둘째가 작은 식품점을 가리켰다. 규모는 작지만 웬만한 것은 구비되어 있었다. 첫째는 우유를, 둘째는 과일을, 딱풀은 아이스크림과 과자를 사고, 막내는 마실 차를 바구니에 담았다. 소연이 좋아하는 잡채를 하려고 당면과 눈에 띄는 채소 몇 가지도 바구니에 담았다. 막내가 확인한 우유 유통기한이 대엿새가 지나 있었다. 다른 것도 마찬가지였다. 막내가 우유를 제자리에 갖다놓는데 과일 코너에서 뽀얀 속살의 사탕수수가 눈에 들어왔다.

"어머, 여기서 사탕수수를 만나다니, 언니들 난 사탕수수 사 먹을래. 옛날 생각 하면서 먹고 싶어."

"나도 먹을래, 우리 어려서는 동네마다 사탕수수를 키웠잖아. 단물이 죽죽 나오는 게 얼마나 달콤 시원했다고."

첫째와 둘째도 신기한 듯 욕심껏 사탕수수를 바구니에 담았다.

집으로 돌아온 일행은 겉대가 벗겨진 사탕수수를 잘게 썰어 그릇에 수북이 담아놓고 씹어대기 시작했다. 단물이 목구멍으로 넘어가는 소리가 연거푸 세 사람 입 밖으로 새어나왔다. 세 사람은 엄지손가락을 척 올렸다.

퇴근한 소연은 세 사람이 씹어 뱉어낸 사탕수수 찌꺼기를 보고 놀라더니 한바탕 웃었다. 여기까지 와서 겨우 사탕수수냐는 거였다. 둘째는 소연을 오래도록 포옹했다. 눈물을 오래 닦은 쪽도 둘째였다. 소연은 첫째와 막내를 차례로 안았다. 그리고 수줍어서 저만큼 물러서 있는 딱풀에게 다가가 머리를 헝클었다.

"너 언제 시집갈래? 나이를 생각해야지."

"큰이모, 저도 사람만 있으면 바로 가죠. 사람이 없어요."

첫째가 던진 말에 소연이 유쾌하게 대답했다.

"엄마가 하고 싶었던 얘기 큰이모가 대신해주신 거죠?"

소연은 둘째의 등을 쓸어내리며 웃었다.

식탁은 일행이 가져온 반찬만으로도 풍성했다. 소연은 둘째가 챙겨온 무말랭이를 오돌오돌 오래 씹었다.

"너는 어려서부터 저것만 있으면 밥 두 그릇 먹었지?"

둘째가 무말랭이 씹는 소연의 코앞에 얼굴을 디밀고 흐뭇하게 웃었다. 첫째는 자신이 해 온 물외장아찌무침을 연거푸 소연이 밥 위에 올려줬다. 소연은 별로 먹고 싶지 않으니 괜찮다고 했다. 그 말에 첫째가 젓가락을 소리 나게 내려놓았다. 모두 첫째에게 시선이 모였다. 첫째의 볼에 밥풀 한 알이 붙어 있었다. 첫째는 자재가 어려운지 씩씩거렸다. 막내 눈에 첫째가 예전과 다른 사람처럼 보였다.

소연이 갑자기 일어나 와인 잔을 가져와 각자 앞에 놓았다. 딱풀 앞에도 잔이 놓였다. 그리고 붉은 와인을 같은 높이로 따랐다.

"자, 자, 높이 들고 건배!"

소연이 크게 소리쳤다. 막내는 약간 흥분한 소연이 예뻐 보였다.

"엄마, 잘 왔어. 두 분 이모 잘 오셨어요. 우리 귀염둥이 잘 왔어. 내가 주말 빼고는 모시고 다닐 수 없지만 쉬러 오셨다 생각하고 편히 계시다 가세요."

"너는 아무 걱정 마. 이 막내 이모가 있잖니."

막내는 큰소리를 쳤다. 이곳에서 만큼은 모두 걱정 없는 밤이 되었으면 하고 바라는 마음에서였다.

"난 여기가 어딘지 모르겠더라. 너희들도 여기 처음이야?"

다시 첫째가 입을 열었다. 눈빛이 불안하게 흔들렸다.

"물론 우리 모두 처음이지. 우리도 언니처럼 처음이라 낯설어."

"그렇구나."

"엄마, 가시면 큰이모 병원에 좀⋯⋯."

소연은 많이 놀란 듯 희미하게 눈을 뜬 첫째를 한참 바라봤다. 둘째와 막내 역시 첫째의 모습에 내심 걱정스러운 눈빛을 교환했다. 총명했던 첫째의 모습이 아니었다. 모두는 다시 와인 잔을 들었다. 방안에 와인 잔 부딪히는 소리가 맑게 퍼졌다.

막내 휴대폰이 부르르 떨었다. 최 주임이었다.

– 연락도 안 돼서 다른 공사 시작합니다. 내일까지 연락주시면 사모님 공사 먼저 하고요. 막내는 휴대전화를 상 밑으로 밀어 넣으며 이래도 되는 걸까, 불안했지만 통쾌함이 더 컸다. 막내는 얼른 와인 잔을 들어 단숨에 털어 넣었다.

세 자매는 전날 먹고 남은 수수깡을 다시 씹어 뱉기 시작했다. 셋은 키득거리며 돌기가 생긴 혀를 쭉 빼 보이면서도 씹어 뱉는 것을 멈추지 않았다.

"답답한데 수수깡이나 또 사러 갈까? 다 먹어 가는데."

"예까지 와서 수수깡만 씹을 거야? 이제 그만."

둘째의 말에 막내가 단호하게 거절했다. 막내는 어찌 됐든 밖으로 나가야 할 것 같았다.

"내일 가기로 했던 공원 말야. 광저우에서 두 번째로 크다는, 오늘 가면 어떨까?"

막내의 말이 끝나고 대답과 동시에 첫째와 둘째, 딱풀은 부산하게 움직여 배낭 하나씩 어깨에 메고 신발을 꿰고 현관 앞에 섰다. 막내는 소연에게서 받은 메모지를 한 번 더 확인하기 위해 펼쳤다. 공원까지 가는 순서와 환승해야 할 역과 공원 이름 아래 한글발음까지 친절하게 써준 메모지였다.

"자, 출발……"

막내는 현관문 닫히는 소리가 조심히 잘 다녀오라고 당부하는 것처럼 들렸다.

도로는 확장공사로 복잡했다. 막내는 인도까지 차지한 숭숭 뚫린 강철에 구두 굽이 부딪히며 나는 날카로운 파열음이 불쾌했다. 볕은 사납게 따가웠고 등줄기에서 땀이 흘렀다. 다시 막내의 사타구니와 뒷목덜미가 따끔거리고 가렵기 시작했다. 뭔 날씨가 계절도 몰라, 막내는 머릿속에 흐르는 땀을 손수건으로 비벼 닦으며 중얼거렸다.

"순덕아, 거기 서봐. 얼마나 더 걸어야 해? 벌써 다리가 무거워서 못 걷겠다."

첫째가 손수건으로 땀을 닦으며 둘째에게 소리쳤다.

"내가 알아? 순애가 알지. 전철 타자고 했더니 걷자고 한 사람이 누구더라?"

둘째가 신경질적으로 받아쳤다.

"아이고, 언니들, 조용히 좀 갑시다."

막내는 택시 탈 명분을 만들어준 첫째가 내심 고마웠다. 그러나 더위 탓인지 마음과는 달리 말이 퉁명스럽게 튀어나갔다. 소연도 전철 타러 가는 길이 멀다고 택시나 걷기를 권했었다. 소연의 말을 들은 첫째가 복잡한 전철이 부담스럽다고 환승역까지 걸어가자고 우겼던 것이다. 더구나 도로공사로 소음이 심한 줄은 소연도 더더욱 몰랐던 듯했다.

간헐적으로 들리던 날카로운 용접소리가 점점 가까워졌다. 막내는 불안함에 딱풀 손을 더욱 힘주어 잡았다. 순간 딱풀이 외마디 비명을 지르며 잡혔던 손을 빼 양쪽 귀를 덮고 무너지듯 주저앉았다. 막내는 딱풀을 일으켜 세워 오던 길로 뛰기 시작했다. 어느 순간 막내는 딱풀 손에 이끌려 뛰고 있었다. 공사장 소음이 들리지 않을 때까지 무조건 뛰었다. 막내와 딱풀이 이어 잡은 손에 땀이 흥건하게 고였다.

자동차 통행이 금지된 지하통로 앞에 다다랐을 때 막내와 딱풀은 누가 먼저랄 것 없이 주저앉았다. 막내는 가방에서 손수건을 꺼내 딱풀 얼굴에 흐르는 땀을 닦았다. 목덜미와 윗옷을 들춰 등에 흐르는 땀도 닦았다. 가려워 죽을 것 같은 자신의 몸 구석구석의 땀도 닦고 긁적거렸다. 그리고 딱풀을 끌어안았다. 급하게 뛰는 딱풀의 박동이 막내 가슴에 전해졌다. 딱풀은 부모의 이혼 이후 소리에 과민한 이상 반응을 보였다. 더구나 쇳소리를 못 견뎌 했다. 아쟁이나 바이올린과 같은 현악기 소리에 민감했고, 때때로 자지러지게 울거나 웅크리고 주저앉아 경련까지 일으켰다. 막내는 저희 부모와 무슨일이 있었는지 딱풀에게 묻지 못했다. 어린마음 속에 묻어놓은 상처를 차마 한 번 더 파헤쳐 보게할 수는 없었다. 딱풀이 자발적으로 입을 열 때까지 기다려보기로 한 거였다.

"너 혼자 길 가다 이런 일 겪으면 어떻게?"

짙은 쌍꺼풀에 긴 속눈썹의 딱풀이 뭔가 주춤하더니 입을 열었다.

"무서워서 죽을 거 같은데 오늘처럼 뛰어. 할머니가 말했잖아. 조금만 크면 괜찮아질 거라고."

"맞아, 기특한 내 새끼, 곧 나아지고말고."

막내는 손등으로 자신의 눈가에 흐르는 뜨끈한 눈물을 문질러 닦았다.

"할머니는 아픈 데 없어?"

"많아. 너무 많아서 말할 수가 없을 정도야. 무서움증도 많고, 원망하고 의심하고 어려운 사람들 못 본 척 외면하고, 아픈 곳이 너무 많아. 너는 할머니에 비하면 아픈 것도 아니야. 할머니 말대로 조금만 더 크면 다 나을 수 있어. 할머니랑 같이 힘낼 거지?"

"응, 할머니는 내 옆에서 언제까지고 떠나지 않기다, 알았지?"

"물론이지, 말이라고? 끝까지 네 옆에 착 달라붙어 있을 거야."

막내와 딱풀은 마주보고 피식 웃었다.

"어떡해……"

막내는 가벼운 탄식을 내뱉었다. 두 언니를 두고 왔다는 생각이 불현듯 들었다. 막내와 딱풀이 사라졌다는 것을 안 순간 발을 동동 구르고 있을 두 언니가 떠오르자 눈물이 핑 돌았다. 다행인 것은 막내와 딱풀이 그들보다 앞서 걷다가 왔던 길로 뒤돌아 뛰었기 때문에 두 언니 눈에 띄었을 가능성이 높았다.

막내와 딱풀은 왔던 길을 되짚어 뛰기 시작했다. 아랫집으로 물이 떨어지듯 막내 얼굴에서 땀이 뚝뚝 떨어졌다.

물이 샌다는 걸 알게 된 며칠 뒤 최 주임과 아랫집 남자가 막내네 집을 찾아왔다. 최 주임은 손바닥으로 벽을 더듬으며 고개를 갸우뚱거렸다. 그리고 누수 된 배관을 찾기보다 전체를 교체해야 한다는 거였다. 처음 공사비용보다 두 배는 더 들 거라고 했다. 다음 날부터 아랫집 남자는 막내에게 찾아와 양동이에 떨어지는 물 양이 점점 많아졌으니 공사를 빨리 진행하라고 은근히 재촉했다.

막내는 어느 순간 신경쓰는 게 귀찮다는 생각이 들었다. 최 주임에게 공사비용은 만나서 다시 한 번 얘기하자고 문자를 보냈다. 답이 없자 전화를 했다. 통화가 안 되자 아랫집을 생각해서 빨리 공사를 시작해 달라는 사정조의 문자를 다시 보냈지만 답은 없었다.

수많은 상상을 펼쳤다. 물이 진짜 새긴 새는 건가, 비정상적인 의심까지 들었다. 막내는 어느 순간부터 참을 수 없이 화가 치밀었다.

최 주임이 잠수 탄 것처럼 막내는 자신도 잠수를 타기로 마음먹고 광저우행 비자를 신청했다. 가장 빠른 날짜의 비행기 티켓도 끊었다. 막내는 자신의 소심한 복수 계획에 희열을 느꼈다.

광저우로 떠나기 이틀 전 최 주임에게 문자가 왔다. 어머니가 편찮으셔서 지방에 다녀왔다는 거였다.

- 비용은 먼저 정한 액수로 알고 사흘 뒤에 공사 시작하겠습니다.

막내는 대답 대신 - 애쓰셨네요. 애매한 문자를 보냈다. 그리고 이틀 뒤 광저우를 가기 위해 새벽에 집을 나왔다.

인파 속에서 낯익은 두 사람이 눈에 들어왔다. 두 사람은 반 실성한 사람처럼 두 손을 이어 잡고 가지도 오지도 못하고 두리번거렸다.

"야, 너는 네 새끼만 중하니? 우리는 버려도 돼?"

다리는 풀리고 국제미아가 된 기분이었다고 첫째와 둘째는 번갈아 막내 등을 후려쳤다.

"언니들 정말 미안해, 힘들면 집에 갈까? 아님 택시라도 타고 공원엘 갈까? 언니들 하자는 대로 할게."

막내는 뛸 때 소진된 힘이 회복되지 않아 돌아가 쉬고 싶었다. 첫째와 둘째는 공원이란 말에 눈이 다시 초롱초롱해졌다.

"저기 저거 빈 택시 아니야?"

둘째가 대답 대신 택시를 향해 손을 번쩍 들었다. 일행은 우르르 몰려가 택시에 올랐다. 막내는 소연이 써준 메모지를 기사에게 보여주었다. 모두 힘에 부친 듯 멀뚱히 앉아 밖을 내다봤다. 일행을 태운 택시는 꽤 오래 달려 공원에 도착했다.

"지금부터 손 놓치면 안 돼. 두 언니는 이렇게 잡고, 딱풀아 너는 할머니 손 놓치면 안 된다."

소풍 나온 유치원생처럼 손을 이어 잡고 공원 안으로 들어갔다. 잘 도착했다는 안도감에 모두 뿌듯한 표정을 지었다.

공원은 엄청 넓어 보였다. 공원을 한 바퀴 돌 수 있도록 꼬마 열차 표를 끊었다. 딱풀이 좋아할 줄 알았는데 첫째와 둘째가 더 화사한 표정으로 꼬마 열차에 올라탔다. 숲은 넓고 웅장했다. 이름을 알 수 없는 붉고 노란 열매가 알록달록 매달린 넝쿨식물이 터널 위를 덮은 걸 보고 와, 첫째와 둘째가 내지른 탄성이 숲으로 내달렸다.

"언니, 나 이런 거 진짜 오랜만에 타 본다. 언니는?"

"얘는, 네가 오랜만이면 나는 더 오랜만이지. 솔직히 처음 타봐."

첫째가 조금은 수줍은 듯 한마디 던졌다. 달뜬 표정의 첫째와 둘째를 바라보는 막내 표정이 잠깐 어두워졌다.

"언니들, 미안해. 딱풀 키운답시고 아름다운 이 세상 소풍 끝날 때까지 만끽하자고 약속해놓고 못 지켜서, 앞으로는 더 열심히 자주 다니자."

"말로만? 너는 항시 자주 데리고 다닌다고 해놓고 매번 바쁘다고 퇴짜 놨잖아. 안 그러니 둘째야?"

첫째가 양미간을 찌그러뜨리며 말했다. 대답한 쪽은 둘째가 아니라 막내가 입을 열었다.

"맞아, 언니들, 앞으로 약속 꼭 지킬게."

막내는 진심으로 첫째 말에 공감했다. 다시 막내의 표정이 어두워졌다. 좀처럼 첫째가 불만을 얘기하거나 상대방을 면박 주는 일은 없었다. 더구나 험상궂은 표정은 처음이었다.

"거지가 들었나, 배고파서 더는 못 다니겠다."

꼬마 열차에서 내려 몇 발짝 안 가 첫째가 다급하게 입을 열었다. 당뇨가 있는 첫째는 식사 시간을 넘기면 맥없이 주저앉았다.

막내는 요기할 곳을 찾아 눈을 두리번거렸다. 마침 멀지 않은 곳에 안내도가 있었다. 안내도에는 선택의 여지 없이 식당은 한 군데뿐이었다. 모두 식당이 있는 공원 동쪽으로 향했다.

"저기 식당이다."

딱풀이 외쳤다. 첫째와 둘째는 기력을 소진하기 싫다는 듯 입은 다물고 딱풀이 가리키는 방향으로 발을 옮겼다.

"나는 입에 맞지 않을 것 같네. 튀기고 볶은 거 싫어하잖아."

막내의 말은 단호했다.

"입에 맞지 않는 사람은 구경만 해. 난 무조건 저기서 먹어야 해. 더는 못 가."

첫째의 말은 얼굴까지 구긴 탓인지 한층 더 단호하게 들렸다.

"나는 배고파도 못 먹는 건 못 먹어. 언니들 알잖아."

막내의 말에 첫째는 입을 삐쭉거렸다. 둘째는 허기보다 휴식이 더 필요하다는 듯 허리를 비틀었다.

식당 안은 아수라장이었다. 일이 층이 모두 만석이었고 종업원 누구 하나 눈길을 줄 여력이 없어 보였다. 손님들 목소리는 시장을 방불케 했고 종업원들은 손님들한테 지고 싶지 않다는 듯 더욱 큰 소리로 소리쳤다. 첫째는 주저앉을 태세로 엉덩이를 쭉 빼고 식당 통로를 막고 서 있었다. 막내는 종업원을 잡고 자리 좀 찾아달라고 손짓으로 말했다. 종업원의 알아듣지 못할 설명이 한참 동안 이어지더니 책임자로 보이는 사람이 다가와, 없어, 기다려, 한국어로 명료하게 한마디 던지고 사라졌다. 막내는 이런데도 이곳에서 꼭 먹어야겠어? 첫째와 둘째를 향해 휘둥그레 뜬 눈으로 물었다. 오히려 두 사람은 어떻게 좀 해봐, 라는 눈빛을 막내에게 보냈다. 막내는 두 언니들의 눈빛에도 불구하고 돌아서는데 딱풀이 옆구리를 꾹 찔렀다. 딱풀이 가리키는 손끝에는 식당 출입구 앞 나무 그늘 아래 식탁에서 막 식사를 마치고 일어나는 손님들이 보였다. 딱풀은 득달같이 달려가 자리를 차지하고 앉았다.

그림 보고 시킨 음식은 의외로 맛있었다.

"순애야, 너는 구경만 한다더니 우리보다 더 많이 먹네?"

첫째의 말에 막내는 궁색한 변명거리를 찾다 피식, 웃어버렸다. 오히려 첫째와 둘째는 얼마 못 가 젓가락을 놓았다. 끝까지 젓가락을 놓지 않은 사람은 막내였다. 막내는 식당을 나오면서 한동안 첫째와 둘째에게 안 먹겠다더니 아귀같이 먹더라는 얘기를 듣게 될 거라는 생각에 웃음이 나왔다.

일행은 오리배 타는 곳으로 발길을 돌렸다. 손짓으로 티켓을 끊고 막내가 배 핸들을 잡고 천천히 앞으로 나아갔다. 신난다.

첫째와 둘째가 괴성을 질렀다.

"너희들하고 있으니 좋다. 나 오늘밤은 잠 잘 올 것 같아."

"언니, 잠 못 자는 사람처럼 왜 그래?"

첫째 말에 둘째가 끼어들었다.

"나 잠 못 자. 오래됐어."

"그래? 요 며칠 잘 잔다고 생각했는데 불면증이 있을 줄은 몰랐네? 언니 많이 힘들었겠다."

막내가 거들고 나섰다.

"너희들이 잠을 하 잘 자서 잠 안 온다고 일어나 서성거릴 수가 없었어. 그래서 쥐 죽은 듯 가만히 누워 있었어. 그러니까 잠 못 자는 거 몰랐을 거야."

"언니, 나도 새끼 떠나보내고, 밤이고 낮이고 미치겠더라고. 오랜 시간 힘들었어. 그러다 너무 괴로워서 생각했어. 애처럼 단순하게 살아보자고, 그래서 언니한테도 많이 까불잖아."

"그래, 잘 생각했어. 언니한테는 많이 까불어도 돼. 이상하게 나도 너희들 만나면 잠깐이라도 잠이 오더라고, 신기해 죽겠어."

첫째는 상기된 목소리로 말했다. 잠시 침묵이 흘렀다. 막내가 운전을 멈추자 오리 모양의 배는 호수 위로 길고 환하게 내려앉은 해를 놀리듯 빙글빙글 돌았다. 막내는 하늘을 올려다봤다. 높고 푸르렀다. 햇빛이 눈부셔 눈을 가늘게 찌푸리고 바라봤다. 이곳에 온 이후 가장 맑은 하늘이었다. 막내는 오늘만큼은 뭐든 서둘러 마치고 싶지 않았다.

"착한 일을 했다고 엄마가 주신 돈 무얼 할까요? 사탕 살까요? 과자 살까요? 아니, 아니 아니야, 저금해야죠. 너희들 이런 노래 알지?"

첫째가 갑자기 화사한 목소리로 말했다.

"그럼 알지. 언니가 아버지 앞에서 이 노래 불렀잖아. 그래서 용돈 타고."

"나 아니고 네가 검정 고무신 신고 나풀거리며 불렀잖아. 째지는 목소리로. 나는 아버지 싫어서 아버지 앞에서 한 번도 노래 안 불렀어."

"이상하다. 나 그런 노래 부르지 않았는데. 그럼 순애였나? 근데 별일이네. 언니가 아버지 얘기를 다 하고."

둘째는 자신이 부르지 않았다는 걸 증명이라도 하듯 여러 차례 더 우겼다. 첫째가 아버지 얘기를 하는 것은 좀처럼 드문 일이었다. 더구나 싫어했다는 말은 처음이었다.

"나는 공부를 많이 하고 싶었어. 아버지가 맏딸은 살림 밑천 이라고 나만 중학교를 안 보내줬거든. 그게 한으로 남았어. 공부도, 그림도, 노래도 내가 얼마나 잘했는데, 아버지가 그랬어, 맏딸은 살림밑천이라고, 많이 배울 필요 없다고."

"언니, 많이 서운했겠다. 그치?"

막내는 진심으로 위로하고 싶었다. 결핍이 주는 아픔은 깊고

오래간다는 것을, 몸이 기억한다는 것을 딱풀을 통해서 충분히
아프게 느꼈으니까.

"나 둘째 아이 중학교 때 학교에 갔는데 백지를 한 장씩 나
눠주는 거야. 몰래 교실을 빠져나왔잖아. 그 백지에 뭔가 잘 써
서 내야 할 숙제가 있는 줄 알았거든. 내가 반장 엄마인데, 못
하면 내 아들이 창피하잖아. 복도에서 창틈으로 들여다보니까
선생님이 그 백지 위에 간식을 나눠 놓는 거야. 그래서 화장실
다녀온 척 살그머니 들어가 앉았어."

아들 셋이 효자인데 뭔 걱정이야, 둘째와 막내는 첫째를 향
해 매번 같은 말을 했었다. 돌이켜보니 자식을, 남편을 먼저 떠
나보낸 둘째를, 손주를 키우느라 분주한 막내를 안타까워하느
라 미처 자신의 괴로움은 내색하지 못했던 거였다. 막내는 첫
째의 뒷모습이 오늘따라 호수 뒤편으로 기울고 있는 석양과 닮
아 있다고 생각했다.

"언니 그만해. 나는 뭐 나은지 알아? 매번 등록금도 제일 꼴
찌로 내서 종례 때마다 선생님이 이름 부를까 봐 얼마나 떨었
다고, 창피한 건 말마. 언니도 이해 못 할 거야."

둘째의 목소리가 가늘게 떨렸다.

"아버지는 너를 제일 예뻐하셨어. 나한테는 맏이라고 짐만
지워주고, 많은 것들이 네가 기억할 수 있는 나이가 아니었어.
내가 기억할 뿐이야."

첫째는 오늘따라 자신의 기억에 전적으로 동의해주기를 바라는 듯 굽히지 않았다.

"저 언니가 오늘따라 왜 저래?"

둘째가 입을 삐쭉거리며 낮게 중얼거렸다.

"앞으로 나는 너희들하고 이런 여행 다니기 어려울 거야. 나이도 있고 힘도 딸리고, 나 죽어도 너희들 기억해줄 거지?"

"언니, 누군가 그러더라. 죽은 이는 산 이를 결코 잊지 않는다고, 그런데 산 사람은 죽은 이를 자주 잊어버린대. 나도 애 아빠랑 내 새끼 잊을 때가 많아. 이래도 되나 싶을 만큼, 그래서 많이 미안해. 언니도 죽어서 기억해 달라고 하지 말고 살아서 한 번이라도 더 뭉치고 즐겁게 지낼 생각을 해, 죽은 뒤 걱정을 왜 미리 해."

둘째 말에 갑자기 우울한 공기가 배 안 가득 스멀거렸다. 잠깐 침묵이 이어졌다. 그 뒤로도 첫째는 자꾸 쓸쓸한 터널로 빠지려는 듯 위태위태해 보였다.

첫째가 공기를 무겁게 하는 일은 극히 드문 일이라 둘째와 막내는 요 며칠 첫째가 안쓰럽고 걱정이 됐다. 그러나 말은 늘 반대로 튀어나왔다.

오리배는 잔잔한 호수 한가운데 떠 있었다. 멈춰버린 시간 속 여행처럼 가볍지도, 무겁지도 않게 시간이 지나갔다. 어느 순간 다른 오리배가 빠른 속도로 그들이 탄 배 옆을 지나갔다.

그들이 탄 오리배가 가볍게 출렁였다. 막내는 가벼운 출렁임이 싫지 않았다.

많은 출렁임을 견디고 이곳에 앉은 첫째와 둘째를 바라봤다. 막내는 두 언니와 자신에게 이곳에서의 출렁임은 대체 어떤 의미일까 생각했다. 또 딱풀은 시간이 지난 어느 날 문득 무엇을 기억할까. 첫째의 말처럼 이런 시간이 다시 찾아올 수 있기나 할까, 그런 생각이 들자 갑자기 쓸쓸해졌다.

강렬한 빛이 그들의 오리배에 내려앉았다. 막내 등줄기에 땀방울이 주르륵 흘러내렸다. 눈가로도 땀인지 눈물인지 모를 것이 흘렀다.

'너희들하고 앞으로 이런 여행 힘들 거야.' 첫째의 말이 햇살에 섞여 막내를 건드렸다. 막내는 소심한 복수를 위해 이곳에 오지 않았다면 첫째와 둘째의 깊은 심사를 헤아릴 수 있었을까, 새삼 누수가 만들어준 갑작스러운 잠적이 고마웠다.

막내는 그간 호수 위의 오리배처럼 방향을 잃고 떠 있는 시간이 길었다는 생각이 문득 들었다. 첫째와 둘째는 곤한지 졸고 있었다. 딱풀도 꾸벅꾸벅 졸았다.

공원의 인파는 눈에 띄게 줄어 있었다.

"껌이라도 씹으며 가자. 입이 쓰다."

첫째는 입안이 마르는지 연신 침을 만드느라 혀를 굴리며 오물거렸다.

"저기 편의점 있다."

딱풀이 길게 팔을 뻗어 가리켰다. 그들은 딱풀이 가리키는 손끝을 바라봤다. 그리고 누가 먼저랄 것도 없이 발길을 그곳으로 돌렸다.

각자 그림을 보고 사고 싶은 먹을거리를 주섬주섬 들었다. 첫째는 껌을 세 통이나 샀다. 둘째는 빵과 딸기우유를, 딱풀은 막대아이스크림과 바나나 사진이 프린팅된 과자를, 막내는 목젖을 톡 쏘아줄 사이다를 샀다. 계산을 마치고 공원 꽃밭과 인도의 경계석에 쪼르르 걸터앉아 편의점에서 산 간식을 뜯었다.

"이거로 저녁은 건너뛸 거야?"

"누가 건너뛴대? 너는 안 먹어도 살지 몰라도 난 저녁 안 먹고는 못 살아."

첫째가 둘째를 향해 쏴붙였다.

"언니, 누가 안 먹어도 살 수 있대? 나도 저녁 안 먹으면 못 살거든. 너는?"

둘째가 막내를 바라보며 말했다.

"나도 먹을 거야. 너는?"

막내는 딱풀에게 눈길을 돌려 물었다.

"할머니랑 나랑은 한 번도 저녁밥 안 먹은 날 없잖아요."

"그럼 우리 얼른 돌아가서 소연이랑 저녁밥 맛있게 해 먹고 놀자. 벌써 배가 고프다. 나도 거지가 들었나 봐."

막내가 활기차게 말했다.

"사실은 나도 출출했어."

둘째도 고백하듯 속삭였다. 순간 정적을 깨고 막내 휴대폰이 부르르 떨었다. 최 주임의 문자였다.

– 이러시는 거 아닙니다. 정말 이러시면 곤란합니다.

죄송해요. 갑자기 저희 어머니가…… 막내는 돌아가서 최 주임에게 할 말을 연습하며 휴대폰을 가방 깊숙이 쑤셔 넣었다.

안드로메다은하로 가자

셔플댄스 음악과 일렉트릭 사운드가 홀을 휘감자 한층 열기가 고조됐다. 현란하게 돌아가는 사이키 조명을 바라보는데 아버지의 기도 소리가 문득 떠올랐다.

아버지의 자전거는 한 번도 땅 위를 구르지 못했다. 타보지 못한 자전거 바퀴를 아버지는 손으로 돌린다. 사그르 사그르, 자전거 체인을 한참 돌린 후 엄지손가락을 놀려 묵주 알을 돌린다. 어린아이의 얼굴로 침을 뚝뚝 떨어트리며 아주 오래 기도를 올리고 끝인가 싶을 때 주님, 한숨을 내뱉듯 다시 긴 기도에 들어간다. 뭔 기도를 그토록 오래한대요? 내 물음에 아버지는 환희에 찬 얼굴로 말한다. 우리 아버지 예수님과 성모 어머니께 우리를 지켜달라는 간절한 기도지. 일그러진 입에서 침을 흘리며 웅얼거린다. 아버지가 드리는 기도가 과연 아버지의 아버지에게 닿기나 할까, 그럴 때마다 나는 아버지를 의아하게 바라봤다.

음악 소리가 잦아들더니 조명이 사회자에게로 집중됐다.

"지금부터 고개를 들어 천장을 바라보십쇼. 여러분이 고대하시던 순간이 드디어 왔습니다. 저랑 같이 5초를 세면 저 장엄하고 웅장한 천장의 돔이 열릴 것입니다. 자, 오늘의 하이라이트, 5초를 세실 준비되셨나요?"

그의 말은 유연하면서도 단호했다. 유지들이 돔을 향해 비둘기를 날려 보내면 나는 그 비둘기들을 무사히 돔 밖으로 탈출시켜야 하는, 나름 막중한 책임이 주어진 거였다. 그 전에 돔이 열리는 장엄함이 기다리고 있었다.

"자, 시작합니다. 오, 사, 삼, 이, 일. 여러분, 뜨거운 박수 부탁드립니다."

사회자와 숫자를 함께 외치던 손님들이 일제히 일어나 돔을 올려다보았다. 유지들도 어설프게 두 팔을 들어 환호했다. 나는 사회자가 멘트를 날리는 동안 나에게 맡겨진 업무에 신경쓰느라 집중이 어려웠다.

여덟 개의 별 조각으로 맞춰진 돔이 차츰 벌어지기 시작했다. 재즈에 가까운 일렉트릭 사운드가 클럽을 박살 낼 듯 요란하게 울려 퍼졌다. 모든 조명은 돔을 향해 빛을 쏘아 올렸다.

"이제부터 여러분은 평생 기억에 남을 뜨거운 밤을 보내게 될 것입니다. 근심, 걱정 다 버리고 오늘만큼은 열정을 불사르십시오. 오늘밤, 여러분 모두의 가슴에 큐피드의 황금화살이 팍팍 박히리라 믿습니다."

사회자의 멘트가 끝나자 빡빡이 형이 세 명의 무용수에 둘러싸여 무대로 나왔다. 돔을 향해 색소폰을 높이 치켜들고 미꾸라지처럼 현란하게 몸을 비틀며 불어댔다. 대부분 40대로 보이는 손님들은 부킹을 통해 만난 파트너와 뒤엉키며 돌아쳤다. 돔 주변은 염소자리, 처녀자리와 사자, 물고기, 쌍둥이자리 등 밤하늘의 별을 대신해 12별자리 불빛을 쏘아 올려 돔 주변 가득히 수놓았다. 밤하늘보다 더 황홀했다.

"여러분, 오늘 이벤트의 하이라이트는 평화를 상징하는 비둘기가 열린 돔을 통과해 창공으로 비상하는 것입니다. 비둘기가 힘차게 날아오르면서 여기 계신 여러분의 근심, 걱정, 모두 물어다 저 높은 허공에 날려 보내줄 것을 믿어 의심치 않습니다."

팡파르가 울려 퍼졌다. 조명은 번쩍거리고 음악 소리는 더욱 고조되어 고막을 때렸다. 순간 1층 난간에 섰던 관리부장과 눈이 마주쳤다. 부장은 자신의 귀를 가리켰다. 아뿔싸. 귀에 꽂혀 있어야 했던 이어폰 무전기가 땀에 젖은 채 내 손아귀에 있었다. 관리부장은 청양고추를 한 움큼 삼킨 얼굴로 인상을 구겼다. 사회자의 멘트에 혼이 빼앗겨 잠깐 듣는다는 것이 그만 무전기를 귀에서 뺐다는 사실조차 잊고 있었던 거였다. 관리부장은 내가 이어폰 무전기를 귀에 끼자마자 사납게 소리쳤다. 잠깐 들어볼 생각이었다는 말은 부장의 화를 한층 돋게 만들었다.

"똑바로 못해? 너 내 성질 건드리려고 작심했냐? 정신 차려 임마."

정신 차려야 되는 건 맞지만 성질을 건드리려고 했다는 말은 억울했다. 부장의 성질을 익히 알고 있는 터라 긴장감으로 몸이 굳어왔다. 누군가 땀에 전 내 모습을 봤다면 물에 빠진 생쥐 한 마리를 봤다고 했을 거였다.

사장과 유지들은 벌써 2층 원형 난간에서 비둘기를 날릴 준비를 마치고 있었다. 좀 전에 사회자가 무작위로 뽑은 두 명의 손님도 비둘기를 거머쥐고 있었다. 경찰 제복을 입은 파출소장도 근엄하게 돔을 올려다보고 섰다. 대형할인마트 사장도 보였다. 이 바닥에서 의리의 주먹이란 별명을 가진 백구두도 보였다. 지자체에서 영향력 있는 사람도 초대했다고 들었으니 그들도 저 중에 있을 거였다. 마치 연예인처럼 세련돼 보이는 사장은 있는 대로 똥폼을 잡고 중앙에 서 있었다. 잠시 후 부장의 지시가 다시 끼어들었다.

"3층으로 뛰어. 거기서 빠져나가지 못하는 놈들 책임지고 날려 보내도록 해."

나는 지시받은 대로 3층 난간으로 올라갔다. 난간에서 열린 돔 사이로 하늘을 올려다보았다. 셀 수 없이 많은 별이 총총히 떠 있을 거란 짐작은 빗나갔다. 어려서 은하철도 999에서 봤던 깜깜한 밤하늘을 수놓은 별은 어디에도 보이지 않았다. 지붕의 간판에서 뿜어져 나오는 네온사인 불빛만이 찬란했다.

돔을 열면 보석이 흩뿌려진 듯 별빛이 영롱할 때도 있었다. 겨울에는 눈이 돔 안으로 낙하할 때 손님들은 오줌을 지릴 정도로 환호했다. 저 깜깜한 밤하늘 어딘가에 매일 아버지가 기도로 만나는 아버지의 아버지가 정말 계실까, 문득 그런 생각이 들었다.

아버지는 대공원 호수 앞 광장에서 자전거대여점을 했다. 중학교에 입학할 때까지 나는 자주 아버지가 하는 공원으로 가 자전거에 꿈을 싣고 달렸다. 친구들을 몰고 가 물리도록 자전거를 탔다. 벚꽃이 만발할 때도, 낙엽비가 흩뿌릴 때도 자전거를 타고 공원을 누볐다. 공원이 전부 네 꺼다. 아버지의 말을 당연히 믿었다. 공원을 달리는 자전거가 모두 아버지 것이었으므로 그 말을 의심해보지 못했다. 아버지 공원이니 내 것도 된다는 말이었다. 우길 걸 우겨라 새꺄. 머리가 굵어지면서 아버지가 한 말이 헛소리였다는 것을 친구들 입을 통해 알았다. 나는 궁색한 변명거리를 찾지 못해 주먹을 날렸다. 그동안 자전거를 공짜로 태워준 덕분에 사실이라 믿던 우스운 거짓말은 크게 문제 삼지 않았지만 나는 더 이상 꿈을 매달고 달리지 못했다. 공원이 내 것이 아니라서 오는 변화는 없으므로 그것 때문만은 아니었다. 자전거에 매달고 달리던 터무니없는 으스댐이 뭐였는지, 아무리 이해하려 해도 스스로를 설득시키지 못했다. 아닌 것을 기라고 우기던 날들이 부끄러웠다. 더는 공원이 친구가 되지 못했다.

"진짜 의심 없이 믿었다고? 공원을 네 꺼라 믿는 놈이 멍청이지. 넌 그때나 지금이나 멍청이야 짜식아."

석구가 하던 말이 떠올랐다. 고리타분한 놈. 그러다가 결국 멍청한 놈으로 결론을 맺었다. 클럽은 석구의 소개로 들어왔다. 석구는 돈벌이가 괜찮다며 웨이터를 권했다. 나는 거절하고 관리를 택했다. 오후에 출근해서 새벽에 퇴근하는 지금의 관리직은 고민할 필요 없는 선택이었다. 아버지를 돌보며 할 수 있는 일이라는 것이 가장 큰 이유였다. 앞으로 돈을 모아 복학도 해야 한다. 졸업해서 어떻게든 정규직으로 취직하고 싶었다. 그래야 정규직으로 취직했다는 아버지에게 한 거짓말이 거짓말이 아니게 될 거였다.

아버지 병원비와 약값을 제하고 남는 돈으로는 대학등록을 기약 없이 유보해야 한다는 것을 내가 아는 것처럼 아버지도 자전거 바퀴를 사그르 사그르 돌리는 것만으로는 온전한 재활치료가 될 수 없다는 것을 모를 리 없을 거였다. 다시 사그르 사그르 아버지가 돌리는 자전거 바퀴 소리가 귀에 꽉 차올랐다.

"자, 여러분의 눈앞에서 놀라운 광경이 펼쳐질 것입니다. 다시 한 번 돔을 향해 고개를 들어주십시오."

나는 이어폰 무전기를 뽑은 한쪽 귀를 통해 들리는 사회자의 말대로 돔을 올려다보았다. 1층 바닥에서 3층 천장 돔까지는 대략 13미터였다. 2층과 3층의 가장자리는 룸이었다. 비둘기가 날아오르다 옆길로 빠질 수 있는 높이여서 2층 난간에서 날리는 거였다. 돔을 열고 닫을 때까지 허용된 시간은 15분이었다. 각본대로라면 15분 안에 비둘기가 깔끔하게 여름밤 하늘을 향해 날아줘야 했다.

"잠시 후 카운트가 시작되면 저 비둘기들이 여러분의 염원을 싣고 하늘 높이 날아오를 것입니다."

마이크를 통해 들려오는 사회자의 말은 클럽을 쩡쩡 울렸다.

"야, 비둘기 놈들 모두 내보내는 건 너한테 달렸다. 왜 대답이 없어?"

"알겠습니다."

부장은 모처럼 손님이 많은 날 날아가지 못한 비둘기가 클럽을 아수라장으로 만들면 바로 해고라고 다그쳤다. 날아가지 못하는 놈들은 무능한 내 탓이라는 말로 쐐기를 박았다. 가장

염려하는 것은 비둘기가 손님들한테 똥을 싼다는 가정이었다.

"카운트를 시작하겠습니다. 쓰리, 투, 원, 제로."

사회자의 말이 끝나기도 전에 부장의 날카로운 재촉이 다시 고막을 때렸다.

"야, 놈들 내보낼 준비 단단히 했지?"

"네 걱정 마십쇼."

나는 큰 소리로 복창했다. 순간 내빈의 손에서 떠난 비둘기들이 뚫린 천장을 향해 힘차게 날아올랐다. 마치 안드로메다 은하까지 날아갈 것처럼 하늘을 향해 솟아올랐다.

"박수, 이 벅찬 순간을 여러분과 함께 박수로 나눕시다."

사회자는 한껏 고조된 목소리로 환호를 종용했다. 밤 9시가 넘어서고 있었다. 클럽은 밤 11시부터 새벽 1시까지가 피크였다. 오늘은 특별 이벤트로 영업을 일찍 시작했기 때문인지 벌써 장내는 무대로 나온 취객들로 출렁였다. 미러볼에서 내쏘는 침침한 불빛에 일렉트릭 음악이 화재 현장에 몰아닥친 소방차 사이렌처럼 요란했다. 나는 날아오르는 비둘기에서 눈을 떼지 못했다. 저것들이 나를 초긴장으로 만든 놈들이란 말이지. 날아오르는 놈들을 보는 순간 긴장감을 비집고 이상하게 통쾌함이 솟구쳤다. 나도 양 겨드랑이 사이에 날개가 돋아 푸드덕 날아오르는 것만 같았다. 나는 양팔을 높이 쳐들었다. 날개는커녕 퀴퀴한 땀냄새만 코끝을 간질였다. 한 번에 돈을 빠져나간 놈도 있지만 두세 바퀴 실내를 맴돌다 빠져나간 놈들도 있었다. 놈들이 실내를 배회하는 동안 초초함으로 심장이 조여 오고 진땀이 났다. 내 미션의 완성은 너희들이 순순히 이곳에서 빠져나가주는 거야. 제발.

빙빙 돌고 있는 놈들은 쉽게 나갈 것 같지 않아 보였다. 시간이 지날수록 나는 가슴이 더욱 조여 왔다. 불길한 예감은 현실이 되었다. 부장의 재촉이 고막을 때렸다.

"야, 안 보여?"

"보입니다."

"한 마리가 못 나갔잖아. 빨리 밖으로 내쫓아 인마."

관리부장은 이어폰 무전기를 통해 꽥 쏴붙였다. 정신이 번쩍 났다. 나는 난간에 서서 준비해 두었던 잠자리채를 내저었다. 어디선지 관리부장은 내 행동을 감시하고 있는 것이 뻔했다. 목소리로 조종당하고, 목소리를 두려워하는, 이곳에서 나는 이어폰 무전기를 통한 소리가 유일하게 의사소통 장치인 셈이었다. 표정도 없는 목소리에 때로는 긴장하고 때로는 웃었다. 앞에 아무도 없는데 바짝 긴장해서 차렷 자세를 취하고 울고 웃으니, 남들이 보면 유령에게 홀린 사람으로 볼 것이었다. 참, 웃음이 삐져나왔다.

태양이 작열한 여름날, 아버지의 공원에서 잠자리 잡던 생각이 끌려 나왔다.

뜨거운 여름날, 석구와 자전거를 타다 싫증나면 아이스크림을 빨며 잠자리채를 휘두르며 공원을 누볐다. 호수 주변의 풀숲에도, 장미정원에도, 잠자리는 지천이었다. 아버지에게 잡은 잠자리를 내밀면 깜짝 놀라 날려 보냈다. 살아 있는 것을 함부로 잡으면 안 된다고 화를 냈다. 살아 있는 것을 잡지 죽은 것을 잡나, 아버지의 말이 그때는 우스웠다.

아버지는 그런 사람이었다. 남을 의심할 줄도, 남을 좋지 않게 바라볼 줄도 모르는 사람이었다.

아버지는 자전거대여점이 딱 어울렸다. 자전거대여점은 이익을 남기기 위해 상술을 펼칠 필요도 없는 일이었다. 정해진 요금을 받고 빌려주고, 고치기를 반복하면 되었다. 싸온 도시락을 시간 맞춰 까먹고 고치고 또 고쳤다. 자전거를 못 타는 아버지는 고친 자전거 바퀴를 손으로 돌려 시험해보곤 했다. 성실한 아버지 덕에 아쉬운 게 뭔지 모르고 살았다.

아버지가 전 재산을 건축업에 털어 넣은 것이 화근이었다. 아버지가 영입한 사람은 기막힌 수단과 차별화된 상술로 장사꾼과 관공직 높은 사람을 후리는 데 탁월했다. 아버지는 그를 휘하에 둔 것이 자랑거리였다. 그는 아버지를 대신해 오더를 따는데 얼굴을 내밀었고 그를 사장으로 아는 사람이 대다수였다. 사장 대행은 얼마 지나지 않아 아버지를 밀치고 진짜 사장이 되었다. 하나밖에 없는 아들이 대학 등록금 걱정을 하게 된 어느 날, 아버지는 뇌출혈로 쓰러져 바보가 되었다.

"나 바보 같지?"

아버지는 침을 흘리며 매일 나에게 반복해 물었다. 바보가 바보 같은가를 묻는 의도는 바보 같지 않다는 말을 듣고 싶어서가 분명했다. 그렇지 않다고 해도, 그렇다고 해도 아버지의 결론은 항상 똑같았다. 바보 같지 뭐. 아버지가 묻는 바보는 석구가 나에게 바보라고 부르는 바보와 어떻게 다를까. 침과 음식을 흘리고 걸음을 지척거리며 걷고, 종일 하늘에 계신 아버지에게 닿을 것 같지 않은 어눌한 기도를 하는 것을 말하는 것인지, 사기꾼에게 당한 것을 말하는 것인지 이해 못 하는 것을 보면 석구 말대로 내가 더 바보인 것이 분명했다.

"비둘기 한 마리가 여러분과의 작별이 아쉬워 떠나지 못하고 있습니다. 곧 저 멀리 날아갈 것입니다."

작별이 아쉽다고? 아쉬워할 것 없이 나가. 나는 놈을 향해 중얼거렸다. 놈은 돔 가까이서부터 1층 무대까지 종횡무진 누비고 다녔다.

오늘은 이벤트 날이므로 여성 고객에게는 과일, 오징어, 맥주 3병, 기본이 공짜였다. 공짜를 누리는 손님들은 잠깐 관대할 수 있다지만 더 이상 쫓아내지 못하면 난장판이 될 것은 불 보듯 훤했다.

사회자는 손을 뻗어 놈들을 잡아보려 했다. 어림없는 일이었다. 1층 손님들은 술에 취해 비둘기 따위는 신경 밖인 듯 보였다. 배설물이 문제였다. 순간 비둘기는 룸을 배회하다 1층으로 곤두박질쳐 내리꽂히듯 날았다. 내 눈은 놈들의 이동을 따라 움직였고 다리는 줄인형처럼 출렁거렸다. 억, 입을 단속할 새도 없이 비명이 튀어나왔다. 누군가 바닥에 맥주를 흘린 걸 보지 못해 미끄러지면서 엉덩방아를 찧었다. 씨발.

사장은 훈련된 비둘기라며 터무니없는 짓을 감행했다. 고생은 애먼 사람이 한다는 생각에 단속할 새도 없이 욕이 튀어나왔다.

관리부장이 극구 반대했었다. 아무 영향력 없는 나도 시선을 내리까는 것으로 반대의 의사를 표시했지만 소용없는 일이었다.

"못 날아가는 비둘기는 어쩌시려고 그러십니까. 날 때 오물이 떨어지는 건 어쩌시고요. 자칫 손님 이마에 똥이라도 싸면, 아휴 상상만 해도 아찔합니다. 동물 학대라는 부정적 시선이 따를 수도 있습니다."

사장이 부장의 말을 묵살하는 예는 없었다. 그런데 이번 이벤트는 예외였다. 젊은 고객층을 유치하려는 사장은 중심권에서 밀려난 P시를 되살리려는 지자체의 의도를 놓치지 않고 기회로 삼았다.

클럽 주변 상권이 외곽으로 밀려난 뒤로도 한참 물 좋고 서

비스 좋다는 입소문을 타고 성황이었던 시절도 있었다. 돔 나이트라는 특수성이 처음엔 고객 유치에 한몫을 했지만 오래가지 못했다. 이삼십 대 젊은 고객층이 자연스럽게 사오십 대로 물갈이 되면서 클럽은 쇄락의 길을 걷기 시작했다.

클럽을 긴급 소생하고 싶은 사장의 궁여지책이 오늘의 이벤트를 생각해 냈다. 특히 인근 재래시장 활성화 방침과 맞물려 인파의 발길을 돌리기 위한 지자체의 노력에 사장은 끼어팔기 식으로 광고 문구를 만들어 돌렸다. 지자체장과 유지들을 대거 초대한 것도 광고 효과를 내기 위한 거였다. 빡빡이형과 석구가 나누던 얘기를 들었는데 오늘을 계기로 클럽을 소생시켜 적당한 시점에 팔아넘길 속셈이라고 했다.

너희들이 있을 곳이 아냐. 어서 도망가 이놈아. 내가 쫓아내줄 때 빨리 이곳을 벗어나. 뭔가 잘못되어 가고 있다는 생각이 들었다.

"야, 이제 돔 닫아야 할 텐데 너는 계속 내 뚜껑 열리게 할래?"

"저도 노력 중입니다. 열심히 뛰고 있습니다."

"뛰기만 하면 뭐해, 잡지를 못하는데, 얼른 잡아 인마."

관리부장은 내가 옆에 있으면 패기라도 할 것처럼 악을 썼다. 얼핏 본 무대에서는 가볍게 랜딩을 하는 수지가 눈에 들어왔다. 긴박한 순간에도 내 눈은 수지를 넘어서지 못했다. 나는 심장 박동이 빨라졌다. 봉 댄서 수지는 S자 몸매와 뛰어난 춤 솜씨로 클럽에서 최고의 인기를 누렸다. 봉에서 바디 스파이럴을 하며 내려올 때 자태는 초대되어오는 어떤 연예인보다 예쁘고 인기 폭발이었다. 수지의 긴 생머리에 검은 시스루 톱과 가죽 핫팬츠 속 탄탄한 몸매가 조명 아래 반짝거렸다.

텔레비전 방송에서 은하철도 999를 본 것이 초등학교 3학년이었는데 나는 아직도 블랙 코트를 입은 메텔에서 빠져나오지 못했다. 냉정하면서 강인한 메텔은 때로 철이에게 모성본능을 느낄 만큼 인정 있는 것이 꼭 지금의 수지와 닮아 보였다.

철이가 최첨단 프로메슘 행성에서 은하철도 999에 강제 탑승되어 블랙홀로 낙하될 위기에서, 프로메슘 행성 기계인간들의 횡포로 감금됐을 때 탈옥할 수 있도록 도와준 것도 영원한 시간의 흐름 속을 여행하는 메텔이었다. 철이는 메텔과의 이별에 소년 시절을 마감했다. 그렇지만 나는 소년기가 지난 지금껏 메텔과 이별을 못하고 있는 거였다.

수지가 고개를 뒤로 젖히며 긴 노랑머리를 출렁일 때 나는 차라리 눈을 감았다. 나는 철이가 되어 수지와 은하철도 999를 타고 클럽 어딘가에 숨어 있는 문을 통해 안드로메다은하로 달려나가고 싶었다. 게다가 클럽의 현란한 불빛과 전자음이 어디든 떠나라고 등을 밀어내는 것처럼 느껴졌다. 순간, 부장의 목소리가 발목을 잡았다.

"10분 내로 저놈들 못 잡으면 각오해라. 손님들한테 똥만 쌌다가는 너 나한테 죽는다."

"네, 알겠습니다."

얼결에 크게 대답은 했지만 기분이 묘했다. 똥은 저놈들이 싸는데 죽는 건 내가 죽는다고, 말이 되는 얘기야. 나는 혼잣말을 중얼거렸다.

중년의 남녀들은 여전히 셔플댄스에 맞춰 움직이지만 대부분 블루스 춤을 추는 것처럼 밀착되어 돌아갔다. 그들을 쳐다보는 나도 돌아가는 듯 어지러웠다. 누가 툭 쳐 돌아보니 손바닥에 쟁반을 받쳐 든 '장근석'이란 이름표를 단 석구가 빙그레 웃어 보였다. 잠자리채로 어떻게 비둘기를 잡는다는 거냐? 내쫓는 것도 어렵겠다.

"준비하느라 몇 시간째 밥 못 먹어서 너 배고프지? 쟤네들도 배고파. 먹을 것으로 유인해 봐보야."

맞는 말이었다. 장근석, 고맙다. 나한테만큼은 근석이란 이름을 듣기 싫어하는 석구가 눈을 부라렸다. 나는 주방으로 뛰어 내려가서 손님들이 남긴 안주를 들고 3층 난간으로 올라갔다. 안주를 손바닥에 올려놓고 돔 가까이로 가 손을 길게 뻗었다. 제발 오너라. 허기를 채우고 너희들 있던 곳으로 가거라.

"너 정신 있는 놈이야? 돔 뚜껑 닫힌 거 알지? 수단 방법을 가리지 말고 빨리 생포해. 새꺄."

소리치는 부장의 목소리가 고막을 때렸다. 비둘기는 모서리 선반에 앉아 숨을 고르고 있었다. 여전히 사회자는 손님과 하나가 되어 꼴깍 넘어가는 목소리로 손님들을 부추겼다. 나는 취한 여자 손님이 흘린 스카프를 꺼내 흔들기 시작했다. 적군에게 항복을 알리는 듯 훠이, 훠이, 비둘기를 향해 흔들었다. 놈은 다시 1층을 향해 날아갔다. 빨리 떠나가 이놈들아. 넓고 환한 곳으로 날아가지 컴컴하고 시끄러운 이곳에 왜 남아 있는 거니! 너도 살고 나도 좀 살자. 나는 울먹였다.

"손님 여러분, 한 마리의 비둘기가 아직 떠나고 싶지 않은가 봅니다. 여기 계신 여러분과 좀 더 오래 있다 떠나고 싶은 모양입니다."

"너, 저놈들이 똥이라도 싸면 나한테 죽어."

사회자의 멘트 사이로 좀 전에 했던 똥 얘기를 잊었는지 다시 부장의 호통이 날아왔다. 나는 2층, 3층 계단을 오르내리며 도망에 도망을 거듭하는 비둘기를 쫓았다. 젠장, 맥 빠진 인생이라고 네놈들까지 나를 무참히 끌고 다니는 거냐?

돔 모서리에 앉은 놈을 향해 다가가서 스카프로 뒤집어씌웠다. 비둘기는 어림없다는 듯 보자기 속에서 날개를 푸드덕거리며 다시 천장으로 날아올랐다.

"부장님, 도저히 잡을 수가 없습니다. 이제 비둘기가 날아다니는 것쯤은 관심도 없어 보이는데 영업 끝나고 잡으면 안 될까요?"

나는 처음으로 부장에게 따지듯 물었다. 클럽 안은 몇 대의 에어컨이 돌아가고 있었지만 이미 내 몸은 물속에 빠졌다 나온 듯 땀으로 흠뻑 젖어 있었다. 비둘기는 고막이 터질 듯한 음악 소리와 흐느적거리는 손님들 사이를 익숙하게 리듬을 타며 날아다녔다. 마치 비둘기를 풀어놓고 영업하는 클럽처럼 보였다.

계단 모퉁이를 도는데 어디서 나타났는지 관리부장이 앞을 가로막았다. 부장은 느닷없이 내 뺨을 후려쳤다.

"똑바로 잡아 새꺄. 내가 똥 세례까지 받아야 하난 말이야."

희미한 불빛 아래지만 부장 코끝에 하얀 액체가 떨어져 있었다. 부장은 손바닥으로 콧등을 닦고 냄새를 맡더니 인상을 구겼다. 나는 가지고 있던 스카프로 부장의 콧등을 닦으려 하자 부장은 내 손을 매몰차게 뿌리쳤다.

176센티미터 키에 68킬로그램 몸무게는 관리팀원으로 적당한 체격은 아니었다. 더구나 주먹을 쓰는 운동은 전혀 안 했다고 했지만 관리부장은 상관없다고 했었다. 손님과의 시비에서 매도 잘 맞고 진득하게 잘 참을 수 있는 놈이 필요하다고 했다.

"주먹 잘 쓰는 놈만 있으면 노상 경찰이 개입돼 골치 아프거

든. 119나 경찰이 출동할 때까지 손님들에게 매도 맞아주고 술 취한 손님들의 화풀이를 잘 견뎌낼 수 있는 사람이면 족해."

관리부장이 면접을 하면서 내게 한 말이었다. 임시직이지만 내게 잘 맞는다고 생각했다. 아니 선택의 여지가 없었다. 취객들을 부축하고 택시를 잡아 태워주는 일을 하면 가끔 만 원짜리를 팁으로 주었다. 그렇게 받은 팁은 아버지의 약값으로 요긴했다. 월급은 남은 한 학기를 위한 등록금을 마련해야 하지만 생활비를 제하고 나면 저축은 뜻대로 되지 않았다.

계단을 오르고 내리다 어쩌다 마주친 석구는 내 귀 가까이 속삭였다.

"너처럼 만 원짜리 팁, 안 바란다. 요것만 잘 잡으면 내 인생 고속엘리베이터에 올라타는 거야 마."

석구는 새끼손가락을 쳐들어 보이며 윙크를 하고 휙 지나 갔다. 허풍스럽게 말은 그렇게 해도 발바닥이 부르트도록 성실하게 종횡무진 한다는 것을 나는 알고 있다. 가장의 자리에서 홀어머니와 근육 류머티즘을 앓고 있는 여동생을 얼마나 잘 보필하는지 알기에 나는 응원할 수밖에 없다. 고속엘리베이터에 올라타야 한다고 너스레를 떨다가도 어쩌다 소주 한 병을 비운 날은 에이 더러운 세상, 푸푸거리며 멀어져 갔다.

나는 화끈거리는 뺨을 두 손으로 거머쥐고 주변을 돌아보았다. 조도가 낮은 조명은 다행이었다. 더구나 음악에 맞춰 돌아가는 클럽에서 남에게 신경쓰는 사람은 없어 보였다. 불현듯 지금 같은 굴욕의 시간을 토막 내 내동댕이치고 싶다는 생각이 들었다. 심란해졌다. 제멋대로 날아다니는 비둘기가 이곳에서 나가지 않는 것을 내가 어떻게 할 수 있단 말인가. 이어폰 무전기를 내동댕이치며 나가고 싶어 몸이 움찔거렸지만 부장의 눈과 마주하자 생각과는 달리 다시 차렷 자세가 나왔다.

이곳에 오기 전 관리부장은 잘나가던 클럽에서 화재사고가 난 책임으로 물러나고 지금의 사장을 꼬드겨 나이트클럽을 시작했다고 들었다. 부장은 적당히 교활하고 집요하며 노련하기까지 했다. 부장을 건드리는 건 사장을 건드리는 것과 같았다. 사장이 부재중이면 관리부장이 곧 사장이었다. 부장 코에 비둘기가 똥을 싼 것은 사장 코에 똥을 싼 것이나 다름없었다.

똥 싼 비둘기는 높게 솟아 아래로 곤두박질쳐 내려와 현란한 몸놀림을 하는 손님들 머리 위를 날아다녔다. 너무 낮게 날아 손님 머리와 비둘기 다리가 닿을 것 같아 차라리 눈을 감았다.

실내는 여전히 사이키 조명이 현란하게 빛을 발했다. 소음의 소용돌이 속에서 나도, 비둘기도 갈팡질팡 거렸다. 꼭 비둘기를 내보내야 한다는 관리부장의 명령 때문이기도 하지만 나처럼 멍청하게 길을 잃고 헤매는 것을 보고 있을 수만은 없었다. 지친 몸속에서 갑자기 허기가 밀려왔다. 허기는 무력감으로 다가왔다. 바보 같은 놈. 석구의 말이 귓가에서 맴돌다 사라지기를 반복했다.

석구는 나에게 동네 어귀에 선 느티나무 같은 친구였다. 눈을 돌리면 그 자리에 늘 버티고 있던 나무였다. 함께 아버지의 자전거를 타고 공원을 달리며 보냈고, 고등학교 때는 아버지의 파산으로 거리의 불량배들과 휩쓸릴 때 앞으로 더 나가지 않게 울타리가 되어준 친구였다. 가장인 것도 나와 같았다. 한 가지 다른 점이 있다면 나는 아버지를 닮아 우유부단하지만 석구는 단단한 놈이었다. 자신의 고객에게 각인시키기 위해 기념일을 챙기고 각종 이벤트를 통해 장기 고객으로 만들었다. 고객 관리를 하느라 매달 전화요금이 30만 원이 넘었다. 지금도 한 방 팁을 찾아 발이 부르트도록 계단을 오르내리는 석구와 달리 나는 아버지와 하루를 잘 버티고 조금 남는 돈은 복학을 위해 저축하는, 소심한 나는 그것이 꿈이라면 꿈이었다. 음악과 조명 아래 흐느적거리는 이곳은 자유롭고 수평의 관계인 듯 보였다. 그런 곳은 어디에도 없는 듯했다. 하루하루가 정체불명의 나와 마주해야 했다. 부장의 명령이 아니더라도 불현듯 비둘기를 이곳에서 해방시키고 싶어졌다.

아버지한테는 회사에 취직한 것으로 말했다. 졸업하기도 전인데 너를 붙여주는 곳이 있다니? 아버지 고맙습니다. 고맙습니다 아버지. 새는 발음으로 허공에 대고 고개를 조아렸다. 고맙다, 고마워. 나한테 고맙다는 말인지, 아버지 말대로 붙여준 사장한테 고맙다는 말인지, 아님 아버지가 매일 찾는 아버지의 아버지에게 고맙다는 말인지 헷갈렸다. 아버지의 돌아간 입에서 끈끈한 침이 흘러 앞섶이 반들거렸다. 아버지가 돌리는 대추나무 묵주 알에도 침이 묻어 검게 변해 있었다.

새벽에 들어와 엎어지듯 잠에 빠져 있자면 웅얼거리는 아버지의 기도 소리가 들리기 시작했다. 기도 소리를 피해 나는 꿈에서도 거리를 헤맸다. 눈을 떠보면 꿈이 아니기도 했고 꿈이기도 했다. 아버지는 흔들리는 손을 쳐들어 성호를 놓은 뒤 끝없는 기도가 이어졌다. 새벽이면 새벽대로, 낮에는 낮이니까 밤에는 하루를 무사히 보내게 해준 감사의 기도가 이어졌다. 어느 순간부터 길을 걸어도, 사이키 조명이 현란한 나이트클럽에서도 아버지의 웅얼거리는 기도 소리가 귀에 박혀 있다 슬금슬금 밀려나왔다. 이어폰 무전기를 귓속 깊숙이, 더 깊숙이 찔러 넣어도 소용없이 밀려나왔다. 아버지를 믿습니다. 우리를 지켜주세요. 불쌍하고 죄 많은 우리를. 아버지의 얼굴은 두려움에 떨고 있기도, 행복에 넘쳐 보이기도 했다. 더 깊은 나락으로 빠뜨리지 마시라고 사정하고 있었다. 매일 끝날 것 같지 않은 긴 기도가 엄숙하게 이어졌다. 아버지가 나에게 하는 것처럼 아버지의 아버지도 아버지가 하는 모든 것을 예쁘게 봐 넘길 텐데…… 그런 생각이 들었다. 아버지가 아버지에게 용서해주시라고 기도하는 것을 보면서 나는 아버지가 믿는 아버지보다 아버지가 더 무서웠다. 그리고 침을 받아낸 수건을 들고 밖으로 나와 비누칠을 해 북북 문질러 빨았다. 아버지의 끈끈한 침이 없어질 때까지 헹구고 또 헹궈냈다. 아버지는 기도를 하지 않는 동안은 스스로 고안해 낸 자전거 재활 치료를 시작했다. 머리를 제거한 자전거를 뉘어놓고 오른팔을 시작으로 바퀴를 돌린다. 팔을 돌리면서 으으으 괴음과 함께 몸이 따라 움직인다. 사그르 사그르. 오른팔이 끝나면 왼팔이 사그르 사그르. 왼팔이 끝나면 또 오른팔로 돌렸다. 사그르 사그르. 기도 소리가 끝나고 바퀴 돌아가는 소리가 집안 가득 흐르면 나는 진짜 거리로 나와 걷고 또 걸었다. 걷다보면 늘 어린 시절 아버지와 나의 공원이었던 곳에 도착했다.

비둘기를 쫓아 3층으로 뛰어 올라가다 다리를 헛디뎌 넘어지면서 계단 모서리에 턱을 부딪쳤다. 앞니가 아렸다. 이를 잡고 흔들어보았다. 아리지만 흔들리지는 않았다. 괜찮은 것만도 다행이란 생각이 들면서 눈물이 핑 돌았다. 모두 팽개치고 밖으로 뛰쳐나가고 싶어 고개를 떨구었다.

이럴 때 나타날 게 뭐람, 쪽팔리게. 수지가 앞에 나타나 봉춤출 때처럼 S라인 허리를 비틀며 나를 부축해 일으켜 세웠다. 나는 일어나면서 하마터면 수지의 손을 잡은 채 어디로든 떠나자고 할 뻔했다. 넘어져 아픈 것보다 붉어진 얼굴을 들킬까 봐 괜찮다고 손을 들어 보이고 급히 자리를 떠났다.

수지가 추는 봉 춤은 예술이었다. 봉에 매달려 끈적끈적한 음악에 맞춰 은색 갈치처럼 스네이크하다 랜딩 할 때의 수지는 눈이 부셨다. 수지가 무대 뒤로 나가면 나는 마주치고 싶어 뒤쪽으로 가 기웃거렸다. 그러다 마주치면 내게 친절하고 상냥했다. 수지는 샌드위치와 커피를 나에게 주었다. 석구는 자랑하는 내 앞에 수지에게 받았다는 샌드위치와 커피를 내밀었다. 그 년은 누구한테나 친절해 마. 네 놈은 그 중 한 명이니까 헛물켜지 마, 다쳐 짜식아. 하지만 난 수지의 눈빛이 달콤해서 몸이 삭아버릴 것 같은 순간을 잊을 수가 없었다. 지금이라도 메텔과 함께라면 겁내지 않고 메텔이 건네주는 무임승차권을 받아들고 악명 높은 프로메슘 행성도 갈 수 있을 것 같았다.

"얌마, 어쩌려고 아직이야? 어떻게든 잡지 못하면 해고 줄 알아."

부장은 여전히 깡통 두드리는 소리를 이어폰 무전기를 통해 퍼부었다.

"알겠습니다. 그런데 정말 아무도 비둘기에게 관심 쏟는 사람이 없어요. 영업 끝나고 잡으면 안 될까요?"

"뭐라고, 손님들까지 나처럼 똥 세례를 받으라고? 잔말 말고 빨리 잡아 마."

일찌감치 취한 손님들은 벌써 무대 아래서 남녀가 한 쌍으로 몸을 밀착해 돌아가고 있었다. 애인 만들기 열풍 속에 사는 사람들 같았다. 짝을 지어주기 위해 '장근석'과 다른 웨이터들은 여자 손님에게 괜찮은 남자 손님을 이 테이블 저 테이블로 옮겨주는 것에 열을 냈다. 짝짓기에 만족한 손님들은 '장근석' 최고! 손가락을 치켜 올리며 팁을 쥐어주고 단골 끝에 매달렸다. 그런 팁에 반가워할 석구가 아니었다. 석구는 인생 한 방에 끝날 팁을 잡아 고속 엘리베이터에 올라타기 위해 오늘도 고단하게 어둠과 익숙해져 갔다.

초대가수가 간드러지게 트롯을 부르고 내려갔다. 뒤이어 유명가수를 흉내 낸 모창 가수가 스팽글이 달린 파랑색 옷을 입고 노래를 불렀다. 유명가수의 표정과 몸짓을 똑같이 흉내 내려 얼굴을 구겼지만 그를 쳐다보는 손님은 아무도 없었다. 자기네들끼리 엉키어 돌고 돌아갈 뿐이었다.

타박타박 걸어 3층 사무실 뒤로 가 주저앉았다. 비둘기도 지쳤는지 난간이든 선반이든 앉아 있는 시간이 길어졌다. 부장의 신경질적인 목소리도 줄어들었다. 이어폰 무전기를 귀에서 뺐다. 여전히 흥청거렸지만 1층 무대 아래서는 열기가 한 풀 꺾인 듯 보였다. 술에 취해 테이블에 엎드린 손님이 여기저기 눈에 띄었다. 시계를 보니 어느덧 문 닫을 시간이 다 되어

갔다. 나는 한 마리 새가 된 기분이 들었다. 날개를 다쳐 일어날 기력이 꺾인 새 한 마리. 관리부장은 목소리로 나를 조종했지만 나는 비둘기를 조종하지 못하고 오히려 비둘기에게 끌려다녔다. 가까이 가면 날아가고, 잡힐 듯 손에 들어오지 않는 비둘기 놈도 나를 깔보는 것이란 생각이 들었다. 주먹에 힘이 갔다. 하필이면 이때 아버지의 기도 소리가 귓속 가득 차올라 꾸역꾸역 밀려나올 게 뭐람. 아버지를 믿습니다. 우리와 함께 계시니 행복합니다. 매일 행복하다고 고백하는 아버지가 문득 부러워졌다. 나는 자리에서 일어나 3층 난간에 섰다. 사회자의 말처럼 손님들은 비둘기를 놓아 키우는 나이트클럽을 추억하며 차별화된 곳이라고 다시 찾을 수도 있겠다 싶었다. 아직도 미련이 남은 사람들이 마지막 무대를 품고 돌아쳤다. 테이블에도 많은 사람들이 오늘의 만남을 어떤 식으로라도 마무리 짓기 위해 열을 올렸다.

손님들이 많이 돌아갔는지 1층이 한산했다. 갑자기 새벽하늘을 보고 싶어졌다. 3층 복도를 걷는데 살짝 문이 열려 있는 룸에서 수지의 목소리가 들려왔다. 안을 들여다보았다. 중년의 남자가 옆에 앉은 수지의 허벅지에 손을 얹고 능글맞게 웃음을 흘렸다. 수지는 별 반응 없이 나한테 하듯 상냥하고 친절한 얼굴로 슬쩍 손님 손을 치웠다. 영원한 메텔이 악당에게 저런 짓을 당하는데 철이가 바라만 보고 있을 수는 없었다. 비록 비둘기한테는 무참하게 끌려다녔지만 참을 수 없어 주먹을 불끈 쥐고 룸으로 돌진했다. 바라보는 것만으로도 아까운 수지에게 무례한 행동을 하는 놈을 향해 곧바로 걸어가 주먹을 날린 뒤 덮쳤다. 놈은 어떻게든 찍어 누른 나를 빠져나오려고 발버둥쳤다. 수지가 말리지 않았다면 나는 놈을 끝내 내 밑에서 항복하게 만들었을 것이다.

"이 새끼 봐라. 지금 니가 나를 쳤어? 야, 당장 사장 불러와."

남자는 흥분해서 넥타이를 풀어 던졌다.

"하, 너 미친놈 맞지? 사장 불러오라니까 뭐 하고 있어? 네 놈들 오늘 다 죽었어."

수지가 내 뺨을 후려친 것은 그 순간이었다.

"사장님, 제가 저 새끼 버릇 단단히 고칠게요. 저를 봐서라도 한 번만 용서해주세요."

내가 뭐라 나서기도 전에 수지가 나를 보고 소리쳤다.

"아직도 사태 파악이 안 돼? 빨리 안 나가?"

메텔이라고 믿었던 수지는 아랫입술을 지그시 깨물고 나지막하게 명령했다.

어리둥절했다. 나는 수지 눈빛을 피해 뒷걸음치듯 룸을 빠져나왔다. 안에서 야, 저 새끼, 아이 사장님 한 번만, 하는 소리들이 섞여 나왔다. 눈물이 핑 돌았다. 얼얼한 뺨 때문이 아니라 수지의 낯선 눈빛 때문이었다. 길고 지루한 하루가 눈앞에

서 빠르게 지나갔다. 부장에게 혼쭐나고 비둘기 놈에게 끌려
다닌 것보다 더 쪽팔렸다. 괜한 참견이었다는 후회가 뱃멀미
후에 찾아오는 현기증처럼 밀려왔다.

비둘기는 3층 사무실 뒤편에서 졸고 있었다. 하루 종일 갈팡
질팡하게 해놓고 이렇게 쉽게 잡히다니, 허탈했다. 나는 가지
고 있던 스카프를 살그머니 펴 비둘기를 감싸 밖으로 나왔다.

새벽 거리는 해무로 한 치 앞도 아득했다. 무작정 걸었다.
한참을 걷다보니 공원으로 향하고 있었다. 아버지의 공원이고
내 공원이었던, 자전거로 달리고 달리며 꿈을 꾸던 공원을 향
해 걸었다. 아버지의 기도가 또 귀에서 밀려나왔다. 오늘도 일
용할 양식을 주시고…… 아버지의 뜻이 하늘에서와 같이……
아버지의 기도가 내가 걷는 발자국과 박자가 맞아떨어졌다.
아버지 우리를 위하여 빌어주소서. 나는 깜짝 놀랐다. 한 번도
내 입으로 하지 않던 아버지가 하던 기도를 줄줄 외워서 하고
있었다.

심호흡을 몇 번 반복했다. 그것만으로도 생각이 간명해지
는 듯했다. 고속도로 고가 밑을 지나 공원에 도착했다. 비둘기
는 잠에서 깨 구구구 거렸다. 땅바닥에 스카프를 폈다. 비둘기
는 한 치의 망설임도 없이 창공으로 날아올랐다. 공원 한가운
데 호숫가에서부터 시작된 아침 햇살이 아버지가 아버지에게
하는 기도 소리처럼 꾸역꾸역 밀려나와 퍼져 나갔다.

한여름 밤의 흑백영화

빛바랜 커튼을 젖혔다. 저수지 쪽으로 난 창문을 밀치자 안개가 방안으로 스며들었다. 안개라면 저수지 가장자리에 있는 그녀 집에서는 특별할 것 없는 것이었다. 그런데도 오늘따라 들어올 수도 나갈 수도 없는 벽에 갇힌 듯 두려움이 밀려왔다. 문득 안갯속에서 만석이 손을 내미는 듯해 그녀는 순식간에 창밖 회백색 허공으로 손을 내밀어 휘저었다. 차디찬 안개 입자만 손끝에 매달렸다. 한 치 앞을 알 수 없는 오늘 같은 날은 허망하게 간 만석이 곳곳에서 튀어나왔다. 만석이 빗속으로 사라져 돌아오지 못한 그해 여름밤 이후, 그녀는 손전등을 들고 그를 따랐어야 했다는 후회가 지금껏 가슴을 때렸다.

한 움큼의 모래를 털어 넣은 듯 입이 마르고 버적거려 물을 마셨다. 좁아진 목구멍 탓인지 물은 가는 시냇물 소리를 내며 오래 넘어갔다. 먹는 음식마다 달게 느껴지던 젊은 날이 떠올랐다. 된장만 지저도 밥이 달아 입이 쓰다는 사람을 이해 못했다. 그녀는 그 나이가 됐다는 게 서글퍼 멀거니 천장을 올려다봤다. 벽지의 모란꽃무늬는 무늬라고 할 수 없을 만큼 바래서 얼룩처럼 보였다. 만석이 살았을 때 발랐으니 근 스무 해가 넘어갔다. 만석이 의자에 올라가 풀칠한 도배지를 자루가 긴 빗자루로 쓸어내리면 그녀는 씰룩거리는 의자를 두 손으로 꼭 잡았다. 그리고 국수를 벌겋게 비벼 먹으며 지친 웃음을 나눴다.

그녀는 무릎을 짚고 일어나 밖으로 나왔다. 희뿌연 어둠도 안개에 갇혀 도망가지 못한 듯 그녀를 결연하게 노려보고 있었다. 마루 아래로 발을 내딛는 순간, 한길 낭떠러지로 떨어져 간데없이 스러질 듯 가뭇해 털썩 주저앉았다. 얼마 전부터 돌아서면 모든 것이 새롭게 보였다. 그러다 주저앉기 일쑤였다. 그녀는 뭔가 잘못되어 가고 있다는 불안한 생각이 들었다.

어둠이 완연히 사라지려면 한 시각은 더 지나야 할 것이었다. '당신이 있었다면 노랫가락을 흥얼거리며 대번에 측백나무 모가지를 싹둑 잘라 밖을 훤히 내다보게 했을 텐디.' 그녀는 웃자란 측백나무 울타리를 향해 중얼거렸다. 오늘따라 쓸쓸한 기운이 자신한테 따라붙는다고 생각했다.

그녀는 싸리문을 밀치고 밖으로 나왔다. '꽤나 후덥지근하겠구먼. 안개가 자욱한 날은 영락없이 무덥고 해가 쨍했어.' 그녀는 가뭄에 비라도 한바탕 내려주기를 바라며 천지 분간이 어려운 저수지에 대고 혼잣말을 했다. 갑자기 울컥 올라오는 헛구역질에 목젖이 시큰했다. 저수지 물비린내 때문이었다. 큰딸을 업고 이곳에 왔으니 오십 년이 넘었다. 그런데도 물비린내에 헛구역질을 하는 자신이 요망하다고 생각했다.

그녀의 귀에 돼지 울음소리가 들렸다. '오메, 내가 시방 뭔 일인 겨. 여태 저것들을 굶긴 겨?' 그녀는 안으로 들어가 밥찌꺼기를 들고 나왔다. 허둥거리느라 신발이 제대로 꿰이지 않았다. 겨우 당도한 돼지우리는 텅 비어 있었다. '이것들이 다 어디 간 겨.' 그녀는 순간 들고 있던 밥 바가지를 놓치는 동시에 땅바닥에 주저앉아 멀뚱하게 허공을 바라보았다. 한참을 꼼짝 않던 그녀는 벌떡 일어나 삭아서 문적거리는 돼지우리 슬레이트 지붕을 손으로 천천히 쓰다듬어 내려갔다. '내가 왜 이러는 겨. 갈 때가 다 된 모양이구먼, 쯧쯧쯧.' 그녀는 자신 안에 뭔가 나쁜 악귀가 도사리고 있다고 생각했다.

만석과 그녀가 돼지를 키우기 시작하고 얼마 후, 축산 농가가 늘어나면서 돼짓값은 폭락했고 사룟값은 반대로 폭등했다. 뒷돈이 없는 만석은 더 버티지 못하고 주저앉았다. 그때 만석이 짓던 허탈한 표정이 떠올랐다.

만석이 농지개량조합 수문 관리자로 일하면서 소일삼아 몇 마리 키우던 것도 만석이 저세상 사람이 된 뒤에 그녀가 이태쯤 더 새끼를 받아 키웠다는 생각도 뇌리에 스쳤다. 그녀의 입가에 잔잔한 미소가 번졌다.

크고 작은 돼지들이 그녀가 가져다주는 먹이를 먹고 자랐다. 오크샤, 랜드레이스, 햄프샤 등, 개량종 돼지들을 종돈과 비육돈으로 나눠 일 년에 여러 배 새끼를 내 정성으로 키워냈다. 어린 돼지들에게 먹이를 주고 돌아서면 그녀의 삼남매도 참새처럼 입을 벌렸다. 어미젖에 머리를 박고 젖 싸움을 하는 것은 어린 돼지나 그녀의 삼남매나 다를 바 없었다. 연년생인 둘째가 제 동생이 빠는 젖을 시샘해 떼쓰는 바람에 양쪽 젖을 물리던 생각도 주마등처럼 스쳤다. 그녀는 둘째와 막내 머리를 쓰다듬듯 자신의 젖무덤에 손을 얹고 쓸어내렸다.

신기하게도 그녀가 둘째를 낳을 때 돼지우리에서도 새끼가 태어났다. 그녀는 산파를 원했지만 만석은 자신이 산파 노릇까지 하겠노라 했다. 산고를 겪는 동안 만석은 산파를 부르지 않은 것을 후회했다. 괴로워하는 그녀와 어미돼지 사이를 오가다 마침내 아이를 받아 씻겨 그녀 옆에 뉘고 돼지우리로 뛰었다. 어미돼지가 산고로 침을 흘리며 괴로워하면 만석은 어미돼지 등짝을 손끝으로 득득 긁었다. 우리를 빙빙 돌던 어미돼지가 괴성과 함께 새끼를 낳기 시작하면 아기 울음과 돼지새끼 울음이 울타리 밖으로 퍼져 나갔다.

'인생이란 무엇인지 청춘은 즐거워. 피었다가 시들면 다시 못 필 내 청춘' 만석은 노래에 맞춰 어깨춤을 추었다.

그녀는 지나가버린 시절, 다시 오지 못할 시절이 그리웠다. 다시 배시시 웃음이 나왔다. 큰딸도, 둘째도, 막내도 그때는 자신의 곁을 떠나게 될 당연한 생각을 못했다. 그래도 무탈하게 자라줬으니 고맙다고 생각했다. 그런데 얼마 전부터 괘씸한 생각이 자꾸만 끼어들었다.

초닷새 날이 만석의 기일이었다. 약속이라도 한 듯 세 놈 모두 오지 않았다. 사정이야 그럴듯했지만 버림받은 기분이 들었다. 집터를 불하받아야 한다고 말한 뒤로 노골적으로 그녀를 피한다는 생각을 떨칠 수 없었다.

텃밭으로 향했다. 푸성귀는 이슬을 맞아 새뜻했다. 오랜 가뭄 끝이라 물을 줘도 반나절이면 그녀가 쓰던 코티 분처럼 흙먼지가 화르르 날렸다. 그녀는 자식을 보듬듯 푸성귀를 어루만졌다. 맺은 지 얼마 안 된 어린아이 조막만 한 애호박과 풋고추 댓 개, 상추 몇 장을 뜯어 부엌으로 향했다.

언젠가 그녀가 오일장에 나가 사 온 매화꽃 문양 사기그릇이 찬장 위에 엎어져 있었다. 자식들이 와야 꺼내 쓰는 거였다. 그것들에게 가던 손을 돌려 구식 사기 공기와 대접을 꺼냈다. 낡은 양은 냄비에 밥을 안쳤다. 그녀가 낸 수많은 칼질로 그녀의 꺼진 볼처럼 복판이 움푹 파인 도마를 꺼내 만석을 쓰다듬듯 손등으로 쓸어내렸다. 만석이 만들어준 편백나무 도마였다. 애호박과 고추를 썰고 뚝배기에 된장을 풀어 지지기 시작했다. 밥 익는 냄새가 집안 가득 퍼졌지만 그녀는 조금도 배가 고프지 않았다.

유독 입이 짧은 둘째 놈이 된장을 지지면 잘 먹었다. 오이지를 무칠 때는 큰딸이 생각났고, 갈치를 졸이면 셋째가 떠올랐다. 그러고 보니 밥상에서 다 모여 숟가락 들어 본 기억이 아득했다. 사위는 대장암에 걸렸다고 들었다. 안타까워할 자신을 위해 비밀로 한 딸 심사를 모르는 바 아니었다. 그러나 별 도움이 못 돼 그럴 거라고, 자신을 오죽잖게 생각하니까 비밀에 부쳤겠지, 비틀린 생각과 괘씸한 마음이 고개를 들었다. 그런 생각은 잠시뿐, 그리움과 걱정으로 삼남매를 떠올리다 보면 창밖이 훤했다.

둘째 놈은 대학 진학반 담임을 맡았다고 했고 막내 놈은 외국 어딘지로 파견 갔다 했던가, 자식 잘 뒀다고 부러워하는 마을 사람들에게는 애들이 하 바빠서 밤에 잠깐 다녀갔다고 거짓말한 지 근 일 년이 됐다. 삼남매에 대한 그리움으로 창이 훤해질 때면 그녀 자신도 모르게 어느새 악심으로 요동쳤다.

그녀는 끓고 있는 된장찌개를 밥 위에 붓고 한술 떠 입에 넣었다. 밥알이 모래알처럼 입안에서 굴러다녔다. 오늘처럼 죽은 만석과 뜸해진 자식들을 떠올린 날은 입이 더욱 썼다. 먹은 게 없으니 염소 똥처럼 변비로 고통스럽고 밤은 불면으로 길고 허했다. 그녀는 수저를 놓고 담배에 불을 붙여 길게 빨며 밖으로 나왔다.

해가 퍼지자 스러진 꿈처럼 안개는 간데없고 날씨는 화창했다. 그녀는 하늘을 올려다보며 담배 연기를 길게 뿜어냈다. 연기는 머물 곳 없는 자신의 허한 마음처럼 금세 허공으로 스러졌다.

비를 기대했지만 해는 역시 뜨거웠다. 얼마나 오래 가뭄이 이어졌던가. 그녀는 저수지로 향했다. 갈라진 논바닥의 가뭄 해갈을 위해 연일 수문을 열어 저수지 물이 하루가 다르게 줄어갔다. 저수지 물에 잠겼던 아귀 맞게 쌓아 올린 돌둑이 누런 이처럼 드러났다. 그녀는 물 가까이로 내려가 판판한 곳에 앉아 발을 담갔다. 냉기가 짜릿했다. 며칠 전에 들어온 고뿔 때문인지 알 수 없는 일이었다. 발을 부득부득 닦았다. 두 손 가득 물을 떠 얼굴을 닦았다. 가래를 뱉고 코를 풀어 저수지 물에 헹구자 피라미가 떼거리로 몰려와 가래와 코를 낚아챘다. 피라미 떼는 한참 수면 위로 머리를 내밀고 뻐끔거리다 더 이상 먹을 것이 없자 점처럼 사라져갔다. 그녀로서는 이 모든 것이 아침마다 해오던 익숙함이었다. 그런데 오늘은 피라미마저 자신을 놀리고 있다는 터무니없는 생각이 들어 손바닥으로 수면 위를 마구 쳤다. 검은 저수지가 철썩, 철썩, 철썩, 우는 것처럼 들렸다. 그녀는 만석이 죽어가며 울부짖던 소리와 닮았을 거라 생각했다.

멀리 미군 부대 산마루에서부터 햇살이 퍼져 저수지 수면은 은빛으로 일렁였다. 그녀는 수문으로 물이 소용돌이치며 빨려 들어가는 것에 눈길이 닿자 자신도 만석처럼 빨려 들어갈 것 같아 소름이 돋았다. 그녀는 삽시간에 둑 위로 기어 올라왔다.

세 대의 대형 버스에서 내린 형형색색 차림의 낚시꾼들이 저수지 둑으로 꾸역꾸역 올라왔다. 두 명의 젊은 남자는 두 그루의 버드나무 사이에 플래카드를 내걸었다. 〈소모노 회장배 상반기 낚시대회〉라고 씌어 있었다. 핸드마이크를 통해 식전 행사 안내가 진득한 더위 속으로 스러졌다. 낚시꾼들의 옷차림 때문에 저수지 둘레와 물과의 경계가 더욱 확연하게 보였다. '꽤나 시끌벅적하구먼. 낚시꾼들이 온 걸 보니 벌써 굉일인 게야. 날짜 가는 줄도 모르다니.' 그녀는 소용돌이를 바라보며 중얼거렸다.

그녀는 저수지 둑 반대편으로 걸어갔다. 지난해 봄부터 이장이 앞장서 둑 반대편 저수지 가장자리로부터 얕은 곳까지 연꽃을 심어 가꾸었다. 젊은이가 없어 육칠십 대 동네노인들이 나와 연꽃 모종을 날랐다. 올여름 처음으로 홍련과 백련이 꽃망울을 터뜨렸다. 길과 저수지 사이는 낮은 둑으로 경계를 쌓아 백일홍과 천일홍, 무궁화, 금송화, 노란 분꽃까지, 꽃밭을 만들었다. 분꽃은 이장이 마을 여기저기 피어 있는 어린 모종을 모판에 옮겨 못자리 하우스에서 키워낸 거였다. 어머니 건사도 힘든데 뭔 고생이냐는 그녀 말에 이장은 마을에 꽃 보는 재미라도 있어야 더 이상 이곳을 떠나지 않을 거라고 했다.

백련과 홍련이 가득했다. 정돈된 연못은 잔잔하다 못해 그림을 보는 것 같았다. 떠들썩하게 반겨주지는 않지만 그녀는 바람에 살랑거리는 것이 자신을 반갑게 맞아준다고 여겼다. 얼마나 많은 말을 했던가. 홍련과 백련에게, 백일홍과 천일홍에게, 검은 저수지에게, 그녀는 군말 없이 들어주는 그것들이 고마웠다.

그녀는 이상하게 방향도, 갈피도 잡을 수 없는 막막함에 한참 자리를 떠나지 못했다. 불현듯 너스레를 떨던 이장이 떠올랐다. 오랜만에 볼 이장 어머니를 생각하며 구멍가게에서 서너 봉지의 과자를 샀다. 이장은 큰딸의 초등학교 동창이었다. 그녀는 뭐든 가져가면 늘 해결해주는 이장이 고마웠다. 심지어 오일장에 나가 생필품도 사다줬다.

올봄이었다. 분명 김만석이라는 이름 석 자가 등기우편 봉투에 또렷이 쓰여 있었다. 사망 신고한 지가 벌써 몇 해인데, 그녀는 이장네로 달려갔다. 오래전, 농지개량조합 땅에 만석이 시멘트 블록집을 지어 지금껏 공짜로 살아온 농지개량조합 땅을 실사용자에게 공시지가로 불하한다는 거였다. 자식에게 물려줄 땅 한 떼기 없는데 이런 기회가 오다니, 그녀는 죽은 만석이 준 천복이라 생각했다. 두 아들은 달랐다.

"네 매형이 대장암이야! 오래도록 치료받아야 해서. 미안해. 엄마한테는 꼭 비밀이다."

들으려고 들었던 것은 아니었다. 언젠가 어찌어찌해 삼남매가 내려온 일이 있었다. 엄마를 언제까지 혼자 이곳에 둘 수 있느냐, 저희끼리 상의하던 중, 두 아들놈이 누나가 모시면 좋겠다는 말에 대한 딸의 답이었다. 그 말을 들은 뒤부터 그녀는 자식네로 들어가지 않을 것이라 다짐했다. 얼마 뒤에 등기우편을 받은 거였다. 그녀는 뛸 듯이 기뻤다. 목숨이 다할 때까지 이곳을 떠나지 않을 수 있다는 것이 무엇보다 다행이었다.

그녀의 생 대부분을 이 집과 함께했다. 어떡하든 땅을 불하받아야 했다. 그렇지 않으면 땅을 내주고 떠나야 한다. 문제는 그녀에게 그런 돈이 없다는 거였다.

이장네 마당에는 트랙터와 분무기, 이양기와 콤바인까지,

농기계 공장을 방불케 했다. 얼마 전에는 외국에 가서 특수작물 재배 요령을 배우고 왔다고 너스레를 떨었다. 안채는 조용했다.

"이장 있는 겨?"

"야, 여깄슈."

부엌과 연결된 욕실에서 이장이 얼굴을 내밀었다. 이장은 흰 메리야스와 꽃무늬 몸뻬 차림의 어머니를 부축해 나와 그녀 귀 가까이에 대고 속삭였다.

"어머니가 똥을 지렸슈."

그녀는 이장 어머니 어깨에 눈이 갔다. 살피듬이 좋아 황소라도 때려잡을 힘을 자랑했는데 피골이 상접할 정도로 몸이 말라 있었다. 솜사탕이 공기 중에 뭉개지고 쪼그라드는 것처럼 이장 어머니와 자신도 쪼그라들 일만 남은 거라고 생각했다. 그래도 이장의 보살핌이 극진해 예전의 정갈한 느낌은 남아 있었다.

이장 어머니와는 과부로 산 것이 같아 속말을 주고받던 사이였다. 4년 전부터 엉뚱한 말을 해 진료를 받아보니 치매라는 거였다. 가끔 간식을 건네주는 그녀를 알아보고 자주 오라고 손을 잡았는데 마음과 달리 이게 얼마 만인가. 그녀는 자조했다.

"애들 엄마가 돌보는 게 낫지 않겠어?"

"읍내 강정공장에 다녀유. 애들한테 돈이 한참 들어갈 때잖유."

이장은 투박한 손으로 어머니 머리를 빗질하며 빙그레 웃었다. 그녀는 땀에 젖은 이장의 등을 한참 쓸어내렸다.

"애쓰네. 내가 다 고맙구먼. 엄니는 요즘 어뗘?"

"뭘유, 당연한 거쥬. 자꾸 내노라 해서 난감해유. 밥도, 통장도, 왜 있쥬, 먼저 간 아우까지. 선자는 잘 있쥬? 통 동창모임에도 안 나오데유?"

"요새 선자가 바쁜가벼. 나도 본 지 꽤 됐구먼."

"선필이도 바쁜 일 있는 규? 철수 형 엄니 돌아가셨을 때 연락했는디 오지도 않고 연락도 없대유?"

"잘 있구먼. 대핵교 갈 놈들 담임이랴. 그 자리가 엄청 바쁜 자린가벼."

그녀는 모두 모여 밥 먹어본 것이 일 년이 다 되어 간다는 말을 삼키고 이장 엄니 얼굴을 두 손으로 쓰다듬었다.

"얌전하고 인정 많았는디, 자네 엄니 말여. 그간 고생한 걸 봐서 효자 아덜이랑 오래도록 재미지게 살아야 하는디."

그녀는 목소리가 갈라져 나왔다. 이장 어머니의 눈동자를 바로 볼 수 없어 덜덜덜 돌아가는 선풍기 날개에 눈길을 보냈다. 사방 열어젖힌 창문에서는 후끈한 열기만 들어왔다.

"계십니까? 실례지만 삽 좀 빌릴까 해서 무조건 이장 댁을 물어 왔습니다."

방문 밖에는 낚시꾼이 서 있었다. 낚시꾼은 손에 들고 있던 음료수 한 상자를 마루 끝에 내려놓았다.

"참, 아까 보니께 신작로에 대형버스가 시 대나 서 있꾸 저수지에 낚시꾼이 지천으로 깔렸든디 이장은 모르고 있었는가, 하기야 엄니 돌보느라 뭔 정신으로 배까티를 내다봤을 겨."

"가물어서 저수지 물이 많이 줄었습니다. 대어가 나올 듯합니다."

"우덜은 그런 건 잘 몰라유. 농사일에 쳐서 낚시할 엄두가 나남유. 근디 낚시하는디 삽을 어따 쓴데유?"

이장은 삽자루를 건네주면서 물었다. 마디가 굵고 거친 이장의 손에 든 삽을 건네받는 낚시꾼의 손이 유난히 희게 느껴졌다.

"아, 파라솔 좀 세우려는데 잘 안 되네요. 땅을 좀 파서 대를 세우려고요. 잘 쓰고 가져오겠습니다."

이장은 삽자루를 들고 경쾌한 걸음으로 사라지는 낚시꾼 뒷모습을 멀거니 바라보다 부엌으로 들어갔다.

"엄니랑 식사하고 가셔유. 찬은 읎지만, 저렇게 좋아하시는디."

이장이 막무가내로 점심상을 차려왔다. 그녀는 뿌리칠 수가 없어 주저앉았다.

"애들 엄마가 해놓은 된장찌개랑 짠지, 푸성귀밖에 읎슈. 창피해유."

"참말루 뭔 소릴 혀. 집집마다 건건이 다 그렇지, 우리 사이에 흉 될게 뭐 있다구."

"계란찜 좀 드셔유."

밖으로 나갔던 이장이 계란찜을 들고 와 상 위에 올렸다. 그녀는 수저를 들어 이장 어머니 손에 쥐어주고 짠지 국물을 한 입 물었다. 칼칼해서 좋았다.

"여름에는 칼칼허니 짠지 국물이 최고여."

그녀는 짠지 국물을 재차 떠 입에 넣으며 설핏 웃음이 비어져 나왔다. 막내가 짠지를 죽기보다 싫어했다는 생각이 나서였다.

한여름 볕에 달궈진 생철 지붕은 집안을 찜통으로 만들었다. 삼남매는 숨을 헐떡이며 마루에 널브러졌다. 삼남매를 일으켜 고작 물에 띄운 짠지와 누런 열무김치가 전부인 아침 밥상 앞에 앉혔다. 그래도 위로 두 아이는 억지로라도 먹었다. 막내가 문제였다. 군내 난다고 짠지 가닥을 씹다가 퉤, 밥상에 뱉어냈다. 입을 쭉 빼고 눈물을 글썽거렸다. 그녀가 막내 숟가락을 빼앗아 밥상을 들고 일어서면 그제야 치맛자락을 잡고 눈물 고인 눈으로 올려다봤다. 밥상을 다시 내려놓고 숟가락을 막내 손에 쥐여주면 넘어가지 않는 밥을 억지로 넘기느라 헛구역질을 했다. 반복되는 군내 나는 일상이었다. 막내가 반찬 투정을 멈추고 남편과 아이들의 얼굴이 피기 시작한 것이 그 무렵이었다.

그녀가 미군 부대 극장 청소부로 들어가 얼마 뒤 정체 모를 음식을 밥상에 올렸다. 구수하고 비릿한 맛이었다. 극장 책임 자에게 사정해 미군 식당에서 먹다 남긴 음식을 얻어 와 소다 를 넣고 푹푹 끓여 내놓으면 만석과 아이들은 잘 먹었다. 햄 이나 통조림, 빵조각에 누가 베어 문 잇자국이 난 것들이었다. 짠지를 밀어내고 허겁지겁 먹고 한동안 화장실을 드나드는 것으로 음식 신고식을 치렀다. 지금의 어떤 음식과도 비교할 수 없는 맛이었다.

"오랜만에 참 맛있게 먹었네. 같이 먹으니께 좋아, 잘 먹었 구먼."

"왜유, 더 드시잖구유."

"먼저 우리 논에 물 좀 대라고 혀. 쩍쩍 갈라졌어."

이장 어머니가 만석을 기억해 내고 있었다. 남편 없이 농사 짓는다고 우선 물길을 터주었던 것을 기억해 냈구나 싶어 그 녀는 눈물을 쏟았다.

"암만 그래야지, 그럼, 애 아범한테 꼭 전할 꺼구만."

따라붙는 이장 어머니 눈길을 떼어내고 나오며 그녀는 가 슴이 뻥 뚫린 듯 아렸다. 하늘을 올려다봤다. 안개가 걷히면 볕이 쨍할 것 같았는데 곧 비라도 내릴 듯 저수지 너머 미군 부대 쪽이 검었다.

"비라도 내려주면 좋으련만."

"오후부터 비 온댔슈. 저쪽 보니께 곧 쏟아질 것도 같은디 워낙 오래 가물어서 와야 오나보다 하쥬."

"저 뽕낭구 자네 아버지가 심은 낭군디. 저것도 이제 미친 모양이구먼."

그녀는 이파리가 돌돌 말리고 줄기는 자기네들끼리 배배 뒤틀리고 얼기설기 꼬인 것을 보며 혀를 찼다.

"뽕낭구도 미쳐유? 어쩐지 열매가 익기도 전에 허옜고 딱딱해져 못 먹겠슈. 오늘 낼 베어버릴까 싶어유."

"뽕낭구가 미치기를 잘햐. 한 번 미친 뽕낭구는 베어내야 할 걸세. 자네 애쓰게나. 또 옴세."

그녀는 왠지 뽕나무를 더 이상 보고 싶지 않아 뒤를 돌아 걸었다.

며칠 전 길에서 만난 봉자 며느리는 자신의 시어머니가 오래 누워 있어 우울증이 걸린 것 같아 걱정이라며 놀러 오라고 했던 말이 떠올랐다.

봉자는 돈 잘 쓰는 멋쟁이였다. 넘어지면서 골반뼈가 으스러져 수술하고 난 뒤 어찌 된 일인지 아주 출입을 못했다. 보러 가고 싶어도 차 한 잔이라도 내오려고 애쓰는 봉자 며느리를 귀찮게 만드는 것 같아 한동안 못 갔다. 만석이 죽었을 때

조의금 외에 선뜻 장례비를 빌려준 것도 봉자였다. 미군 부대 극장 청소도 봉자가 연줄을 대 들어갔으니 그녀에게는 은인 같은 사람이었다.

"갈에 단풍귀경 가려면 어여 일어나야지."

"성, 이제 틀렸슈. 내 봄날은 지나갔슈. 자주 놀러나 와줘유. 갑갑해 죽겠슈."

"자네 며느리에게 폐가 될까 싶어 그만……, 자주 들름세."

봉자 며느리가 찐 옥수수를 내왔다. 그녀는 봉자 며느리 손을 꼭 잡았다. 손만 잡았을 뿐인데 봉자 며느리 눈시울이 붉어졌다. 그녀는 때깔이 좋은 옥수수를 집어 앞니로 뜯기 시작했다. 구수한 맛이 입안에 퍼졌지만 목구멍으로 넘어가는 것은 옥수수가 아니고 눈물이었다. 그녀는 문득 극장 팝콘 생각이 났다.

"자네도 생각나지? 내가 극장에서 가져와 먹던 기름에 튀긴 서양 강냉이 말여."

"그럼유. 얼매나 고소했던지, 성이 가져와서 먹은 게 첨 먹어본 거니께 홀딱 반할 수밖에유."

마을 사람들은 극장 청소부로 들어간 뒤 동네에서 전무했던 월급쟁이가 된 그녀를 몹시 부러워했다. 더구나 매일 밤 영화관 책임자가 튀겨서 팔다 남은 팝콘을 얻어 와 이웃에게 나눠주는 재미가 쏠쏠했다. 팝콘 기계는 뻥튀기 기계와 달리 소음도 없이 담배 연기가 피어오르듯 풍풍 솟아올랐다. 속살이 뽀얀 것이 고소하고 부드러운 강냉이를 팝콘이라 부른다는 것도, 구경한 것도 처음이었다.

청소를 끝내고 누런 월급봉투를 속주머니 깊이 찌르고 남은 팝콘을 들고 저수지 둑을 걸어오면서 속주머니 속 월급봉투를 손으로 만지며 돌아와 팝콘을 나눠 먹으며 스크린에서 본 장면을 마을 사람들에게 들려주면 박장대소했다. 그녀는 오랜만에 봉자와 옛날이야기를 나누니 한결 기분이 괜찮아졌다.

"또 옴세. 돈 아끼지 말구 큰 뱅원 댕기며 치료 잘 햐."

"성, 이제 큰 뱅원이구 작은 뱅원이구 내 맴대로 되는 건 하나도 읍슈. 모두 자석새끼들 맴에 달렸슈."

"그래도 아직 자네 재산이잖어. 나야 원채 가진 게 읍으니께 문제지만 말여."

그녀는 가진 것 없는 것이 새삼스러울 것도 없는데 괜한 말을 했나 후회했다. 알 수 없는 쓸쓸함이 몰려왔다.

농지개량조합 수문 관리자, 그녀 남편인 만석의 직함이었다. 여름철 가뭄과 홍수 때 수문을 조절하면서 구획 정리된 농지에 물을 관리해주는 일, 농지도 없는 만석이 찾은 것이 그 일이었다. 벼농사 짓는 농민이 기후로 인해 밭을 피해를 막게 하는 것이 목적이었다. 봄부터 늦여름 쏟아지는 늦장마까지만 할 수 있는 일이긴 해도 배운 것 없는 만석에겐 다행스러운 일감이었다. 술을 좋아하는 만석에게 봄, 여름은 꽃 피는 봄날이었다. 농부들은 형님, 아우님을 찾으며 자신들 논에 먼저 물을 대달라고 부탁하며 술을 샀다. 만석은 비가 오면 한밤중이라도 나가 저수지 수위 조절을 위해 수문을 닫아야 했다. 그럴 때마다 그녀가 동행해서 손전등을 비춰줬다. 그렇지 않은 날은 연장을 마루에 팽개치는 소리를 들어야 마음이 놓였다.

그날도 만석은 알싸하게 술에 취해 곯아떨어졌다. 자정을 넘어서부터 내리던 장맛비가 생철지붕을 무섭게 내리쳤다. 술에 취해 곯아떨어진 만석을 깨우고 그녀는 모진 잠속으로 빠져들었다. 죽음과 같은 잠이었다. 손전등 빛을 앞세우고 빗속으로 사라지던 만석이 세상에서의 마지막 모습이었다. 술 취한 만석을 깨우지 않았더라면, 만석을 따라나섰더라면, 후회는 아득한 악몽 속으로 빠져들게 했다. 돌을 딛다 미끄러졌을 것이고 만석의 손에 든 연장의 무게 때문에 더 빨리 더 깊게 가라앉았을 것이란 짐작이 본 듯 뻔했다.

아침이 되어도 소식이 없었다. 해장술을 먹고 있다면 얼마나 좋았을까. 물에 불어터진 만석의 시신을 발견한 것은 삼일 뒤였다. 소용돌이에 빨려 들어가 수문에 끼어 떠오르지 못한 것을 잠수부가 찾아냈다. 그날의 찬 감촉이 그녀의 손끝에 지금껏 남아 있는 것이다.

꿈에서 만석은 소용돌이 속으로 빨려 들어가며 검지로 그녀를 가리켰다. 악몽에서 깨어나면 만석이 손가락으로 가리키던 가슴을 움켜쥐었다. 그녀는 만석 옆으로 갈 때가 된 것이라고 생각했다. 가는 것이 원통한 것은 아니었다. 얼마 전부터 살고 있는 땅을 다른 사람이 사들여 쫓겨나는 꿈을 꿨다. 그녀는 땀으로 범벅이 된 채 눈을 뜨면 집을 비워줄 수 없다고 눈을 부라리며 잠을 밀어냈다.

지금도 못 오는데 어머니 돌아가시면 얼마나 오겠다고요. 두 아들놈은 길게 고민할 여지가 없다고 일각에 반대했다. 그녀는 자식 낳아 고물고물 키우고 만석이 묻힌 이곳을 떠날 생각이 추호도 없었다. 다시 사정해보려 해도 바쁘다는 이유로 얼굴을 볼 수 없으니 애가 탔다.

그녀는 큰딸 내외가 아무 일이 없다면 자신의 얘기를 귀담아 들어주고도 남았을 거라 생각했다. 사위는 배 아파 낳은 자식은 아니지만 주전부리며 꽃구경을 도맡을 만큼 고마운 사람이었다. 그런 사위가 암이라니, 그녀는 가슴을 움켜쥐고 데굴데굴 굴러도 시원찮았다. 아들놈들한테 큰딸 내외가 친정 궂은일을 도맡아 하는 사람 정도로 치부 받는 것도 모르는 바 아니었다. 아들놈들보다 큰딸을 덜 가르친 것이 마음에 걸렸는데 그런 큰딸에게 자신을 떠맡기려 들다니, 다시 속이 시끄러워졌다. 짐이 되어 핑퐁 공처럼 이리저리 튕겨 가야 할 처지가 되었다니, 마른침이 넘어갔다.

간간이 핸드마이크를 통해 낚시꾼의 안내방송이 마을에 꽉 찼다. 무슨 생각인지 그녀는 무념하게 저수지 둑을 걷기 시작했다. 얼마나 걸었을까, 둑이 끝나는 곳, 그녀가 다니던 미군 부대가 가까워져 갔다. 그녀는 이왕에 나선 거 옛 미군 부대 앞까지 가보자고 마음먹고 발을 떼었다.

늦은 밤 극장 청소를 마치고 둑을 따라 걷다 보면 시커먼 저수지에서 만석이 오라고 손짓하는 듯했다. 그럴 때마다 검은 저수지는 커다란 만석의 무덤처럼 친근했다. 출렁이는 무덤, 고요하게 품어줄 무덤으로 빨려 들어가도 괜찮을 것 같았다.

부지런히 걸으면 어둡기 전에 돌아올 수 있을 것이었다. 둑에 난 삘기는 도로에서 날린 먼지를 뒤집어쓰고 늘어져 있었다. 그녀는 신열이 났다. 등줄기가 아프고 눈까풀이 내려앉았지만 걷는 것을 멈추지 않았다.

밤마다 휘황한 빛을 내던 미군 부대 주변 상가 간판은 너덜거리고 무너져 내려 있었다. 대부분 상가 주인들은 미군이 옮겨간 지역으로 생계를 위해 떠났을 거였다. 그녀는 자물쇠가 매달린 드레스숍과 헤어숍의 쇼윈도를 들여다보았다. 망가진 마네킹과 허름한 집기들이 뒹굴고 있었다. 그녀가 극장으로 출근하는 시각이면 바로 쳐다볼 수 없을 만큼 휘황한 곳이었다.

담벼락에도 붉은 페인트로 미군 부대 이주에 따른 찬반 글이 붉은 눈물을 흘리듯 흘러내렸다. '주한미군 이전 반대, 생계를 책임져라' '녹지화 찬성' 등 찢긴 플래카드가 사납게 휘날렸다.

위병소 앞에는 깨진 유리가 흐트러져 있었다. 그녀는 출입을 막는 바리케이드 앞에서 위병을 위한 미군 병사가 '패스'하며 경례를 받치는 듯해 허리를 깊게 숙였다. 신분증을 목에 내려뜨리고 젊은 그녀가 종종걸음으로 부대 안으로 걸어 들어가는 듯했다.

위병소를 마음대로 들락거리던 시절은 그녀의 봄날이었다. 그녀는 위병소 벽을 손바닥으로 쓸어내렸다. 감기 때문인지 눈 주위도, 입속도 열기가 가득 찼다. 그녀는 정문 앞에 쪼그리고 앉았다. 다리가 아프고 오한이 몰려왔다. 미군이 떠나고 한 번도 오지 않던 곳이었다. 어쩌자고 발길이 예까지 온 것이야. 알 수 없는 일이었다. 누가 자신을 본다면 영락없이 정신 나간 늙은이로 볼 것이었다. 정신이 혼미해졌다. 이장이 했던 말이 떠올랐다. 그녀는 미친 뽕나무처럼 자신도 베어버릴 것 같아 몸을 움츠렸다. 자신의 봄날은 지나간 스크린의 한 장면처럼 다시 돌아올 수 없다고 알려주는 듯 바람이 뺨을 스쳤다. 비를 몰고 올 바람이었다.

영사기 불빛이 스크린을 비추면 총천연색 풍경과 인물들이 웃고 울고 정사를 나누고, 정신을 쏙 뺐다. 대게는 망측해서 눈을 뜨고 볼 수 없을 때가 많았다. 두 손바닥으로 얼굴을 가리고 숨을 크게 두세 번 세다가 손가락을 차츰 벌려 스크린으로 눈길을 돌렸다. 다리가 길고 눈이 시퍼런 서양 여자가 남자에게 교태를 부리면 그녀도 덩달아 몸과 마음이 달아올랐다. 배우들의 말은 무슨 말인지 알아들을 수 없어도 화면의 움직임만 보고도 재미있어 때로는 부러 일찍 출근해 스크린 속에 빠졌다. 스크린이 막을 내리고 전등이 켜지면 그때부터 그녀는 극장을 누비며 청소를 했다. 청소를 하다 말고 스크린 앞에서 여배우의 새침한 미소를 흉내 냈다. 그리고 극장에서 필름을 돌리듯 지나간 그녀 삶의 필름을 돌렸다.

그녀가 쌀가게 점원이던 김만석의 자전거 뒤에 올라타 그의 허리를 꽉 잡은 채 내달리는 장면이 스크린에 펼쳐졌다. 얼마큼 내달리다 억새풀이 울창한 숲 앞에서 자전거를 세우고 입맞춤하던 때를 돌려보고 또 돌려봤다. 그녀와 김만석이 주연인 영화가 끝날 때쯤이면 극장 청소도 끝이 났다.

미군 부대가 이전한다는 말이 떠돌 때 그녀는 믿지 않았다. 아니 믿을 수가 없었다. 그녀가 출연하는 가장 빛나는 봄날이 벌써 막을 내릴 수는 없다고 고개를 저었다. 꽃이 한창인 그녀의 꽃밭을 벌써 갈아엎을 수는 없었다.

상영 횟수를 줄였고, 극장에 관객도 줄어갔다. 팝콘 대부분
이 남아서 버리게 될 때쯤, 스크린의 주인공이 바뀌듯 그녀도
무대에서 내려와야 할 때가 왔다는 것을 직감했다. 그럴수록
더 빨리 출근하고 더 늦게 퇴근하면서 무대를 끌어안았다.

그녀는 미군부대 정문을 나와 둑을 향해 걸었다. 하늘은 검
게 변해갔다. 여전히 후덥지근하지만 습습한 바람결을 보아
비를 몰고 올 바람이었다. 바람결에서 삼남매가 수런거리는
소리가 들렸다. 까르르 웃기도 했다. 잠시 후 삼남매는 그녀에
게서 고개를 돌렸다. 그녀는 세차게 도리질을 했다.

두 아들놈은 매번 짠 듯 대답이 같았다. 처하고 상의해볼게
요. 얼마나 살겠다고 땅을 욕심 부리냐는 것이었다. 땅을 불
하받지 못한다면 자신이 갈 곳은 아무 곳도 없다고 생각하자
그녀는 다시 가슴이 뛰었다. 그녀의 시끄러운 속처럼 저수지
도 넘실댔다. 넘실거리는 저수지가 어서 오라는 만석의 손짓
처럼 보였다. '인생이란 무엇인지 청춘은 즐거워, 피었다가
시들면 다시 못 필 내 청춘.' 그녀는 자신도 모르게 뜨거운 입
을 열어 만석이 부르던 노래를 흥얼거렸다. '조금만 기다리
슈. 금방 당신 곁으로 갈 테니께. 갈 때 가더라도 내 집에서
살다 가야겠슈.' 그녀는 둑 복판에 쪼그리고 앉았다. 푸성귀
도 손으로 쥐면 부서질 것 같은 덥고 건조한 날이 얼마나 많

이 지속됐던가. '비라도 한 차례 내려주시지.' 그녀는 또 뜨거운 입으로 읊조리다 말고 서둘러야 한다는 생각에 일어나 걸었다.

검게 변했던 하늘에서 노을이 선명하게 내리비쳤다. 그녀가 서둘러 걷는 동안 노을이 순식간에 사라지더니 꿈인 듯 비가 쏟아지기 시작했다. 비구멍. 비구멍. 가뭄이 물러가려는지 빗줄기는 제법 세찼다. 그녀의 잿빛 파마머리와 꽃무늬가 무성하게 프린팅된 블라우스가 젖어 깡마른 어깨가 드러났다. 삽시간에 저수지 가장자리로부터 흙탕물 띠가 둘러쳐졌다. 만석이 죽어가며 흘린 핏물처럼 보였다. 그녀 속에서 묵직한 것이 치밀었다. 그녀는 저수지로 기어 내려가기 시작했다. 돌무덤 가까이 갔을 때 검푸른 저수지로 번갯불이 내리꽂혔다. 그녀는 깜짝 놀라 삽시간에 둑으로 기어 올라와 몸을 둥글게 말고 웅크린 채 꼼짝 못했다. 아직도 살고 싶은 욕망을 못 꺾었다는 생각에 만석에게 부끄러웠다.

그녀는 따가운 눈을 치뜨고 무엇엔가 쫓기듯 휘적거리며 걷기 시작했다. 빗줄기는 대지의 화염을 씻어낼 듯 점점 굵어졌다. 저수지에서 올라오는 비린내에 또 욕지기가 났다. 다시 번갯불이 짙푸른 저수지로 내리꽂혔다. 그녀는 이장네 뽕나무도 번개에 맞아 새까맣게 타고 있을 것만 같아 다급해졌다. 별일이구먼. 늘 보던 뽕나무가 오늘따라 왜 자꾸 떠오르는지 모를 일이었다. 어쩌면 이장이 베어버렸는지도 모른다는 생각이 들자 두 다리가 자꾸 꺾였다.

마을 입구에 도착했을 때 사나운 비는 언제 왔냐는 듯 멈추고 서쪽 하늘에서 해가 다시 쨍했다. 스크린 속 영상처럼 신작로를 달리는 자동차가 빗물을 튀기며 지나갔다. 낚시꾼들을 태우고 온 대형버스도 떠나려고 부릉거렸다. 아침에 걸려 있던 플래카드도 보이지 않았다. 그녀는 엔진 소리를 들으면서 알 수 없는 불안이 밀려왔다. 자신이 살아온 세월이 너무 길다고 느꼈다. 무심코 고개를 숙여보니 맨발이었다.

그녀의 귀에 돼지 울음소리가 들렸다. 삼남매 생각도 스쳤다. 돼지우리 쪽을 한참 바라보다 싸리문을 밀고 마당으로 들어섰다. 장독대 옆 연보라색 무궁화가 그녀를 맞이하듯 꽃잎을 한껏 벌리고 있었다. 꽃잎에 매달린 빗물을 보며 그녀는 새색시 같다고 생각했다.

그녀도 새색시 적이 있었다. 늘 웃고 있는 만석이 좋아 두말 않고 결혼했지만 새색시답게 살아볼 기회를 빼앗아 간 사람도 만석이었다. 술 좋아하던 만석이 제일 잘한 짓이 농지개량 조합 수감으로 취직한 일이라 믿었다. 그것 때문에 목숨을 잃다니, 운명이란 때로 가혹하다고 생각했다.

툇마루는 빗물이 튀어 눅진하게 젖어 있었다. 그녀는 걸레로 물기를 문지르고 걸터앉았다. 그녀는 담배 한 개비를 꺼내 불붙여 길게 빨며 허공으로 내뿜었다. 담뱃불만큼 붉게 타오르던 가슴이 서서히 식는 듯했다. 세차게 두드려대던 심장박동도 좀 안정되는 듯했다. 긴 여행을 다녀온 듯 피곤이 몰려왔다. 신열 때문인지 머리가 지근거렸다.

방으로 가 화장대 깊숙이 넣어 둔 통장을 꺼내 펼쳤다. 그녀에게는 큰돈이지만 수리조합 땅을 불하받기는 턱없이 모자란 액수였다. 통장을 들여다보면서 두 갈림길에 다시 섰다. 큰딸에게 주고 싶은 마음과 두 아들놈에게 도움을 받아 죽을 때까지 이곳에서 살 수 있도록 땅을 불하받는 일. 저울추가 큰딸 쪽으로 묵직하게 내려갔다. 큰딸 번호를 천천히 눌렀다.

"뭔 일 있어요?"

"뭔 일은 무슨, 너도 별일 읎쟈?"

"그런데 엄마 목소리가 왜 그래요? 안 좋은 꿈 꾸다 깬 사람 같아요."

"내 걱정은 마라. 난 잘 있으니께. 모쪼록 밥 잘 먹고, 알긋쟈?"

"엄마, 제가 좀 바쁜 일이 있어 당분간 못 내려가도 서운해하지 마시고 잘 계실 거죠?"

그녀는 괜스레 눈물이 터질 듯해 정작 해야 할 말을 못 하고 서둘러 전화를 끊었다. 딸깍, 소리를 듣고도 한동안 수화기를 들고 있었다. 알 수 없는 허전함이 엄습했다. 실 끊긴 연이 한순간에 하늘로 휙 날아오르는 것을 지켜볼 때처럼 허망했다. 늙은 어미만 쏙 빼고 저희들끼리 한통속으로 내통한 괘씸함이 다시 썰물처럼 밀려왔다. 안다 한들 아무 도움이 못 된다는 걸 알지만 큰딸이 자신의 치마폭에 엎어져 실컷 울기라도 했으면 바랐다. '이제 내는 살만큼 살았으니께 당신한테 갈 때 큰사위 아픈 것 모조리 가져가게 해줘유.' 그녀는 만석의 사진 앞에서 토해내듯 말했다.

그녀는 불현듯 자리에서 일어나 개수대 앞으로 갔다. 돼지에게 줄 밥 찌꺼기를 찾다 말고 고개를 세차게 저었다. '왜 이러나, 내가 자꾸만 왜 이럴까.'

빗줄기는 다시 굵어진 듯했다. 그녀는 문득 생철지붕 위로 후드득 떨어지는 빗소리가 무서워 몸을 둥글게 웅크렸다. 굵은 빗줄기가 웅크린 자신의 몸뚱이를 난도질하는 것 같아 그녀는 신음했다. 잠시 후 홀린 듯 저수지 쪽으로 난 창문을 열어젖혔다. 미군 부대 산기슭에서부터 시작되어 저수지를 통째로 삼키고 완강하게 버티고 선 어둠을 향해 입을 열었다. '기다려유. 내가 불을 밝혀 줄게유.' 그녀는 벌떡 일어나 손전등을 찾았다. 어디 있지, 이쯤이었는데, 서랍에는 없었다. 선반을 더듬는데 손끝에 손전등이 만져졌다.

그녀는 손전등을 밝히고 나가 싸리문을 힘껏 밀었다. 손전등에서 퍼져 나온 불빛에서 빗줄기가 춤을 추었다. 그날도 오늘 같은 여름밤이었다.

기서리에서 우리는

전화를 끊고 채 5분도 지나지 않아 형은 오피스텔 지하주차장으로 내려왔다. 검정색 양복 차림이었다. 만날 때마다 청바지에 남방 차림이더니, 지섭의 죽음을 염두에 둔 듯했다. 형은 상의를 벗어 뒷좌석에 던지고 옆자리에 무너지듯 앉았다. 양복을 벗고 난 형의 모습은 낯빛만큼 초라했다. 셔츠는 다림질을 하지 않아 후줄근해 보였다.

"오랜만이다. 잘 지냈지?"

형의 인사말 끝에 긴 하품이 끌려왔다.

"궁금하면 얼굴 좀 보고 삽시다. 오전 내내 연락도 안 되고, 어젯밤은 뭐했는데 입이 찢어질 듯 하품이야?"

한마디 인사말을 훌쩍 던진 형은 내 말이 전혀 들리지 않는 사람처럼 양미간을 찌푸리고 눈을 감은 채 죽은 듯 고요했다.

매월 마지막 주일은 혼자 지내는 어머니와 밥이라도 한 끼 먹기로 했었다. 그럼에도 형은 매번 학원 특강을 핑계 대거나 피치 못할 약속이 있다는 이유로 통 얼굴을 볼 수 없었다.

고속도로는 평일치고 구간구간 정체됐다. 가다 서다를 반복하는데 갑자기 생각난 듯 형이 눈을 번쩍 뜨고 입을 열었다.

"어제 늦게까지 학원 선생들이랑 술 마시다 몇 명이 사우나에서 잤어. 어머니 전화받고 돌아와 양복 갈아입고 너 기다리는 동안 깜박 잠이 들었나 봐. 아직도 자고 있는 기분이다."

"건강 좀 생각해서 술 좀 줄여."

약간은 신경질적이고 핀잔까지 섞인 내 말에 형은 딱히 대답할 말이 없다는 듯 머쓱하게 머리를 긁었다. 와이셔츠 좀 다려 입고 다녀. 나는 목까지 올라온 말을 삼켰다. 몸을 뒤척일 때마다 사우나에 비치된 화장품 냄새와 비누 냄새가 났다.

오줌이 급하다고 휴게소가 보이면 들어가자던 형은 난간에 기대 담배만 피우다 차로 돌아왔다. 담배를 피우고 온 형은 더 늙어 보였다.

"급하다던 오줌은 어쩌고 그냥 와?"

"참, 그랬었지."

형은 차에 디밀었던 한 발을 다시 빼 화장실로 향했다. 나는 형을 따라 휴게실로 가 커피 두 잔을 샀다.

형은 화장실에서 헝클어졌던 머리칼에 물을 발랐는지 가지

런해진 모습으로 돌아와 선바이저를 내려 거울 속 자신의 얼굴을 훑었다.

"시원하게 마셔. 잠 좀 깨게."

커피를 건네주고 나는 덩달아 허리를 곧추세우고 룸미러를 들여다봤다. 형 못지않게 머리칼이 사방으로 뻗친 후줄근한 사내가 노려보고 있었다. 형이 전화를 받지 않을 때마다 손가락으로 머리칼을 헝클인 탓일 거였다. 나는 형처럼 머리칼을 가지런히 눌렀다.

형은 투명 테이크아웃 커피잔을 받아 단숨에 절반을 들이켰다. 커피를 마셔야 힘이 나는 사람인 듯 조금 전과는 사뭇 다르게 또렷한 목소리로 입시학원에 사표를 던졌다는 말을 꺼냈다. 왜 또? 나는 핀잔하듯 물었다. 형이 돈벌이를 못 한다고 당장 생활이 어려운 것도 아니고, 며칠씩 두문불출한다 해도 참견하고 싶은 마음도 없었다. 다만 연로한 어머니가 형이 다음 직장을 구할 때까지 근심을 내려놓지 않고 수심이 가득한 얼굴로 지내는 것이 보기 싫은 거였다.

이 년 전, 이 년 반 전, 형은 학원을 그만둘 때마다 두말하기 싫은 얼굴로 원장이 돈만 아는 파렴치한이라는 말만 되뇌었다.

"이번에는 이 년이나 버텼다. 난 학원선생을 길게 하는 인간들은 나보다 더 이상한 놈들이라고 본다. 난 더 이상 하면

미칠 것 같더라고. 공부할 놈은 어디서도 열심히 하는데, 자러 오는 놈들 앞에서 끝없이 지껄이는 짓, 그만하고 싶다. 조금 쉬다 보면 와 달라는 곳이 생기니까 걱정 마. 그만둔 기념으로 어제 한잔한 거다."

형은 걱정하지 말라지만 그 나이에 무슨 자신감으로 큰소리치는지 나로서는 의아했다. 간혹 형의 휴대폰에서 멜로디가 울렸지만 형은 받지 않았다. 오히려 발신자를 확인하고 창밖으로 눈을 돌렸다. 노을이 형 이마에 내리꽂히자 얼굴을 찡그린 탓인지, 조금 전 휴게소에서 돌아왔을 때보다 더 늙어 보였다. 웬일인지 묻지도 않았는데 형수와 별거 중이라는 말도, 석 달 전에 형수가 조카를 데리고 해외 파견근무를 떠났다는 말도 했다. 모두 처음 듣는 말이었다. 가끔 형의 구겨진 셔츠를 볼 때마다 형수가 많이 바쁜 모양이라고 생각했었다. 딸을 떠나보내며 아버지를 조금 이해했다는 형의 얼굴은 오래전 지섭의 팔짱을 끼고 어머니 분식집에 나타난 아버지 얼굴과 닮아 보였다. 말을 마친 형은 회한에 잠긴 얼굴로 입맛을 쩝쩝 다셨다.

"뭘 그렇게 빤히 보냐. 쑥스럽게."

"뭘 빤히 봤다 그래? 운전하는 사람보고."

순간순간 바라보던 내 시선을 대부분 눈을 감고 있던 형이 의식하고 있었던 모양이었다.

얼굴에 꽂힌 해만큼 쨍할 줄 알았던 형 삶은 어느 순간부터 모두가 기대했던 방향과는 정반대로 틀어졌다. 수재 소리를 들으며 학교를 다녔다. 부산하고 짓궂고 껄렁거렸던 형은 기이하게도 전교 일 등을 놓치지 않았다. 반년이 지나야 담임의 눈에 각인될 만큼 평범한 나까지 황우섭 동생이라는 것으로 유명세를 떨쳤다. 그런 형이 자랑스러웠지만 은근히 질투도 솟구쳤다. 그래서 교내에서 주로 형을 외면했다.

형을 바라보는데 문득 허기가 몰려왔다. 허기는 위장뿐 아니라 뇌 어디쯤을 할퀴는 듯했다. 한 번 느껴진 허기는 순식간에 피로로 둔갑해 목을 졸랐다.

형과 통화한 시각이 오후 3시가 넘었고 형 오피스텔 앞에서 만난 것은 한 시간 뒤였다. 오전 10시부터 통화가 되지 않은 형 탓에 문상을 끝내고 바로 올라오려던 내 계획은 이미 어긋나기 시작했다. 당일로 올라오려는 마음을 접지 못하고 허둥거리는 모습을 형은 눈치챘을 거였다.

형의 삶도 처음부터 어긋난 것은 아니었다. 대기업의 촉망받는 사원으로 역시 촉망받는 같은 회사 여사원과 사내 결혼을 했다. 떡잎부터 남다른 사람은 역시 잘나가게 돼 있어. 형 주변인들의 말은 틀린 말이었다. 깡통주식의 주인이 형이 될 수도 있음을 보여주었다. 궁여지책으로 월급이 많은 미국 지사로 자원했지만 그곳에서도 불어나는 은행 빚을 감당 못 해

퇴직금을 타기 위해 퇴직했다는 것을 나는 형이 입시학원에 들어간 후에야 알았다.

나 역시 형과 크게 다르지 않았다. 겨우 중간 성적으로 지방 대학을 졸업해서 턱걸이로 농협에 들어간 뒤 지금껏 실적에 휘둘리며 살얼음판을 걸었다. 내 이름 황민섭은 점수로 대변 되고, 점수는 실적으로 환산되어 그래프로 남는 곳에서 십수 년을 버텼다. 버티기 위해 민원업무 소통 활성화를 위한 교육 을 자주 받으며 근근이 승진했고 피로감과 스트레스에 절어 지냈다.

지섭은 죽었고 장례식장이라는 목적지가 있는데 순간 방향 도, 목적지도 없는 것처럼 막막한 기분이 들었다.

"지섭이는 왜 죽었다니?"

형의 갑작스러운 물음이 잠시 막막했던 기분을 환기시켰다.

"나도 모르지. 아침에 어머니 말이, 아버지가 전화해서 지섭 이가 갔소. 하더래. 어디를 갔냐고 했더니, 다시는 올 수 없는 곳으로…… 말을 잇지 못하고 울먹이다 전화를 끊었다는데 너 무 쓸쓸하게 들렸다는 거야. 어머니가 다시 전화해서 장례식 장을 물어봤데. 무슨 일이 있어도 형하고 빨리 내려가 보라고 당부하셨어."

형은 대답 없이 고개만 끄덕거렸다.

"어머니가 고관절 수술을 받지 않았다면 우리와 동행했을까."

"글쎄, 어머니까지는 좀 모양새가 그렇지 않겠니? 모르지, 가신다고 했을 수도 있겠다. 아버지한테 아가페적인 사랑을 하셨으니까. 바라는 건 1도 없고 할 수 있는 건 다 해주시는, 우리한테도 그렇지만."

평생 뼈를 깎는 아픔을 겪어 웬만한 것은 일도 아니지 했지만 막상 뼈를 깎아 보니 만만치 않더라. 어머니는 퇴원하는 날, 뼈를 깎는 아픔이란 말에 아팠던 기억이 끌려오는지 얼굴을 찡그렸다. 모두 지나가더라. 농담처럼 한마디 던지던 어머니가 쓸쓸하게 웃었다.

어머니가 겪은 뼈를 깎는 고통은 나로서는 도저히 이해할 수 없는 말이었다. 자신만의 고통을 누가 이해할 수 있다고 믿겠는가. 누군가가 공감해주면 고맙고, 그렇지 않더라도 입 밖으로 꺼내는 동안 위안이 되기를 기대하는 게 다일 거였다. 나 또한 눈을 맞추고 들어주는 것으로 닿을 수 없는 어머니의 고통에 동참할 뿐이었다. 나는 기쁨은 넘치면 흐르지만 아픔은 차곡차곡 쌓여 더께로 남는다는 것을 어린 시절에 어렴풋이 경험했다고 믿었다.

지섭의 덧없는 죽음을 떠올리는데 어린 시절 경험한 기서리의 뜨거웠던 여름이 슬며시 끌려 나왔다.

어느 순간 아버지의 발길이 뜸하더니 아예 찾아오지 않는 날이 길어졌다. 아버지 일터가 아주 먼 곳에 있어 자주 못 온

단다. 나는 어머니의 말에 아주 먼 곳이 어디고 하는 일이 어떤 일인지 궁금했지만 말하는 어머니의 표정이 슬퍼 보여 더는 묻지 못했다.

초등학교 일 학년 여름 방학식이 있던 다음 날이었다. 오랜만에 온 아버지는 우리를 어딘가로 데려간다고 했다. 흥분하는 나와는 달리 형은 어깨를 으쓱거렸다. 어머니가 원해서 가기는 하겠지만 안 가도 상관없다는 표정이었다. 나는 형의 세련된 표정에 기가 죽어 한편으로 물러나 돌아가는 판도를 지켜보기만 했다. 아버지는 형의 머리를 여러 번 쓰다듬으며 자신을 따라나서줬으면 하는 간절한 눈빛을 보낸 뒤 형에게서 어떤 눈빛을 확인했는지 조금 밝은 표정으로 나에게로 와 등을 몇 번 쓸어내렸다. 그리고 어머니 방에서 밤늦도록 두런거리는 소리가 들렸다.

버스 좌석은 대부분 비어 있었다. 우리는 각자 한 자리씩 차지하고 앉았다. 얼마 못 가 나는 졸기 시작했고, 깨보면 형도 머리를 끄덕였다. 아버지가 어깨를 흔드는 바람에 눈을 떠 앞서 내리는 아버지를 따라 내리느라 허둥댔다. 시야를 가렸던 버스가 떠나자 햇살이 내려앉아 반짝이는 녹색 들판이 우리 앞에 펼쳐졌다. 저만치 앞서 걷던 아버지가 발을 떼지 못하고 있는 형과 나에게 도시촌놈들, 한마디 던지며 씽긋 웃고 다시 멀어져 갔다. 논은 푸르렀고 밭에는 온갖 과일이 열렸는데 내가 알고 있는 사과와 토마토도 매달려 있었다. 상계동 빌라촌에서는 볼 수도 알 수도 없는 풍광이었다.

오랜 세월이 지난 지금도 농촌의 들판을 바라볼 때면 영락없이 기서리 들판이 펼쳐진다. 그때 이후 나는 농촌의 들판은 평화로운 곳이라고 내 안에서 단정 짓게 되었다.

마을 어귀에서 아버지는 손가락으로 다홍색 슬레이트 지붕을 가리켰다. 모퉁이를 돌아 첫 집이란다. 낮은 지붕은 블록으로 쌓아올린 담과 닿을 듯했다. 우리는 파란색 페인트가 군데군데 벗겨진 사이로 녹이 비어져 나온 철재 대문으로 들어섰다. 꽤 넓은 마당 복판에 꽃밭이 있었다. 꽃밭은 잡풀 하나 없이 깔끔했다. 꽃밭을 바라보다 와, 내 입에서 탄성이 새어나왔다. 옆에 섰던 여자가 빙그레 웃으며 내 어깨에 손을 얹고 꽃밭 가까이 데려갔다.

"꽃을 좋아하는구나. 원추리와 참나리, 붉은 맨드라미란다. 가장자리 핀 것은 분홍색과 크림색 분꽃이구, 예쁘지?"

여자가 꽃 가까이 골고루 손가락을 짚어가며 설명했다. 네, 나는 수줍지만 황홀한 마음으로 대답했다. 꽃을 바라보는 동안 대문을 들어설 때와 달리 이상하리만큼 여러 번 와본 듯 긴장감이 사라졌다.

"인사드려라. 너희들 큰엄마시다."

아버지는 뒷짐을 지고 서서 울타리 밖 소나무군락지로 눈길을 두고 말했다.

"반가워. 네가 큰애구나, 우섭이라고 들었는데…… 이쪽은 둘째 민섭이구."

여자는 깡마르고 병약해 보였다. 머릿밑이 하얗게 보일 정도로 머리칼이 듬성듬성 빠져 있었다. 아버지가 시키는 대로, 착하게 굴고, 예의 바르게 해야 해? 어머니의 당부를 떠올린 듯 형은 큰 목소리로 안녕하세요, 했지만 바닥에 시선을 꽂고 작은 돌 하나를 신발 앞코로 굴리고 있었다. 나는 기어들어가는 목소리로 형을 따라 안녕하세요! 했다. 여자는 형과 내 머리를 번갈아 헝클어뜨리기도, 쓸어내리기도 했다. 그때 갑자기 안방 문이 벌컥 열리더니 덩치 큰 사내아이가 아버지에게 달려들었다. 입을 벌린 채 뛰어와 히죽 웃었는데 웃는 입꼬리로 침이 흘러나왔다. 이상한 아이라고 생각하며 나는 형 가까이 옆걸음질 쳐 붙었다. 아버지는 아이를 슬쩍 여자 앞으로 보내고 양손으로 형과 내 손을 이어 잡았다. 걱정 마라. 아버지의 손이 안도의 말을 건네는 듯했다.

나는 그날 이후 아버지를 이해하기 어려울 때마다 여자네 마당 복판에서 잡았던, 호수에 빠져 허우적거릴 때 손을 꽉 잡고 나무배로 끌어올리던 아버지 손을 기억하려 애썼다. 아버지의 손이 어머니와 형에게 소외됐다고 스스로 느꼈던 어떤

부분을 만져준 느낌이 들었다. 그때 아버지는 분명 우리 아버지였다.

"이름이 지섭이란다. 너희들 동생인데 너희들처럼 건강하질 못해. 여기 있는 동안 사이좋게 잘들 놀아라. 응?"

아버지 말에 형이 큰소리로 예, 대답했다. 나는 건성으로 고개를 끄덕였지만 같이 놀고 싶은 생각은 손톱만큼도 들지 않았다.

우리는 차례로 댓돌에 신발을 벗고 들어가 마루를 거쳐 안방으로 들어갔다. 안방 벽에 옷가지 몇 개가 걸려 있고 비교적 깔끔하게 정리되어 있었다. 그리고 벽에 아버지와 여자가 앉은 사이에 사내아이를 세우고 찍은 가족사진이 눈에 들어왔다. 나는 문득 우리 집 벽에 걸린 사진이 떠올랐다. 아버지 모습을 보니 집에 걸린 사진과 비슷한 시기에 찍은 듯했다. 어머니가 자주색 블라우스를 갈아입으며 콧노래를 흥얼거리던 장면이 기억 속 모서리에 걸려 넘어가지 않았다. 어렴풋이 오지 말았어야 했다는 생각이 들면서 본능적으로 어머니가 불쌍해졌다. 공연히 왔다는 후회로 가슴이 뛰었다.

여자가 밥상을 차리러 나간 사이 나는 형을 툭 치고 사진을 가리켰다. 형은 내 머리를 쥐어박았다. 그리고 조용하라는 듯 자신의 입술에 검지를 갖다 댔다. 형의 반응이 어찌나 의아하던지 나는 땅속으로 사라지는 느낌이 들었다. 형을 한차례 후려치고 싶었지만 형의 함구 명령이 얼마나 단호한지 주눅든 채 고개를 떨구웠다.

형은 여름방학이 끝날 때까지 한 번도 여자를 어떠한 호칭으로도 부르지 않았다. 뭐든지 형을 따라 했으므로 나 또한 여자를 부르지 않았다.

아버지는 밥상을 들고 들어와 우리 앞에 내려놓았다. 여자는 삼겹살을 굽기 시작했다. 우리는 굽기가 무섭게 먹어 치웠다. 지섭의 부산함을 형이나 내게 보이고 싶지 않아서인지 먼저 먹였다고 했지만 지섭은 고기를 허겁지겁 집어 먹다가 접시를 상에서 떨어뜨렸다. 여자는 기름기가 번들거리는 지섭의 손을 닦이며 형과 내 눈치를 흘깃거린 뒤 한마디 던졌다.

"천천히, 잘 씹어 먹어라."

여자아이 목소리 같게도, 힘 빠진 노인의 목소리 같게도 들렸다. 이상하게 밥을 먹었을 뿐인데 어느새 나빴던 기분이 괜찮아졌다.

우리는 배불리 밥을 먹고 마루 끝에 나와 앉아 발을 까딱거리며 먹지처럼 캄캄한 허공을 응시했다.

"와, 저기 좀 봐."

형이 가리키는 손끝에 별이 흩뿌려져 있었다. 형이 자연 시간에 배웠다며 북극성과 오리온자리와 쌍둥이자리를 손가락으로 가리키며 설명했다. 우리는 한참을 더 키득거리다 여자가 마련해 준 잠자리에 들었다.

여자는 지섭의 이부자리를 우리 옆에 깔았다.

"지섭아, 형들이랑 같이 자거라. 좋지?"

말이 끝나기 무섭게 지섭은 여자의 치맛자락을 잡고 떼를 썼다.

"당신이 데리고 자구려."

당신, 아버지는 어머니를 부를 때 쓰던 당신이란 호칭을 여자를 향해 썼다. 나는 아버지에게 왜 어머니에게 쓰는 호칭을 여자에게도 쓰는지 묻고 싶었지만 차마 입이 열리지 않았다. 잠들기 전까지 낮고 부드럽게 당신, 이라 부르던 아버지 말이 귓가에서 맴돌았다. 어머니와 여자 얼굴도 번갈아 눈앞에 나타났다가 사라졌다.

아버지는 우리가 머무는 동안 쭉 우리 옆에 자리를 펴고 잤다. 그래서 어느 순간 벽에 걸린 사진도, 당신이라는 호칭도 아무것도 아닌 거라고 안도했다.

우리가 머물렀던 여름방학 내내, 아버지는 자신의 희망낚시터로 우리를 자주 데려갔다. 모두 낚시터를 저수지라고 말했지만 형과 나는 호수라고 불렀다. 노을이 질 때 바라보는 저수지는 호수가 더 어울렸다.

희망낚시터까지는 집에서 걸어 이십여 분쯤 걸렸다. 아버지는 가끔 곧은 농로를 두고 논두렁을 지나 지붕에 검은 망을 씌운 인삼밭을 거쳐 음산한 묘지 군락지를 지나 한참 돌아서 희망낚시터로 갔다. 아버지는 지름길이라고 했는데 나와 형은 두 세배는 멀게 느껴졌다.

"지름길이라더니 더 머네요."

"때때로 지름길이라고 잘못 들어서면 오히려 되짚어 돌아 와야 할 수도 있게 된단다. 너희들은 애초에 반듯하게 난 길로 들어서야지 한번 들어선 길은 되짚어 나오기가 힘든 거란다."

형의 불만 섞인 말에 아버지는 먼 곳을 바라보며 알아 들을 수 없는 엉뚱한 얘기를 했다.

낚시꾼들은 호수 속 고기만큼 많아 보였다. 아버지는 낚시 터를 돌아다니며 종이에 뭔가를 써주고 돈을 받아 허리에 찬 낡은 검정가방에 넣었다. 형은 유료 낚시터라 오천 원씩 받는 거라고 말했다. 우리는 아버지가 심었다는 나무 사이를 뛰어 다니며 놀았다. 지섭은 우리 뒤를 따라다니며 서, 서, 소리를 지르다 어느 순간 지섭이 따라온다는 것을 잊고 서면 힘껏 떠 밀어 자빠지게 만들고 아버지한테 도망가 안겼다.

"지섭이는 아픈 애니까 너희가 이해해라. 지섭이 너, 형들한 테 그러면 아버지가 혼쭐 낸다."

아버지는 마지못해 내는 화처럼 한마디 슬쩍 던지고 우리 에게 사이다를 따라줬다. 그리고 묵직한 손으로 나와 형의 어 깨를 번갈아 다독였다.

낚시꾼들은 아버지를 착 달라붙어 다닌다고 지섭이를 껌딱지라고 불렀다. 그렇습니다, 웃는 아버지를 보는 동안 이상하게 아버지를 향한 배신감이 올라왔다. 나는 웃는 아버지가 보기 싫어 풀숲으로 뛰어가 메뚜기와 사마귀, 청개구리를 쫓았다. 내일은 따라오지 않겠어, 그런 생각을 하다가 다음 날 해가 뜨고 아버지가 출근 준비를 하고 지섭이 히죽거리며 따라붙으면, 우리도 저절로 뒤를 따라 나섰다.

어둠이 찾아오면 풀벌레가 덤비고 바람에 나뭇잎끼리 부딪치는 소리가 마치 우리가 소곤거리는 것처럼 들렸다. 낚시꾼들은 종일 낚시하는 것도 모자라 먹지 같은 밤을 새워 야광 찌를 드리우고 방울이 울리기를 기다렸다. 깜깜한 허공의 방울 소리는 이상하게 가슴이 턱 내려앉게 했다. 장딴지에 붙은 모기를 때려잡으면서 다시 따라오지 않겠어, 또 다짐하지만 해거름 녘 호수에 내린 붉은 석양이 사라지고 떠오르는 휘황한 달빛을 바라보면 어느새 내일을 떠올렸다.

고속도로 변은 작은 키의 포도나무가 끝도 없이 길게 심어져 있었다. 포도향이 풍기는 듯 느껴졌지만 그저 느낌뿐이었다. 포도송이는 모두 흰 종이봉투에 싸여 매달려 있었다. 수확철은 좀 있어야 할 거였다. 검붉은 포도송이를 입에 넣은 듯 기억 속의 새콤달콤한 맛에 군침이 꼴깍 넘어갔다.

"아버지가 갑자기 우리 집에 오지 않기 시작할 무렵에 형은 배신감 같은 거 없었어? 나는 그때 아버지 많이 미워하고 원 망했는데."

형이 눈은 감고 있지만 잠들지 않았다는 것을 짐작으로 알 것 같아 느닷없이 떠오른 생각을 한마디 던졌다. 형은 침묵했 다. 내가 형에게 던진 말을 잊을 만큼 시간이 지난 뒤 문득 긴 침묵을 깨고 형이 입을 열었다.

"나라고 달랐겠니? 그래도 아버지가 매번 학교로 와 등록 금은 내고 갔었어. 그때도 지섭이 돌보는 것 때문에 긴 시간은 아니지만 우리가 학교에 있는 동안 어머니 얼굴은 보고 간 모 양이더라."

나는 처음 듣는 말이었다. 형과는 겨우 두 살 차이였는데 어 머니에게는 형이 그토록 엄청난 의지의 대상이었나 싶으니 억울하고 화가 났다. 지금 생각하니 어머니는 어린 형을 남편 처럼 의지한 거였다. 너까지 걱정하게 할 필요가 있니. 그러나 어머니의 포장된 말은 포장지를 북 뜯으면 선물세트에 나만 쏙 빠져 있는 형상으로 느껴졌다.

나는 기서리의 여름에서 알게 된 아버지의 이중생활에 대 한 충격보다 두 살 터울의 형이 그 일을 전부터 알고 있었다는 듯 덤덤히 바라보던 형의 눈빛이 더 큰 충격이었다. 집에 돌아 와 어머니와 형에게 기서리에서 본 사진에 대해 물었다. 두 사람은 한마디로 내 질문을 일축했다. 쓸데없는 거에 신경쓰지 말고 공부나 하라고. 나에게는 아무것도 알 필요도, 알아서도 안 된다는 말로 들렸다. 그 후로 나는 모든 일에 소외되고 있다는 자기암시에 휘둘려 오래도록 괴로웠다.

고속도로를 달리는데 갑자기 그해 기서리의 호수 위를 떠다니던 나무배에서 느꼈던 아련한 여름이 다시 펼쳐졌다.

아버지는 호수에 나무배를 띄우고 형과 나, 기섭을 태웠다. 잔잔한 호수 위를 아슬아슬하게 떠 있던 잔상이 그림을 쳐다보듯 생생하게 살아 움직였다.

여름방학이 반쯤 지났을 때였다. 아버지는 낚시꾼들한테 방해되면 안 된다고 사과나무가 있는 쪽으로 우리를 데려갔다. 배는 그림책에서 본 네 사람이 탈 만한 크기의 나룻배였다. 잔잔한 호수 위에서 반짝이는 해 때문인지 나무배는 같은 자리를 뱅글뱅글 도는 듯했다. 아버지가 어른이 입는 큰 구명조끼를 가져왔다. 그리고 구명조끼 옆구리에 붙은 고리를 힘껏 잡아당겨 단단히 조여주었다. 아버지한테서 땀냄새와 물비린내가 났다. 아버지가 눈치채지 않게 한 번 더 숨을 깊게 들이마셨다. 아버지 냄새를 맡는 것만으로도 가까워진 기분이 들었다.

"이제 됐다."

우리는 아버지가 손가락으로 가리키는 자리에 앉았다. 지섭은 아버지 말과 상관없이 맨 뒷자리, 우리는 가운데 자리였다.

"자, 출발한다. 움직이면 뒤집히니까 얌전하게 앉아 있어야 된다."

우리는 아버지의 걱정스런 말에 얼른 네, 라고 대답했다. 아버지는 딴짓을 하는 지섭을 바라봤다. 지섭은 대답 대신 호수에 손을 넣고 첨벙거리다 아버지 말에 씩 웃었다. 웃는 입꼬리로 침이 죽 흘렀다.

호수는 잔잔했다. 정작 출발한다고 했지만 배는 여전히 제자리에 떠있기만 했다.

"왜 앞으로 못 가요?"

형은 시시하다는 듯 물었다. 아버지는 맨 앞에 앉아 상계동 시장에서 본 탁구장 간판에 그려진 탁구채와 비슷하게 생긴 나무로 깎은 것으로 물을 헤쳐 방향을 틀기도, 앞으로 나가게도 했지만 다시 아슬아슬하게 떠 있기만 했다.

"지금처럼 배를 띄워 흘러가는 대로 놔두고 낚시하는 걸 배흘림낚시라고 한단다. 주로 바다에서 많이 하는 낚신데 간혹 여기서도 그걸 하고 싶어 하는 사람들이 있어. 저기 보이지? 떠 있는 널빤지, 저게 배 대신이란다."

우리는 아버지 손끝을 따라갔다. 널빤지 두 개가 섬처럼 떠있었다. 아버지는 널빤지가 가라앉거나 뒤뚱거리지 않도록 가장자리에 폐타이어를 촘촘히 붙여놓은 것이라 했다. 간혹 낚시꾼이 딴전 피울 때 물고기가 미끼를 물면 지칠 때까지 낚싯 대를 끌고 다닌단다. 그때도 이 배를 타고 낚싯대를 건져다준 다는 아버지 말에 까맣게 그을린 얼굴을 올려다봤다. 나는 동 네친구들 딱지를 몽땅 땄을 때, 턱을 앞으로 빼고 눈은 아래를 향하던 형의 거만한 표정과 닮았다고 생각했다.

"와, 그럼 이 배 아버지가 만들었어요?"

형이 물었다. 물론이지. 아버지는 자신감이 넘쳐 보였다. 나 는 대답하는 아버지를 한참 바라보았다, 햇살 때문에 찡그린 얼굴은 영화 속 주인공처럼 멋져 보였다.

배는 움직이지 않는 듯했지만 아주 조금씩 앞으로 나갔다. 호수 주변 숲에서 길게 우는 매미 소리 사이사이로 이름을 알 수 없는 새가 종알거렸다. 간간이 지섭이 호수에 손을 담그고 텀벙거렸는데 햇살 때문에 눈을 감고 들으니 탬버린 연주를 듣는 듯했다. 낚시꾼들이 우리를 쳐다보며 부러워하고 있을 거라는 엉뚱한 생각에 어깨가 으쓱했다. 호수는 햇살이 내려 온통 은색 셀로판지를 펼쳐놓은 듯 반짝였다. 시간도 우리를 태운 배도 멈춘 듯했다.

갑자기 지섭이 벌떡 일어나자 배가 흔들리기 시작했다. 아 버지는 몸을 이쪽저쪽으로 방향을 바꿔가며 배 중심을 잡으 려고 분주했다. 지섭아, 얌전히 앉아. 아버지의 다급한 말에 형은 지섭을 앉혀보려고 손을 끌었다. 지섭은 거세게 잡혔던 손을 뿌리치더니 몸을 뒤로 휙 젖혔다. 어어, 하는 사이 배는 뒤집혔고 우리는 호수에 빠져 허우적거렸다. 우리는 아버지가 꽉 조여준 구명조끼 때문에 물에 떴다는 사실도 잊은 채 아우 성쳤다. 지섭은 오히려 재미있는 표정으로 우리를 구해줄 듯 어깨를 잡고 끌었다. 아버지는 뒤집힌 배를 힘겹게 바로 세운 뒤 다시 뒤집히지 않도록 우리에게 배 난간을 꽉 잡으라고 당 부했다. 그리고 어렵게 배에 올라탔다. 아버지가 형 손을 잡고 끌어올리는 동안 나는 배 난간을 꽉 잡고 기다렸다. 잠시 후 아버지가 내 손을 잡아 끌어올렸다. 아버지 손은 힘이 대단했 다. 손을 잡는 순간 이상하게 무서웠던 마음이 사라졌다.

지섭은 여전히 두려움보다 장난스러운 얼굴을 했다. 아버 지는 지섭의 양 어깻죽지 밑으로 손을 넣어 끌어올렸다. 좀 전 과는 달리 아버지는 탁구채 같은 것을 빠르게 움직여 배를 호 수 가장자리에 닿게 했다. 우리는 서로를 바라보며 누가 먼저 랄 것도 없이 웃음을 터뜨렸다.

"네가 움직여 형들이 놀라고 고생했잖니."

아버지는 지섭의 엉덩이를 몇 번 툭툭 때리는 시늉을 했지 만 아버지의 얼굴에서 야단치는 표정도, 원망하는 표정도 찾 을 수 없었다. 따뜻한 얼굴이었다. 아버지가 저런 따뜻한 사람 인데 왜 우리 집에는 자주 올 수 없을까.

나는 형을 쳐다봤다. 형도 나와 같은 마음으로 두 사람을 보는 듯했다. 지섭한테 잠시라도 눈을 떼면 사고치고, 도망가고, 아버지가 어쩔 수 없이 붙어 있어야 된다던 말이 떠올랐다. 나는 그날, 지섭처럼 사고라도 쳐서 아버지를 붙잡아놓고 싶었다. 그리고 호수에 빠뜨렸다는 핑계로 지섭을 흠칫 패주고 싶었다.

낚시꾼이 모여들었다. 낚시꾼들이 큰일 날 뻔했다고 한마디씩 거들었다.

"근데 황 씨, 껌딱지 말고 이 꼬마들은 대체 누구래요?"

아버지는 대답 대신, 옷 갈아입으러 가자, 우리를 관리실로 데려갔다. 내 아들들입니다. 아버지는 그 말을 끝내 하지 않았다.

아버지는 우리를 나란히 세우고 젖은 옷을 벗겼다. 수건으로 형 몸의 물기를 꼭꼭 눌러 닦고 나와 지섭이도 만세를 부르게 하고 겨드랑이 물기까지 세세히 닦아주었다.

"자식들, 고추들이 다 컸네."

아버지는 우리 셋의 아랫도리를 번갈아 보며 웃었다. 그리고 수북이 개켜놓은 지섭이 옷 무더기에서 형과 내게 반바지와 티셔츠를 꺼내주었다. 다행이구나. 잘 맞아서. 형은 잘 맞았지만 내게는 많이 헐렁했다.

나는 지금도 파편화된 여러 기억 중, 낚시꾼들의 물음에 내 아들들입니다, 아버지가 못 한 대답을 내 입에서 읊조릴 때가 있다.

자고 있던 형이 몇 차례 쿨럭거리며 거칠게 기침을 했지만 자동차 안은 엔진 소리에 묻혀 금방 고요하다 못해 적막해졌다.

"이제 거의 다 온 것 아냐?"

나는 어느 순간 긴 침묵이 싫어 뒤척이는 형을 향해 한마디 던졌다.

"내 짐작은 반 조금 더 온 것 같은데 천천히 가자. 뭘 그렇게 서두르니? 좀 늦게 들어가면 어떻다고. 아버지도 지섭이랑 작별할 수 있는 시간이 필요할 텐데."

"형이랑 통화만 일찍 됐어도 문상하고 오늘 충분히 올라갈 수 있었는데 형이 전화를 늦게 받는 바람에……."

"금방 올라가는 건 아니지 않니? 아버지를 봐서라도 장례절차는 끝마치고 가야지. 지섭이 죽는 거 보니 살고 죽는 경계가 별게 아니구나 싶다. 조급하게 생각 말고 발인은 보고 가자. 어머니가 바라는 것도 그거 아니겠니?"

형 말을 듣는 동안 나는 습관적으로 조급함을 달고 지낸다는 생각이 문득 들었다.

왜 그러셨어요. 부인 있는 사람하고 실수였다면 나만 낳지 왜 민섭이를 낳을 때까지……. 언젠가 형 말에 어머니는 가까이하지 말았어야 할 사람인데 가까이하다가 그만 나도 모르게 가까워졌다고 말끝을 흐렸다. 나는 어머니의 난감한 얼굴을 본 뒤로 형과 같은 궁금증을 알려고 하지도, 묻지도 않았다. 그것이 어쩌다 보니 그렇게 됐다고 난감해하는 어머니에 대한 예의라는 생각이 들었다.

어머니는 몇 번씩 문이 잠겼는지 확인하고 또 확인하는 사람인데 아버지가 온 날은 그러지 않았다. 분식집 문을 닫고 들어와 제대로 닦지도 않고 담요 따위를 깔고 쓰러지듯 잠들었던 일상과도 달랐다. 물소리를 내지 않고 조용히 세수를 마치고 평소에 쓰지 않던 이부자리를 깔았다. 나는 안방에서 들리는 두런거리는 소리에 귀를 기울이다 잠이 들었다. 아침에 본 어머니 얼굴은 화사하게 달라 있었다.

지금 생각하면 그때 어머니는 사랑을 하는 얼굴이었다. 가까이하지 말아야 할 사람인데 어쩌다 보니 가까워졌다고 했지만, 사랑해서 안 될 사람이라는 것을 알면서 사랑한 자신에게 너무도 혹독하게 굴었다. 가정있는 남자를 사랑한 책임을 지느라 뭐가 됐든 몽땅 짊어지고 숨차게 살아갔다. 그런 어머니에게 자식 걱정까지 끼치기 싫어 나는 열심히 뛰었다. 형도 일정 부분 그랬을 것이다.

형이 고등학교 입학 후 우연히 패싸움에 휘말렸을 때도, 내가 학교 담 모퉁이에서 친구들과 담배 피우다 걸려 정학 맞을 위기일 때도 어머니는 담임과 학교장에게 빌고 피해학생에게 꽤 큰 치료비를 부담하면서 큰 소리 한번 없이 혼자 해결했다. 내 탓이요, 내 탓이요, 아버지를 사랑한 죄를 자신의 탓으로 돌리던 어머니였지만 형과 나는 겪지 않아도 될 혼란스러운 터널을 지나야 했던 것이 부당하다고 생각했다. 그때 형과 나는 긴 시간은 아니지만 삐뚤어진 행동으로 어머니를 아프게 했다.

형과 나는 기서리의 여름 이후, 큰엄마라는 여자와 지섭은 물론 아버지까지 잊고 살았다. 아버지는 없는 거라고 마음먹으니 어려운 일도 아니었다. 그리고 기서리의 여름은 한여름 밤의 꿈이었다고 밀어내려고 애썼다.

그런데 어느 날, 아버지가 지섭의 팔짱을 끼고 나타났다, 지섭은 3년 전 기서리에서 본 것보다 키도, 덩치도 형보다 훨씬 커 있었다.

아버지는 떡볶이를 먹는 지섭의 입술을 연신 닦아주며 찬물을 두 컵이나 마셨다. 그리고 어머니에게 그 사람이 갔소, 했다. 어머니는 어디를 갔냐고 물었다. 위암으로 오래 고생하다가, 석 달 됐소, 아버지는 어머니와 눈을 맞추지 않은 채 지섭의 입가가 붉어지도록 반복해서 닦아주었다.

아버지는 지섭을 돌봐야 하는데 지섭을 데리고 서울로 와 짐이 될 수는 없다고 했다. 마음대로 하세요. 어머니는 짐이라는 말에 몸을 획 돌려 개수대 앞에 서서 수돗물을 켰다. 얼마 뒤, 지섭을 위해서라도 합쳐야 한다고 한 쪽은 아버지가 아니라 어머니였다. 어머니는 여자가 죽은 지 반년 만에 우리를 데리고 '개서면 기서리'로 내려갔다.

아버지는 우선 어머니를 당신 호적에 올렸다. 우리 우섭이, 중학교 가기 전에 해서 다행이다. 어머니는 면사무소에서 돌아온 아버지 앞에서 중얼거렸다.

형은 술기운을 빌어 어머니 란에 엄마 이름을 못 써야 했던 게 얼마나 싫었는지 모를 거라고 화를 낸 적도 있었다. 나는 그 말에 공감했다.

이깟 종이 한 장을, 어머니는 말은 그렇게 했지만 떼 온 등본을 아예 화장대 위에 올려놓고 수시로 들여다봤다.

기서리에서 어머니는 우리보다 지섭을 더 챙겼다. 음식이나 옷은 언제나 지섭이 먼저였다. 어머니의 분배가 얼마나 불공평했는지 우리는 말하지 못했다. 웬일인지 우리가 지섭을 부러워하고 질투했던 것과 달리 네 살 지능의 지섭은 늘 과식으로 체한 얼굴을 하고 있었다.

언젠가 지섭은 마당에 있는 강아지를 때려서 죽게 했다. 애가 뭘 알고 했나, 장난치다가 그랬을 거라고 아버지는 대수롭지 않게 넘기고 싶어 했다. 어머니는 아버지 말에 입을 딱 벌렸다. 나쁜 짓이라는 걸 알려줘야 한다고 지섭을 따라다녔다. 그럴수록 지섭은 어머니를 밀치고 때렸다. 어머니는 그런 지섭을 두려워했다. 아버지에게 지섭을 교육기관에 보내자고 했다가 애한테서 손 떼라는 말을 들은 뒤 어머니는 짐을 쌌다.

기서리 집에서의 일 년은 지섭의 실종과 귀가, 지섭으로 인한 일련의 사고로 매일이 정신없었다. 어머니는 일 년 만에 상계동 빌라로 돌아와 분식집 구석구석 쌓인 먼지를 털어냈다.

"솔직히 지섭이가 불쌍해서라는 말은 거짓말이었다."

어머니는 형과 내게 아버지를 매일 보게 해주고 싶었다고 했다. 그리고 내 생에 그곳으로 내려갈 때가 첫 번째, 다시 그곳을 떠날 때가 두 번째 치욕이었다고 고개를 저었다.

고속도로를 나와 좁은 지방도로로 들어섰다. 도로 양쪽으로 펼쳐진 나지막한 산은 우리가 탄 자동차와 계속 같이 내달렸다. 도로는 어둠이 깔리기 시작했다. 차 안은 고요를 넘어 적막했다. 오디오 버튼을 눌렀다. 얼굴은 생각나는데 이름이 떠오르지 않는 중년의 남자배우가 추억의 음악 프로 DJ를 보고 있었다. '어느 모임에서 독도는 우리 땅이고 간도는 우리 땅이 아닌가에 대한 토론으로 말싸움이 벌어졌데요. 조용히 듣고 있던 그중 한 사람이 싸우는 것 좀 간도, 간도 했다는 겁니다. 아재개그 때문에 토론을 벌인 사람들이 한바탕 웃고 끝냈다는군요.' 나는 피식 웃음이 나왔다.

"아재개그 좀 간도, 간도."

자고 있는 줄 알았던 형이 한마디 던지고 피식 웃었다. 어린 시절 운동장에서 친구들에게 매 맞던 나를 구해내고 웃던 얼굴이었다. 그때 나에게 형은 슈퍼맨이었다.

시야가 점점 뿌예졌다. 고속도로를 나올 무렵부터 꾸물거렸지만 비가 올 거라고 생각 못했다. 속도를 낮추고 몸을 핸들 가까이로 밀착해 안내판을 들여다보려고 고개를 길게 뺐다. 깜깜한 밤이었고 더구나 2년 만의 도로는 분간이 어려웠다.

'개서면' 안내판은 나타나지 않았다. 밖은 점점 짙은 어둠에 휩싸여 갔고 도로는 갈수록 급커브로 이어졌다. 커브를 돌 때마다 창문에 머리를 부딪치는 걸 보아 형은 또 자는 듯했다.

"천천히 가라. 비까지 내리는데……."

형은 깨어 있나 하면 자고, 자고 있나 하면 깨어 있었다. 쌍방 2차로 좁은 급커브 길 반대편의 자동차 불빛이 빗줄기 안으로 다가올 때마다 핸들 잡은 손에 힘이 갔다. 그래도 도로가 한산한 것만은 다행이었다. 긴장한 탓인지 어깨가 욱신거렸다. 여전히 '개서면 기서리' 표지판은 보이지 않았다. 개서면사무소 옆이라고 했던 장례식장은 실제로 있기나 한 것인지 의문이 갔다. 얼마큼 왔을까. 점점 빗줄기는 안개비로 바뀌고 안개와 안개비의 경계가 어둠 속에서 무너지고 전조등이 비치는 곳만 희미하게 분간이 가능했다.

형과 밤의 도로를 달리는 것은 처음이 아니었다. 낚시꾼 중 누군가가 아버지를 병원으로 옮기고 전화를 했었다. 떡밥 그릇을 힘없이 떨어뜨리고 주워 올리지를 못했다고 했다. 중풍이었고 2년 전이었다. 그때도 형과 어둠 속을 달려 이곳에 왔었다. 아버지가 병원에 있는 동안 지섭은 가톨릭 재단에서 운영하는 시설에 잠시 보내졌다. 아버지는 별일 아닌데 뭐 하러 왔냐고 했지만 안도의 내색까지 감추지는 못했다. 한 달 뒤, 퇴원하는 날 다시 찾은 아버지는 왼쪽 팔과 다리에 힘이 빠지는 운동장애 후유증이 약간 남아 있었다. 아버지를 퇴원시키고 형과 나는 지섭을 시설에서 데려왔다.

지섭은 부끄러운 듯 한동안 아버지를 본 척도 하지 않았다. 마당을 빙빙 돌며 딴전을 부릴 뿐, 오히려 아버지가 왼쪽 다리를 끌며 지섭의 뒤를 쫓았다. 아버지 없는 동안 잘 있었어? 지섭은 무표정하게 서서 눈을 멀뚱거리다 방으로 들어갔다. 지섭은 앉아 있는 우리가 어지러울 만큼 마당에서와 같이 빙글빙글 돌았다. 나는 지섭의 행동에 별 관심이 없었다. 다만 다 같이 나가 저녁 식사를 할 마땅한 곳이 인근에 있는지 휴대전화로 검색 중이라 어서 멈추기만을 바랐다. 그러다 씩씩거리는 지섭을 쳐다본 것은 형이 밖으로 나간 뒤였다. 지섭은 아버지에게 다가가 자신의 배를 불룩 내밀었다. 아버지는 그럴 때마다 지섭을 뒤로 슬쩍 밀쳐냈다. 아버지 얼굴이 붉어 보였다. 지섭의 불쑥 솟은 바지 앞섶이 눈에 들어왔다. 지섭을 밀치면서 나를 바라보는 아버지의 눈과 다시 마주쳤다. 나는 형이 밖으로 나간 이유를 그제야 짐작했다. 아버지가 왜 지섭이 그토록 타기 싫어하는 자전거를 타고 지치도록 달리게 했는지 알 것 같았다. 아버지는 네 살 지능을 가진 지섭의 먹는 것과 입는 것 말고도 돌봐야 할 게 더 있었던 거였다. 지섭이 건장한 성인이라는 것을 그때까지 생각해보지 못했던 거였다.

아버지와 지섭을 방에 두고 밖으로 나왔다. 형은 담장 밖 소나무군락지 앞에 서 있었다. 옆으로 가 섰지만 형은 아무런 반응도 없이 담배 연기만 길게 뿜어냈다. 어둠 속에서 형이 뿜어내는 담배 연기와 송진 냄새가 폐부 깊숙이 들어왔다. 나는 형 눈길의 끝은 호수에서 어둠을 낚고 시간을 낚는 불빛뿐 아니라 우리 유년의 넓은 호수를 바라보고 있다는 생각이 들었다. 나는 갑자기 피우지도 않는 담배 생각이 간절해졌다.

거리는 도시의 밤과 달리 어둠 그 자체였다. 죽음을 맞는 순간이 이런 것일까, 지섭도 이런 밤 같은 시간을 지나 우리가 알 수 없는 제3의 세계로 간 것일까.

개서초등학교 앞에 세워진 쇠파이프 끝을 올려다보았다. 연두 바탕에 검정 글씨의 안내판이었다. 양미간을 찌푸린 채 바라봐도 안내판에 글자가 쉽게 눈에 들어오지 않았다. 형은 다시 고개를 끄덕이며 졸고 있었다. 차를 세우고 안내판을 올려다보았다. '기서 장례식장 ↑500m, →400m' 겨우 글씨가 눈에 들어왔다. 나는 글씨도 늙는다는 생각이 들었다. 차로 돌아와 형을 바라봤다.

희뿌연 안갯속에서 멀리 '개서장례식장' 간판이 깜박거렸다. 형과 나는 주차를 하고도 쉽게 차에서 내리지 못했다. 형은 담배 한 개비를 꺼내 불도 붙이지 않고 손바닥 위에 톡톡 치기를 반복했다.

"담배 한 대 피우고 들어가자."

잠시 후 어둠 속에서 불꽃이 튀더니 일정한 간격으로 불꽃이 반짝였다. 나는 불꽃이 멈추자 차에서 내렸다.

영정사진 앞에 앉았던 아버지가 보일 듯 말 듯 한쪽 다리를 끌며 다가왔다. 후유증은 2년 전보다 많이 호전된 듯 보였다. 나는 자리가 거의 빈 조용한 장례식장을 보고 왠지 안심이 되었다. 영정사진 속 지섭은 우리가 봤던 네 살짜리 지능을 가진, 히죽 웃으며 입가로 침이 흐르고, 뭘 먹어도 흔적을 남기던 모습이 아니었다. 양복을 입은 보통의 청년 모습이었다. 아버지는 이런 날을 예측이나 한 듯, 언제, 어떤 연유로 저런 사진을 찍게 했는지 문득 궁금해졌다.

우리는 나란히 서서 희미하게 웃고 있는 지섭을 향해 예를 갖췄다. 피를 나눠 가졌지만 한 번도 같은 피가 흐른다고 느껴 보지 못했고, 같은 아버지를 가졌지만 지섭이 아버지로 살았던 아쉽지만 어쩔 수 없었던 지난 세월이 우리 세 사람 앞에 머뭇거렸다.

아버지는 늦은 밤에 예까지 오느라 애썼다고 손을 잡았다.

아버지 손은 그해 여름처럼 힘이 있었다. 우리는 적당한 곳으로 가 앉았다.

"아침밥을 해놓고 부르려는데 개 짖는 소리가 나서 나가보니 개 집 앞에 엎어져 있더구나. 병원으로 옮겼는데 이미……."

아버지는 오른손을 이마에 대고 괴로운 표정을 지었다.

"건강해 보였는데, 어쩌다가……."

"그러게 말이다. 의사는 심장마비라는데, 감기도 모르던 녀석이었는데……. 내가 무심했었나 싶다. 개밥이 흩어져 있는 걸 보니 순둥이 밥을 주다가 변을 당한 모양이야. 개밥 하나는 잘 챙겼다. 신통하게도 끼니때마다 지 밥 먹기 전에 개밥 먼저 주고 쭈그리고 앉아 쓰다듬고……. 그게 할 수 있는 유일한 일이라는 듯 말이다."

죽는 날까지 아버지 아들로 산 지섭은 아버지를 오래 울게 했다. 아버지의 눈물을 보는데 좀 전에 느꼈던 허기가 다시 몰려왔다.

"낮에 마을 사람들이 좀 다녀갔고, 느덜도 왔고, 또 더는 올 사람도 없고 해서 내일 발인하고 화장해 낚시터 앞 느티나무 아래 묻어 주려고 한다. 그놈이 그곳에서 노는 걸 좋아했어."

형과 내 앞으로 육개장 두 그릇과 몇 가지의 전과 눌린 머리 고기와 소주가 놓였다. 나는 오는 내내 느꼈던 허기를 기억하고 육개장 한 숟가락을 입으로 가져갔다. 좀 전의 허기와는 달리 음식이 넘어가지 않았다. 생각지도 않았던 침울한 감정만 한 모금씩 넘어갔다. 소주를 한 잔 입에 털어 넣고 다시 육개장을 한 숟가락 떠 넣었다. 빨리 자리에서 일어나고 싶어 아버지를 바라봤다.

"여기는 옹색하니 집에 들어가서 편히 자고 일찍 나와라."

아버지 말에 자리를 털고 일어났다. 형은 서서 기다리는 내가 보이지 않는 사람처럼 몇 번 더 소주잔을 비웠다. 시계를 들여다봤다. 새벽 두 시가 넘어가고 있었다. 다시 앉을까를 고민하는데 형이 자리에서 일어났다.

아버지는 화장터에서도 눈물을 주체하지 못했다. 자식이 죽었으니 아버지의 눈물은 당연한 것이었다. 나는 하염없이 우는 아버지 모습을 보는데 지섭을 바라보며 웃던 아버지를 보며 배반감이 들끓었던 기서리의 여름날이 끌려왔다. 왠지 낯설어 밖으로 나와 야외용 의자에 앉았다. 형은 먼저 나와 담배를 피우며 허공으로 연기를 길게 뿜어내고 있었다.

개서면사무소 앞에서 아버지와 헤어져 올라가려는 나와 달리 형은 쉬 떠날 기미를 보이지 않았다. 돌아가면 다시 오지 않을 사람처럼, 그래서 한 번은 희망낚시터를 가야 할 사람처럼 보였다.

아버지의 1.5톤 트럭이 앞서고 그 뒤를 내 차가 따랐다. 차를 큰길가에 세우고 십 분 남짓 걸어야 당도하던 2년 전과 달리 호수 앞까지 차가 들어갈 수 있도록 길이 나 있었다.

─ 1회 만 원입니다. 익일까지를 1회로 합니다. 쓰레기는 각자 정리해서 소각장 입구에 놔주십시오.

우리를 먼저 맞은 것은 안내판이었다. 입장료는 오천 원이더니 만 원으로 인상돼 있었다. 이곳까지 오는 사람이 있냐고 묻는 형에게 아버지는 참붕어가 많이 잡힌다는 소문을 듣고 낚시꾼들이 끊이지 않는다고 설핏 웃었다. 지금껏 다른 낚시터보다 물고기 방출 횟수를 한두 번 더 하는 것도 비결이라는 말도 했다.

"꾼들은 많이 잡히면 어떤 악조건이라도 찾아오는 법이다."

아버지의 눈빛이 빛났다. 마치 꾼들을 낚는 꾼처럼 보였다.

낚시터 외관은 2년 전보다 더 허룩해진 아버지와 닮아 있었다. 수면 밑에서부터 거치대를 세우고 널빤지를 올려놓아 마치 호수 위에 떠 있는 듯 보였다. 각각 색이 다른 의자는 원래의 색을 유추할 수 없을 만큼 빛이 바래 있었다. 악조건의 낚시터라도 꾼들은 감수하고 찾아온다는 좀 전의 아버지 말이 떠오를 만큼 낚시하는 사람들이 꽤 많았다. 의자마다 거치대를 세우고 비를 피할 수 있도록 생철지붕을 올려놓았는데 짙게 녹이 슬어 검푸르고 붉은 기운이 돌았다. 순둥이라고 불리는 개는 짖지도, 반기지도 않고 길게 누워 있었다. 나는 털 있는 짐승을 기피하지만 순둥이가 이곳에서 유일한 아버지 가족이라고 생각하자 등을 쓸어주고 싶어졌다.

하늘이 붉게 물들고 저수지도 붉은빛으로 변했다. 아버지와 형은 저수지를 향해 서서 먼 산 붉은 실루엣을 바라봤다.

"노을이 제법이구나. 이뤄 놓은 것도 없고, 저 노을처럼 붉어 보지도 못하고 곧 지겠지."

"꼭 뭘 이뤄야 하나요? 그냥 사는 거죠."

오랜만에 속내를 내놓은 아버지 말에 형은 끔쩍 않고 서서 저수지의 미세하게 흔들리는 수면을 바라보며 말했다.

"낚시터에 오는 사람들은 대부분 가짜들이 온다죠? 가짜 사업가, 가짜 선생, 가짜 정치가들……."

"가짜 많지. 그렇지만 상황은 가짜일 수 있다만 저 사람들까지 가짜는 아닐 게다."

아버지는 중얼거리듯 말을 흐렸다.

"지섭이도 저렇게 됐는데 이제라도 아버지가 어머니를 살펴 드려야 하지 않을까요?"

어, 어, 어, 형 말이 끝나기 무섭게 누군가가 내는 절박한 소리에 우리는 일제히 소리를 쫓아 고개를 돌렸다. 물고기가 누군가의 낚싯대를 끌고 사라지고 있었다. 울상을 짓던 남자는 팔뚝을 뻗으며 이만큼 큰 놈이었다고 아쉬워했다.

"놓친 물고기는 누구나 더 커 보이는 법이란다. 가보지 못한 길에 아쉬움이 남는 것처럼."

어둠에 가려 아버지의 얼굴은 보이지 않았지만 목소리는 분명 아쉬움이 엿보였다.

어머니를 살펴 드릴 때 아니냐고 묻던 형의 물음에 아버지는 끝내 대답하지 않았다. 어린 시절 낚시꾼의 물음에 내 아들들입니다, 라고 대답하지 않은 것처럼.

"라면 먹을래요?"

나는 형의 물음에 대한 아버지의 대답을 기다리는 동안 알 수 없는 울화가 치밀어 먹겠다는 대답을 듣지도 않은 채 관리실로 향했다.

관리실은 좁지만 정갈하게 정리돼 있었다. 아버지와 지섭이 나란히 누워 잤을 개켜놓은 이부자리 옆에 플라스틱 떡밥 그릇이 쌓여 있었다. 스텐드식 냉장고 안에는 음료수와 드링크제가 조금도 흐트러짐 없이 일렬종대로 세워져 있었다. 컵라면 세 개에 끓는 물을 부어 밖으로 나왔다. 아버지와 형도 별 말없이 컵라면을 받아들었다. 라면 먹는 소리가 캄캄한 밤공기에 스러졌다.

낚시꾼들이 던진 야광 찌가 움찔거리다 물속으로 빨려 들어갔다 다시 제자리로 나와 빛을 발했다. 사람들은 낚싯대를 늘어트리고 물고기를 낚지만 내가 보기엔 어둠을 낚고 세상에서 가보지 못 한 아쉬움까지 낚는 듯 보였다.

간밤에 잠을 못 잔 탓에 일순간 졸음이 몰려왔다. 자리를 잡고 낚싯대를 내려뜨리고 있는 형의 등을 한참 바라보다 관리실로 돌아와 요를 깔았다. 기서리의 여름밤 툇마루에서 바라봤던 별이 쏟아져 내릴 듯 빛났다. 눈꺼풀이 무겁게 내려앉아 눈을 감았다. 어느 순간 눈언저리가 촉촉하게 젖어왔다. 여전히 감은 눈 속에서 별이 반짝였다.

그 밤의 연주

선수들은 필드 여기저기 흩어져 몸을 풀고 있었다. 뚜엔도 쏟아지는 햇살 아래 팔다리를 털며 제자리 뛰기에 열심이었다. 어떠한 잡생각도 용납하지 않겠다는 듯 어느 한 지점을 바라보며 조금도 흐트러짐 없이 같은 동작을 반복했다. 튕겨 오르는 공을 연상케 할 만큼 가볍게 뛰어오를 때면 뒤에서 하나로 묶은 머리칼도 춤추듯 나풀거렸다. 나는 그대로 서서 뚜엔의 행동을 더 살폈다. 제자리 뛰기를 끝낸 뚜엔은 걸음 수를 세듯 일정한 보폭으로 달려가다 어느 지점부터 속력을 다해 내달리는 동작을 반복했다. 저러다 지레 지치는 거 아냐, 그런 생각을 하며 돌아서 벤치를 훑었다.

띄엄띄엄 앉은 관중을 둘러보다 필드와 가장 가까운 첫 번째 벤치로 향했다. 뚜엔과의 약속을 지키는 것에 의미를 두자

마음먹으니 대충 시간을 때우고 가면 되겠다 싶었다. 속마음은 자세로 이어졌다. 무너지듯 반은 누운 자세로 다리를 꼬고 앉았다. 맑고 푸른 하늘이 먼저 눈에 들어왔다. 바람 한 점 없는 습한 날씨에 벌써 찝찔한 땀이 눈으로 흘러들었다. 따가운 눈을 비비는데 왜 여기 앉아 있나, 란 생각이 불쑥 고개를 들었다. 에어컨 바람을 쐬며 달리다 바다를 만나면 뛰어들 김 팀장과 일행이 약 올리듯 눈앞에서 아롱거렸다.

뚜엔이 지난해에 이어 올해도 자신이 하는 장대높이뛰기 경기를 봐달라고 할 줄은 꿈에도 몰랐다. 내 거절에도 포기하지 않고 거절할 수 없는 절묘한 타이밍에 다시 부탁해 올 줄은 더더욱 예상치 못했다.

어느 순간 뚜엔은 용케 나를 발견하고 가슴 가까이 손을 들어 흔들었다. 대충 시간만 때우고 가려 했던 내 속마음을 뚜엔에게 들킨 기분이 들어 무너지듯 앉았던 자세를 고쳐 앉았다. 그리고 얼결에 손을 번쩍 들어 보였다. 국가 대표선수로 발탁될 가능성은 없을 거예요, 가벼운 마음으로 임할 거라고 편안하게 웃던 모습과 달리 뚜엔은 꽤 긴장돼 보였다.

다섯 개 직할시 대표 선수들이 모여 경기를 치르고 결과에 따라 국가대표 선수를 선발한다는 뚜엔의 설명을 듣는 동안 나는 머리를 갸웃했었다. 국가대표라면 어린 나이에 선발되어 기술을 익혀야 하지 않을까 싶었다. 장대높이뛰기 경기에 무

지한 나로서도 뚜엔의 스물일곱이란 나이가 걸렸다. 지난해에
도 꼭 베트남 대표로 한국에 가고 싶다고 비장하게 말했었다.
아직도 폼을 놓지 못한 뚜엔이 내심 놀랍기도 하고 한편 안타
까웠다. 그렇다고 관심을 갖고 경기를 보러 가고 싶은 생각은
추호도 없었다.

　뚜엔과는 지난해 국제산업세미나에서 통역을 맡기면서 만
났다. 무슨 연유인지 첫 대면부터 이상하게 나를 흘낏거리며
의외의 사람이 갑자기 눈앞에 서 있을 때 지을법한 표정을 지
어 보였다. 그래서 첫 대면의 당혹함을 아직도 생생히 기억했
다. 의아했던 것과 달리 뚜엔은 자신이 하는 경기를 보여주고
싶다는 것 말고는 세미나가 끝날 때까지 성실하게 통역을 마
쳤다. 그래서 고민 없이 올해도 뚜엔에게 통역을 부탁한 것이
다. 그렇지만 지난해에 이어 올해도 자신이 하는 장대높이뛰
기 경기를 굳이 나에게 보여주고 싶어 하는 것은 여전히 의문
으로 남았다.

　폐기물, 신재생에너지 등 환경과 에너지 관련 신기술 정보
를 나누는 자리였다. 여러 나라 기업이 한자리에 모여 환경산
업에 대한 세미나도 열고 무역도 이뤄지는, 작년에 이어 올해
도 주최국인 베트남의 하노이에서 열린 것이다. 우리 부스는
다행히 내부적으로 진행해오던 신개발품의 평가가 좋아 기대
이상으로 수출 계약을 성사시키면서 축제 분위기가 이어졌다.

무엇보다 열심히 통역을 맡아준 뚜엔에게 일행은 고마워했다.

　일행은 자축의 의미로 뚜엔이 안내하는 레스토랑으로 갔다. 레스토랑 건물은 베트남 특유의 양식에 프랑스풍이 가미되어 우아했다. 더구나 조경수에 매달린 수많은 전구에 불이 밝혀지자 한층 이국의 정취가 물씬 풍겼다. 내부 또한 고급스러웠다. 높은 천장과 연보라 벽면에 난 클래식한 창틀과 정갈하게 정돈된 테이블의 조합에 일행은 매료된 듯 흥분을 감추지 못했다. 모두는 레스토랑을 예약한 뚜엔을 향해 엄지손가락을 척 들어 올렸다. 나 역시 엄지손가락을 들어 보였지만 왠지 분위기보다 실내에 흐르는 선율에 마음을 빼앗겼다. 애절한 여인의 음색 같지만 높거나 자극적이지 않은 선율은 어디에서 들어본 듯 귀에 익숙했다. 연주소리를 찾아 고개를 두리번거렸다. 기둥에 가렸던 무대가 눈에 들어왔다. 두 젊은 악사는 심취해서 발로 장단을 맞추며 연주했다. 나는 이상하게 메뉴 선택도, 일행의 우스갯소리도 관심 밖으로 밀려났다. 악사들의 연주곡을 어디에서 들었는지, 어떤 곡인지 생각할수록 미궁으로 빠져들었다. 식사하는 내내 일행과 함께 있지만 혼자 있는 듯 화제 속으로 끼어들지 못하고 기억을 더듬었다. 머리까지 지끈거렸다. 앙코르를 외치는 사람들 소리에 정신을 차리고 주변을 살폈다. 모두 행복하게 웃고 있는데 나만 그렇지 못하는 것에 은근히 화가 났다. 경기 전이라는 이유로 스테이크 몇 조각을 오래 씹고 있는 뚜엔 역시 뭔가 골똘히 생각하는 듯했다.

"뚜엔, 혹시 저 악기 이름 알아요?"

"모르겠는데요. 꼭 알고 싶으면 물어보고 올까요?"

물어봐 준다는 뚜엔의 얼굴은 연주에는 관심 없다고 말하는 듯 보였다. 나는 괜찮다고 말한 뒤로도 기억을 헤집어 찾는 일을 멈추지 못했다.

뚜엔은 심각해 보이는 나에게 이틀 뒤에 있을 자신의 장대높이뛰기 경기에 와줬으면 한다는 얘기를 조심스레 꺼냈다. 그리고 휴대전화에서 뭔가를 들여다보다 화면을 내 앞에 디밀었다. 자신의 경기 모습이 실린 기사였다. 지난해 첫 대면부터 흘낏거렸던 뚜엔이 언짢았던 터라 나는 망설임 없이 최대한 정중하게 보이기 위해 두 손을 모아 웃음기까지 띄우며 거절했다. 평소에도 장대높이뛰기 경기는 별 관심이 없는 종목이었고 무엇보다 일행과 떨어져 따로 움직이는 것도 싫었다.

"꼭 집어 너를 선택했으니 어쩌겠어. 작년에도 그랬잖아. 아무튼 올해는 꼭 가야 할 거 같은데?"

최 선임이 빙그레 웃으며 입을 열었다. 열심히 통역을 맡아준 뚜엔에게 고마움의 답례라고 생각하라지만 지난해에도 다른 일정을 핑계 삼아 가지 않았다. 빈 일정이 생기면 큰아버지에게 지겹도록 듣던 베트남의 정글을 가봐야겠다는 생각도 거절하는데 한몫했다.

"이슬비가 내린다고 생각했어. 그렇게 가늘고 고요할 수가 없었어."

큰아버지는 더 시원해지고 싶어 땀에 젖은 옷을 벗고 밤이면 팬티만 입고 다녔다고 했다. 먹지 같은 하늘을 올려다보고 시원해서 참 좋다, 어둠에 대고 읊조렸다는 것이다.

"정글에서 맞은 것이 이슬비가 아니라 에이전트 오렌지라는 화학물이 살포된 거라고 누가 상상이나 했겠어."

큰아버지는 피부에 반점이 생기면서 가렵고 머리가 터지도록 아프기 시작했을 때 찾아간 병원에서 병명을 알았다고 했다.

회식을 끝내고 호텔로 돌아온 뒤로도 나는 뚜엔의 부탁을 거절한 것도, 귀에 익은 선율의 궁금증도 걸려 찜찜한 여운으로 쉽게 잠들지 못했고, 일행은 유흥의 열기를 식히지 못해 잠들지 못했다.

다음 날 나는 뚜엔의 표정을 은근히 살폈다. 별다른 동요 없이 태연하게 통역에 집중하는 듯 보였다. 다행이다 싶어 나 또한 잊고 기세를 몰아 사흘 뒤로 잡힌 폐기물과 신재생에너지에 대한 기술 설명회 준비에 심혈을 쏟았다.

다음 날과 그 다음 날의 빈 일정은 의기투합해서 남은 일정을 성공리에 끝내자는 의미로 호이안 구시가지와 다낭시를 돌아보자는 김 팀장 의견에 모두 환호했다. 무엇보다 뚜엔의 경기 일정과 맞아떨어져 통역에도 문제없다는 것도 다행이라 여겼다.

부스를 마무리하는데 뚜엔이 체육관에 가는 길이라며 다가왔다. 내일 있을 자신의 경기를 와서 봐줄 수 없겠냐는 부탁을 다시 건넸다. 내일 빈 일정을 뚜엔이 아는 터라 나는 순간 거절할 말이 떠오르지 않았다. 대체 저 간절한 눈빛은 무엇인지, 이쯤 되니 무슨 이유로 굳이 나에게 경기를 보여주고 싶어 하는지 한층 궁금해졌다. 결국 뚜엔과는 다음 날 경기장에서 만나기로 하고 헤어진 거였다.

경기가 시작된다는 장내방송이 창공으로 퍼져 나갔다. 나는 기이하게 장내방송을 듣기 시작하면서 긴장감이 치고 올라왔다. 뚜엔은 세 번째로 호명되어 폴의 뾰족한 끝을 위로 향하게 들고 앞으로 나갈 준비를 했다. 움직임을 놓치지 않기 위해 나는 눈을 부릅뜨고 뚜엔을 주시했다. 신호와 동시에 뚜엔은 몸을 곧추세우더니 큰 보폭으로 리듬에 맞추듯 달려나가 어느 지점부터 전력을 다해 내달렸다. 질주하는 동안 복근과 허벅지 근육이 마치 대평원을 달리는 말의 근육을 떠올리게 했다.

뚜엔은 순간에 폴을 지상의 한 점에 꽂고 휘어진 폴이 복원될 때의 탄성을 이용해 허공으로 솟구쳤다. 헤에잉, 휘어진 폴의 탄성 소리를 듣는 순간 나는 거짓말처럼 레스토랑에서 듣던 선율이 떠올랐다. 그리고 오래전 늦은 밤 텔레비전 화면 속에서 흘러나오던 선율이 끌려 나왔다.

해설자는 해금소리와 비슷한 마두금이라는 몽골의 생소한 전통악기를 설명하고 있었다. 그때 나는 높지만 신경질적이지 않고, 애잔하지만 서글프지 않은 마두금 선율은 몽골의 대평원의 세찬 바람과도 닮았다고 생각했다. 이상하게 나는 긴 세월 한 번도 말로 표현해보지 못한, 목까지 꽉 찼던 그 무엇을 건드려 준 기분이었다. 기억에서 풀려나온 선율은 화면을 가득 채웠던 대평원까지 끌고 나왔다.

마두금 연주를 떠올린 사이에 뚜엔은 첫 번째 시도를 무사히 마치고 하늘을 향해 주먹을 불끈 쥐어 올렸다. 나는 마두금 선율을 떠올린 것과 뚜엔이 무사히 바를 넘은 기쁨으로 주먹을 불끈 쥐어 허공으로 뻗어 올렸다. 뚜엔은 높이를 상향하고 2차 시도를 준비하는 듯했다.

화면에는 척박한 몽골의 대평원에서 어미 낙타가 히스테리하게 울부짖고 있었다. 낙타 주인은 어미 낙타가 며칠 전에 낳은 새끼를 돌보지 않는다며 울먹였다. 낙타 주인은 굶주려 죽어가는 새끼낙타를 위해 어미 낙타의 마음을 돌려볼 생각으로 마두금 연주자를 불렀다고 했다.

해설자는 〈몽골의 소리〉라는 곡은 어미가 낙타 새끼에게 젖을 물리지 않을 때 몽골에서 전통적으로 들려주는 선율이라는 거였다. 해설자는 마두금 선율이 유목을 위해 떠난 남편을 기다리는 몽골 여자의 흐느낌과 닮았다고도 했지만 나는 선율을 듣는 내내 어미의 품을 그리워하는 낙타 새끼의 애잔한 울음소리와 닮았다고 생각했다. 짐을 싣고 척박한 평원을 통과하며 생존본능을 위해 자신의 새끼를 돌보지 않는 것에 안타까움보다 새끼낙타의 불안한 눈동자가 내내 마음에 걸렸다. 놀랍게도 어미 낙타는 마두금 연주가 시작되자 새끼에게 젖을 물리며 급기야 눈물까지 흘렸다.

뚜엔은 공중에서 배 가까이 밀착했던 허벅지를 힘차게 펼치면서 휘었던 폴의 탄성을 이용해 공중으로 떠올라 움켜쥐었던 폴을 세차게 밀어내며 솟아올랐다. 나는 덩달아 움켜쥔 주먹에 흥건하게 땀이 고였다. 특별히 뚜엔을 응원할 마음은 아니었지만 막상 뚜엔이 허공으로 솟구치면 나도 대퇴부 근육에 불끈 힘이 들어갔다. 마두금 연주를 듣고 어미 낙타가 기적처럼 새끼낙타에게 젖을 물렸듯, 뚜엔도 휘어진 폴의 탄성을 듣고 거뜬히 바를 넘을 수 있었으면 하는 엉뚱한 생각이 들었다. 뚜엔이 바에 닿지 않고 매트리스에 안착하면 나 역시 힘을 주던 대퇴부 근육을 풀고 안도했다.

뚜엔은 다시 바 높이를 상향하고 도움닫기를 시작했다. 나는 힘 있는 도약을 하는 뚜엔을 보면서 인간 새를 본 듯했다.

새처럼 높이 날아오른 뚜엔은 완벽하고 우아했다. 뚜엔은 여유롭게 바를 넘고 스탠드로 고개를 돌렸다. 아니, 고개를 돌렸다는 것은 내 착각일 수 있겠다. 자신의 모습을 자랑하고 싶어 나를 불렀으니 내 쪽을 쳐다봤을 거란 생각에 어느새 나는 손을 들어 환호하고 있었다. 뚜엔은 허공으로 솟구치는 찰나에 무슨 생각을 할까, 갑자기 궁금해졌다.

세 번의 시도가 더 있었지만 아쉽게도 바를 건드려 경기를 마치면서 뚜엔은 내 쪽을 향해 두 팔을 들어 흔들어 보였다. 어찌나 활기 찬지 뚜엔의 모습 어디에도 경기에 대한 아쉬움은 찾아보기 힘들었다. 나는 더 이상 다른 선수들의 경기가 눈에 들어오지 않았다. 잠깐 한눈판 사이 뚜엔은 시야에서 사라지고 보이지 않았다. 지루한 시간이 흘렀다.

한 주에 한 번 조기축구팀에서 공격수로 뛰었다. 팀원들은 내 허벅지 근육을 쪼개놓은 장작 같다고 했다. 요 며칠 운동을 못 한 때문인지 몸이 찌뿌듯했다. 매일 찾던 헬스장 생각이 나기 시작하더니 몸에 힘이 들어갔다. 응원할 때와 달리 무더위에 하필 왜 나를 이곳까지 오게 한 것인지, 슬며시 화가 치밀었다.

선수들은 하늘을 향해 차올랐다가 몸이 바에 닿아도, 닿지 않아도, 결국 매트리스 위로 고꾸라졌다. 딴전을 피우다 봐도 결과를 알 수 있었다. 주먹 쥔 손을 들어 환호하면 닿지 않은 것이고, 조용히 일어나면 바를 건드린 거였다.

　나는 타원형의 스타디움 천장 밖 파란 하늘을 배경으로 비상하는 선수들을 뒤로하고 스탠드 뒤로 올라가 벽을 끼고 걷기 시작했다. 걷다 보니 걸음이 빨라져 가뿐하게 뛰고 있었다. 등줄기를 타고 땀이 줄줄 흘러내렸다. 여전히 뚜엔은 나타나지 않았다.

　큰아버지와 장난감 권총을 들고 매일 바닥을 기었다. 서로를 적군이라고 해놓고 안방과 건넌방을 오가며 총구를 들이댔다. 총구 앞에서 큰아버지는 기겁을 하며 허풍스럽게 쓰러져 죽은 척을 했다. 그러다 일어나 내 앞에 등을 디밀었다. 군인의 모습은 어디 가고 등짝을 씰룩거리며 요기조기 긁어달라고 보챘다. 등은 비포장도로처럼 오톨도톨 거려 긁기 싫었지만 큰아버지가 나와 놀아주는 대가라 생각했다. 결국 등짝에서 피가 흘러야 끝나는 일이었다.

　"싫어, 큰엄마한테 해 달라 그래."

　노골적으로 거절해도 큰아버지한테는 통하지 않았다.

　"등 긁어 주는 일은 같이 노는 사람끼리 해주는 거야."

　큰아버지는 매번 똑같은 대답을 했다. 큰어머니는 우리가 하는 전쟁놀이를 물끄러미 바라볼 뿐 참견도, 간섭도, 그렇다고 동참도 하지 않았다. 그런데도 나와 큰아버지는 놀이를 중단하고 흩어질 만큼 큰어머니가 어려웠다.

화장품 방문판매를 하면서도 큰어머니는 화장기 없는 맨얼굴로 다녔다. 밤이면 모나미153 볼펜으로 장부를 정리했다. 자다 깨면 여전히 장부 넘기는 소리가 사각거렸다.

두 권의 장부였다. 한 권에는 고객의 특성과 기억해야 할 기념일을 적고, 다른 한 권에는 외상값을 적었다. 외상값은 고객이 주겠다는 날짜에 어김없이 받아냈다. 매년 판매왕을 거머쥘 정도로 극성맞지만 겉은 파도 없는 바다 같았다. 나는 아침마다 큰어머니가 색색의 화장품을 가방에 챙기면 턱을 괴고 앉아 지켜봤다. 재밌으면 실컷 봐라. 요리도 잘했고 편안한 사람인데 품 안으로 끌어당겨 안아주지는 않았다.

어느 순간부터 나는 반복되는 큰아버지의 착착 발맞춰 걷는 놀이도, 방을 옮겨 다니며 두두두 쏴대는 기관총 놀이도, 큰어머니의 색색의 화장품도 시시해졌다. 그리고 가슴의 구멍이 걷잡을 수 없이 커지는 것을 느꼈다.

나는 철이 난 이후로도 이역(異域)의 화약 내 나는 밤하늘 아래 독충이 우글거리는 정글 속 늪지대를 기어가는 듯 눈을 감고 부르르 떨던 큰아버지의 모습이 떠오를 때마다 너무 많이 들어 내가 직접 전쟁을 경험한 듯 한 기분이 싫어 고개를 저었다.

"콩 볶는 소리가 들려 나갔더니 박격포 탄이 떨어져 부대원의 살점이 철조망에 날아가 붙어 있었어. 그게 누군지 아니?

고향 초등학교 동창이었어. 귀국 보름 전인데 먼저 귀국하면 내 부모님께 안부 전해준다던 친구였어. 그놈 따라 베트남에 파병 갔는데, 우연히 그곳에서 만났어. 천행이라 생각했는데 나를 두고, 나쁜 놈."

큰아버지는 오랜 세월이 지났음에도 밤이면 사지(死地)를 통과한 얼굴로 말했다. 나는 큰아버지가 두려움의 순간에서 벗어날 때까지 옆에 정물처럼 서 있다 서서히 피하기 시작했다. 큰아버지에게 나는 유일한 친구였다. 서로 상호작용을 하던 관계에서 내 쪽에서 더 이상 친구 안 하겠다고 선언한 거였다. 큰아버지는 포기하지 않고 부어오른 관절과 보기조차 거북한 피부를 보여주며 위로받고 싶어 했다. 그럴수록 나는 시들어가는 큰아버지를 사춘기 내내 멀리했다. 큰아버지 얼굴은 고모와의 갑작스러운 이별이 납득되지 않아 쩔쩔매던 내 얼굴과 닮아갔다.

고모의 결혼으로 큰아버지 댁으로 왔을 때가 내 나이 다섯 살이었다. 그치지 않는 고모의 눈물이 이별의 전조인지 몰랐다. 가는 내내 나는 고모의 눈물을 닦아주며 달랬다. 울지 마, 울면 바보랬잖아. 고모가 결혼과 동시에 미국으로 간 것은 학교에 입학하고 알았다. 죽도록 기다려도 오지 않아 분명 나를 버렸다고 믿었다. 누군가가 세계지도를 펴놓고 손가락으로 짚어가며 납득을 시켰더라면 금방이라도 고모가 대문을 들어설 것 같아 수시로 돌아보지 않았을 것이다.

부모님이 탄 차가 다리 난간을 들이박고 강으로 떨어진 사고에 대한 말은 좀 더 커서 들었다. 부모님에 대한 어떤 기억도 없었으므로 그들의 죽음이나 이별은 내게 경험하지 않은 전설처럼 다가왔다. 죽음이 그토록 긴 이별인지, 허무한 것인지 알 수 없는 나이었다. 죽음이나 이별이 무슨 의미인지 누군가가 설명해줬더라면, 엄마인 줄 알던 고모와의 이별 역시 준비시켰더라면 고모가 가버린 뒤 그렇게 애타게 기다리지 않았을 것이다.

고모가 내 편이라고 몸과 마음이 믿어 의심치 않을 때까지 곁에 있어주었더라면 지금껏 타인과의 관계에서 이별이 겁나 미리 도망가는 일은 없었을까.

걷는 것을 그만두고 제자리로 돌아왔을 때 뚜엔은 청바지와 흰 반팔 티셔츠 차림으로 나타났다. 샤워를 했는지 풀어헤친 젖은 머리칼을 손가락으로 반복해 쓸어내리는 것을 쳐다보는데 한 장면이 머리를 스쳤다.

지난해 이곳에서 열린 환경산업세미나 때 빽빽한 일정에 밀려 간신히 하루 일정으로 투본강 투어를 갔었다. 돌아오는데 강기슭에서 색색의 종이로 감싼 초를 팔고 있었다. 초에 불을 붙여 강에 띄우며 기도하면 소원이 이루어진다는 거였다.

나는 큰아버지에게 듣던 전투지에 묻힌 영령들을 위해 기도하며 초를 띄웠다. 그리고 사춘기에 마음으로 품지 못한 큰아버지에 대한 죄송함을 속죄하는 마음으로 초에 불을 붙여 띄웠다. 돌아서는데 강 건너 사는 소수민족이 깎아 만든 목공품을 샀었다. 젖은 머리를 길게 내려뜨린 뚜엔은 그때 샀던 검은 눈동자의 목각인형과 닮아 보였다.

"땀. 땀났어요? 왜 났어요?"

"기다리는 동안 좀 뛰었어요."

"그래서 흠뻑 젖었군요."

"지난해도 뚜엔 말하는 것 보고 우리가 모두 놀랐는데, 한국말 정말 잘해요. 운동선수보다 통역이 직업처럼 보여요."

"어려서 아버지에게 배웠어요. 나 여덟 살에 아버지 한국으로 갔어요. 엄마는 아버지를 만났을 때 낯선 사람을 대하듯 하면 안 된다고, 그래서 어려서부터 한국어를 열심히 배우게 했어요. 난 엄마하고 생각이 좀 다르긴 하지만요."

"아버지가 왜요?"

"아버지 한국 사람이에요. 냉동기술자로 이곳 지사에 오래 근무했대요."

나는 더 물어보려다 입을 다물었다.

이 땅에 도착해 한국 기업광고판에 먼저 눈이 갔었다. 정글 속에서 고향 쪽 별만 바라봐도 그리워 눈을 붉혔다는 큰아버지의 말처럼 뚜엔도 내가 한국 사람이라는 것만으로도 자신의 경기 모습을 보여주고 싶었을 마음이 조금은 이해됐다. 그렇다 해도 세 명의 연구원들이 더 있는데 왜 하필 나였을까, 그런 의문은 여전했다.

뚜엔이 갑자기 화사한 얼굴로 말했다.

"오늘내일 운동 안 해도 된대요. 아니, 이제 선수는 끝났어요."

나는 마땅한 위로의 말을 찾지 못했다. 잠깐 침묵이 흘렀다.

"김 팀장님 일행이 그곳이 좋아서 아직 떠나지 못하고 있다던데, 꾸아다이 해변에 같이 갈까요?"

"우선 배고파요. 밥 먼저 먹어요."

뚜엔의 대답을 들으니 갑자기 허기가 몰려왔다.

"어땠어요? 냐이 사오?"

"냐이 사오? 장대높이뛰기를 말하는 건가? 잘하더군요. 어디 소속이죠?"

"다낭 시 선수예요. 계약기간도 다 됐어요. 아버지 나라에서 한 번쯤 뛰고 싶었는데……."

나는 아쉬움이 역력한 뚜엔의 표정을 살피다 담배도 들어있지 않은 주머니를 괜스레 뒤적거리는 내 손을 한참 내려다보았다. 주머니 안에서 세미나 올 때 챙겨 넣었던 손목시계 하나가 잡혔다. 숫자판에 '유넥슨'이란 회사명이 인쇄돼 있는 노란색 바탕에 검정 로고가 새겨진 회사 광고용 시계였다.

"이거⋯⋯."

"뭔데요?"

"그냥, 별거 아녜요."

"와, 멋져요."

"그것밖에 없어서. 미안해요."

뚜엔은 시계를 손목에 대보고 가방에 넣었다. 아버지 나라에서 온 서른 후반의 남자, 더구나 따뜻하지도 못한 내가 무슨 말로 위로를 할 수 있을지, 망설여도 '미안해'밖에 생각나지 않았다.

뚜엔은 가방에 넣었던 시계를 다시 꺼내 손목에 차고 팔목을 돌려가며 살폈다.

"시계는 바늘을 돌려 시간을 맞출 수 있는 게 좋아요. 때로는 시간을 마음대로 돌이킬 수 있잖아요."

나는 말없이 웃어 보였다.

도로는 질주하는 스쿠터 행렬로 꽉 찼다. 스쿠터 물결 사이에 자전거도 섞여 있었다. 어디를 가도 스쿠터와 자전거가 삶의 고리처럼 연결되어 흘러갔다. 저 많은 오토바이가 어디로 가는 것인지, 무질서하게 다니는 듯 보였지만 밀물과 썰물 때처럼 질서 정연하게 들어왔다 빠져나갔다.

한참 만에 찾은 식당으로 들어갔다. 쌀국수는 쇠고기가 푸짐하게 올려져 나왔다.

"천천히 먹어요."

나는 급하게 먹는 뚜엔이 걱정스러워 한마디 했다.

"엄마는 고추소스가 들어간 퍼를 먹을 때 가끔 말해요. 아버지가 많이 좋아했었다고요."

오랜 시간이 지난 지금도 남편의 입맛을 기억하는 뚜엔의 엄마에게 뭐라 위로할 말이 떠오르지 않았다. 뚜엔과 나는 배가 고팠던 터라 얼마 지나지 않아 그릇을 비우고 밖으로 나왔다.

강렬한 태양을 피해 우리는 커다란 나무 밑으로 들어섰다. 점심을 먹은 직후라서인지 졸음이 몰려왔다. 나는 두 팔을 뒤로, 앞으로, 위아래로 뻗쳐 스트레칭을 했다. 준비운동할 때의 뚜엔처럼 제자리에서 통통 뛰어오르기도 했다. 그런 나를 뚜엔은 쳐다보고 웃었다.

"오또기 같아요."

"오뚝이 말인가? 그런 단어도 안단 말예요?"

"집에 오또기 있어요. 어려서 아버지가 사줬어요."

"지금도 아버지에게 배반감보다 그리움이 크단 말예요? 아직도?"

"……."

나는 뚜엔의 무구한 얼굴이 이해되지 않아 퉁명한 목소리로 '아직'이란 당치도 않은 단어에 힘을 줬다. 어떻게 잊을 수가 있겠는가. 그리워하는 일에 '지금'이나 '아직'이란 말을 쓰다니. 얼굴도 모르는 내 부모를 향한 그리움이 시간이 갈수록 커져 가는 내가 할 말은 아닌 듯했다. 뚜엔은 느닷없는 내 화난 표정에 놀란 듯했다.

나무그늘 밑은 바람 한 점 불지 않았다. 땀이 머리에서 얼굴로, 목덜미를 타고 등까지 흘러내렸다.

"땀, 아까 흘린 땀 보고 엄마 등의 땀 생각했어요. 좀 전에 어느 집 담장 위와 도로변의 나무에 걸려 있던 향로 신기하다고 했죠? 엄마도 매일 향 피우고 가족을 위해 기도해요. 햇볕 아래 엎드려 기도하면 땀이 등을 타고 흘러요."

"지금껏 한국으로 간 남편의 안녕을 위해 기도한단 말이죠?"

태양이 작열한 사원 뜰에 엎드려 기도하는 뚜엔의 엄마를 한국 어디쯤 있을 뚜엔의 아버지는 알고 있을까, 화가 치밀어 아까처럼 퉁명하게 말이 나왔다.

"아버지 나라에 가고 싶어 대표선수가 되고 싶었는데……, 이제 선수로는 끝이에요. 그래도 아버지는 만나고 싶지 않아요. 미워요. 그렇지만 기다리는 엄마를 위해 한 번은 만나고 싶었어요. 선수로 가서 아버지를 만나러 왔다고 인터뷰하고 싶었어요."

큰아버지가 고장 난 엘피판처럼 무한 반복했던 이야기가 생각났다. 전쟁터에서 화염 속에 갇힌 마을을 바라보며 흐느끼던 소녀 이야기 속 소녀처럼 뚜엔은 참았던 눈물을 뚝 떨어뜨렸다.

뚜엔이 지갑에서 사진을 꺼냈다. 그녀는 손가락으로 사진 속에 사내아이를 가리켰다. 사진 속에는 청색 반팔 난방의 젊은 남자가 사내아이와 여자아이를 안고 앉아 있었다. 그 옆에 금색 아오자이를 입고 머리를 길게 늘어트린 젊은 여자가 서 있었다.

"아버지가 데려갔어요. 아들이라고 데려갔어요."

시사프로에서나 볼 수 있던 일을 뚜엔의 입에서 듣게 되다니, 나는 말문이 막혔다. 뚜엔은 다시 눈물이 그렁그렁 돌았다.

"엄마는 아버지, 오빠, 보고 싶어 해요. 잠깐 다녀온다고 하면서 갔대요."

나는 사진 속 웃고 있는 사내아이 얼굴에 난 볼우물을 보았다.

"어? 이 아이도 보조개가 있네?"

"처음 보고 놀랐어요. 사진 속 오빠와 많이 닮아서요. 그래서 오빠한테 보여주듯 보여주고 싶었어요. 국가대표선수로 한국을 찾기는 어려울 것 같아서요."

왜 나에게 자신이 하는 장대높이뛰기를 보여주고 싶었는지, 일행 중에 꼭 나였어야 했는지 알 것 같았다. 나는 위로의 말을 건네고 싶었지만 마땅한 말이 떠오르지 않았다. 어떤 말이라도 그 긴 삶의 휘어진 여정에 위로가 되지 못할 것이란 생각도 들었다. 이상하게 마두금의 애잔한 선율이 다시 들리는 듯했다. 황량한 고비사막으로 퍼지는 마두금 선율이 새끼를 일 년 동안 몸에 품었던 어미의 본능을 깨운 것처럼 뚜엔의 아버지도 마두금 연주를 들었으면 하는 마음이 간절해졌다.

조금 전까지 몰랐는데 뚜엔의 안색이 하얗게 변해 있었다.

"안색이 영 안 좋아 보이는데 체한 거 아녜요?"

뚜엔은 고개를 끄덕이며 손바닥 가운데를 손톱으로 꾹꾹 눌렀다. 안색이 점점 창백해졌다.

"어, 한국에서도 체하면 그렇게 하는데 베트남에서도 그래요?"

"아빠가 그랬어요. 체하면 손바닥 가운데를 꾹꾹 눌렀어요. 사실 일 년 내내 체중조절을 해요. 배도 고팠지만 사주신 거라 맛있게 먹으려고 했는데, 죄송해요."

쌀국수 위에 수북하게 올라와 있던 쇠고기를 억지로 먹느라 체한 모양이었다. 나는 배를 문질러주는 대신 뚜엔의 등을 몇 번 쓸어내려주었다.

"나도 큰아버지가 체기가 있을 때마다 손톱으로 손바닥 가운데를 눌러주고 배를 문질러줬어요."

"다섯 살 때 앞니를 뺐는데 아버지가 그걸 지붕에 던졌어요. 한국에서는 그래야 빨리 새 이가 나온다고 믿는다죠?"

나는 웃음이 나왔다. 우리말을 하고, 하는 짓도 우리와 같은 뚜엔은 분명 한국 사람이었다. 뚜엔은 아직도 얼굴이 창백해 있었다.

약국은 눈에 띄지 않았다. 나는 급한 대로 조그만 가게에 들어가 청량음료를 사 뚜엔에게 건넸다.

일행은 바다를 좋아하는 김 팀장의 바람대로 쿠아다이 해변에서 찬 맥주를 마시며 태닝을 즐기고 있다는 거였다.

뚜엔의 체기 때문에 호이안 야시장에서 만나기로 했던 약속을 지키지 못하겠다고 하는데 전화 너머에서 일행의 농담이 흘러나왔다.

– 오지 마, 유부남들하고 놀아야 득 될 거 하나도 없어. 뚜엔이랑 데이트나 잘해. 어제도 들었던 농담이었다. 나는 뚜엔의 지나간 삶을 들어서인지 어제보다 더욱 뚜엔을 상대로 어떤 농담도 듣고 싶지 않아 호텔에서 만나자는 말을 남기고 서둘러 전화를 끊었다.

뚜엔의 집은 일행이 묵을 호텔 반대 방향이었다. 데려다주기 위해 탄 택시 안에서 그녀는 잠이 오는지 창문 쪽으로 머리를 돌리고 한동안 조용했다. 남쪽으로 내려갈수록 도로변에 쭉쭉 뻗은 야자나무가 가로수로 심어져 있었다. 도로는 한산했다. 속도를 내자 구름 한 점 없는 하늘이 점점 자동차 앞유리에 내려앉을 듯 다가섰다. 잔잔한 바다도 보였다,

"이곳 바다는 파도가 없어요. 그래서 몰래 흘리는 엄마 눈물 같아요."

뚜엔은 어느새 깬 모양이었다. 이별의 슬픔을 마음속에 묻

고 지내던 유년의 내 모습을 뚜엔이 대신 말해주는 듯했다.

뚜엔은 좀 전에 건네준 시계를 다시 꺼냈다. 오후 8시 50분을 가리켰다. 이곳은 한국보다 두 시간이 빠르니 6시 50분 일 것이다.

"시계가 두 시간이 늦을 거야. 시간 맞춰서 차도록 해요."

"한국하고 시간 차이가 난다는 생각을 못해봤어요. 두 시간의 차이는 얼마의 크기일까요. 거꾸로 가는 시계가 있어 우리 가족도 어느 시점으로 시간을 달려서 돌아간다면 어땠을까, 그런 생각 가끔 해요."

뚜엔은 두 시간의 간극(間隙)을 묻지만 딱히 내게 답을 바라는 얼굴은 아닌 듯했다. 한동안 침묵이 이어졌다. 침묵을 깨고 뚜엔은 체기가 해소된 듯 설핏 웃더니 집으로 가는 대신 멀지 않은 곳에 엄마가 장사하는 시장이 있다고, 그곳으로 가겠다고 했다.

뚜엔 엄마는 재래시장 끝나는 지점에서 작은 수레를 놓고 커피에 연유를 타 팔고 있었다. 어깨가 좁고 깡마른 편인데 강인해 보였다. 뚜엔은 간혹 내 쪽을 흘깃거리며 엄마에게 무슨 말인지 한참을 설명했다. 두 사람은 연신 고개를 주억거리며 내 쪽을 바라보았다. 뚜엔 엄마가 다가와 두 손을 내밀었다. 손은 거칠지만 촉촉했다.

"만나서 반가워요. 잘 생겼네요."

뚜엔의 엄마 역시 한국어 소통이 어렵지 않았다. 나는 그동안 누구랑 따뜻하게 손을 마주잡아 본 기억이 없어 얼굴을 붉혔다. 손을 마주잡고 바라보는 뚜엔 엄마의 눈가가 붉어졌다.

"우리 애한테 잘 해주셨다죠. 고마워요."

나는 지난 며칠 일을 머릿속에서 점검하기 시작했다. 경기를 와 달라는 부탁도 거절했다. 내 감정에 충실 하느라 친절하지도 못했다. 나는 어색해서 다시 고개를 숙여 인사로 대신했다.

큰어머니는 일정한 간격을 두고 서서 차근차근 타이르는 편이었다. 펄펄 뛰며 흥분하는 것을 한 번도 보지 못했다. 간혹 지금 뚜엔 엄마와 같은 온기가 그리웠다. 실수하면 등이라도 후려치고 품 안에 끌어안고 토닥여주기를 바랐다. 오래 기억 될 끈끈한 체온을 나눠줬으면 했다. 그랬더라면 타인에게 따뜻한 온기를 전하는 방법을 배웠을 것이다. 차지도 뜨겁지도 않은 내가 큰어머니를 진심으로 고맙게 생각할 때까지 다소 많은 시간이 걸렸다. 위태롭게 줄타기하는 나를 포기하지 않고 지켜봐 준 것은 큰어머니였다.

뚜엔 엄마에게서 커피에 연유를 타 얼음을 띄운 까페 쓰어 다란 차를 한 잔 받아 들고 돈을 꺼냈다. 나는 진심으로 찻값을 내고 싶었다. 내 마음과 달리 뚜엔 엄마는 여러 번 손사래를 쳤다. 내가 탄 택시가 모퉁이를 돌아 설 때까지도 투엔 엄마는 같은 자리에 오도카니 서 있었다. 나는 오래전 남편과 아들을 떠나보낼 때도 저런 모습이었겠구나, 짐작했다.

호텔로 가는 길은 생각보다 멀었다. 일행은 호이안 야시장을 돌아보고 식사까지 하고 올 예정이라고 했다. 뚜엔의 체기에 관한 말은 노골적으로 무시하고 내게 다른 꿍꿍이가 있어 보인다는 거였다. 내년 행사에는 국제커플이 탄생할 것이라 했지만 나는 뚜엔을 상대로 가볍게라도 농담을 하고 싶지 않아 그만하라고 처음으로 화를 냈다.

양 도로변에는 모내기를 마친 어린 벼로 연두색 물결이 이어졌다. 간혹 물이 넘실거리는 빈 논도 보였다. 우리와 달리 이양기로 모내기하는 모습은 어디에도 볼 수 없고 이따금 농나를 쓴 농부들 댓 명씩 한 줄로 서 손가락으로 벼를 떼어내 물속에 꽂고 허리를 펴는 풍광이 보였다.

알 수 없는 피곤이 몰려왔다. 택시 안은 점점 더워지면서 먼 거리를 다녀온 듯 나른했다. 택시기사는 한참 뒤에야 에어컨이 고장 난 사실을 겸연쩍은 표정으로 설명했다. 시원한 에어컨 바람을 쐬며 질주하는 일행이 탄 렌터카가 생각났다.

차창을 내렸다. 창을 통해 들어오는 바람도 후덥지근하기는 마찬가지였다. 찻길을 따라 같이 달리는 이름 모를 강에 뛰어들고 싶다는 생각이 간절해 졌다. 강물은 벌써 석양 때문에 붉어지고 있었다.

얼마를 달렸을까. 거리에는 어둠이 조용히 깔리기 시작했다. 애초부터 일행이 있기나 한 것인지 헷갈렸다. 호텔로 제대로 가고 있는지 문득 두려움이 엄습했다. 한참 뒤 네온사인이 켜진 상가 밀집지역을 지나가고 있을 때 전화벨이 울렸다. 팀장이었다. 야시장은 지금부터가 시작이야. 팀장은 어서 이쪽으로 오라고 재촉했다. 긴 설명 대신 이미 호텔 부근까지 왔고, 졸음이 몰려와 일찍 잠자리에 들 거라는 말을 남기고 서둘러 전화를 끊었다.

샤워를 마쳤는데도 여전히 피곤이 묵직하게 짓눌렀다. 쉽게 잠이 오지 않을 것 같아 텔레비전을 켰다. 이곳 쌀밥처럼 풀풀 날아갈 것 같은 언어가 앵커 입에서 쏟아져 나왔다. 해독이 불가능한 자막도 화면에서 꾸역꾸역 나왔다 사라졌다. 뜻도 모르는 뉴스를 한참 들여다보다 호텔방 커튼을 젖히고 창을 열었다. 밤 공기는 낮의 무더위에 비해 산뜻했다. 상반신을 어둠 속으로 깊숙이 내밀고 먼 곳을 바라봤다. 십 층 위에서 내려다본 아래는 어두워서 오히려 두렵지 않았다.

큰아버지가 지금껏 애증을 버리지 못하는 이 땅의 밤하늘은 한없이 평온하고 적막했다. 서울에서 볼 수 없었던 별이 총총히 빛을 발했다. 나는 밤 공기를 크게 들이켰다. 가까운 곳에 농장이라도 있는 것인지 갑자기 바람에 섞여 열대과일의

달콤한 냄새가 코를 자극했다. 멀리서 별이 하나 땅을 향해 내리꽂혔다. 하늘과 땅이 만났을 먼 지점을 한참 바라보다 씨발, 나는 밑도 끝도 없이 어둠에 대고 욕을 뱉어냈다. 처음 불러본 노래 가사처럼 생소했지만 목에 걸린 어떤 것이 빠진 듯 후련해졌다. 여행지에서 따로 여행 온 것처럼 흥분이 밀려왔다.

낮에 본 뚜엔의 장대높이뛰기처럼 세상 한 점에 폴을 꽂고 알 수 없는 어둠 속을 넘어서는 것이야말로 삶이 아닐까. 어둠을 바라보고 있으려니 점점 더 두터운 어둠 속으로 빨려들어갈 듯 아득해 왔다. 어둠을 오래 바라보는데 시작도 끝도 없고 기척 하나 없는 허공에서 높지만 신경질적이지 않고 애잔하지만 구슬프지 않은 마두금 선율이 들리는 듯했다. 그러나 정작 그것을 들어야 할 사람이 이곳에 없다는 것이 못내 아쉬웠다.

냉정한 세상,
외로운 인간을 보듬는 따뜻한 소설

— 이선우 소설 『오후 두 시의 친절한 이웃』

양진채 소설가

이선우 소설가는 베스트 드라이버다. 그녀의 운전은 부드럽고 단호하다. 언젠가 그녀와 지방을 다녀오는 길에 어린 시절 트럭 운전사가 되고 싶었다는 얘길 들은 적이 있었다. 뜻밖이었는데 듣고 보니 잘 어울린다는 생각이 들었다. 화물용 트럭을 거침없이 모는 그녀를 상상하는 일이 그리 어렵지 않았다.

어느 영화였을까. 서부영화에 나오는 농장을 관리하는 부인. 거침없이 일꾼을 부리고, 말을 타고 농장을 돌아다니며 총을 다룰 줄 아는 여자. 간결하면서도 먹음직스럽게 음식을 만들고, 큰일이 닥쳤을 때도 평정심을 잃지 않으며 햇볕에 단단하게 그을린 얼굴과 헝클어진 머릿결조차 다부져 보이는 그런 여자, 통이 크고 주변을 두루 보살피는 건강한 여자. 그러면서도 줄줄이 아이들을 데리고 노래를 부르는 여자. 그런 여자와 이선우 작가가 겹쳐지기도 한다. 현실에서 그런 모습을 직접 본 적이 없어 고개가 갸웃해지는데 그래도 왠지 그런 모습이 낯설지 않다.

이선우 작가의 소설을 읽을 때도 종종 비슷한 생각을 한다. 소설은 불완전한 삶에 휘둘리고, 때로는 뜻밖의 공포에 시달리며 인간이 어떻게 균열 되고 무너지는가를 보여준다. 노인의 무기력이나 고립된 삶, 소통의 부재, 어그러진 관계가 빚어내는 파국 등도 다룬다. 자칫 소설이 답답해질 수 있는데 작가는 그 순간 낱말이든, 비유든 엉뚱한 문장을 만들어 환기를 한다. 소설이 골방의 갑갑함이 아니라 초원의 바람을 떠올리게 한다. 아니다, 그녀가 좋아하는 강물이나 바닷물이 바위에 부딪혀 내는 물보라라고 하자. 이걸 소설의 건강함이라는 말로 대신할 수 있으면 좋겠다.

소설을 읽다가 이런 뜻밖의 상황이나 비유와 맞닥뜨릴 때 소설은 한층 다층적으로 읽히며 독자로 하여금 희열을 느끼게 한다. 그녀만이 쓸 수 있는, 그녀의 삶에 감춰진 엉뚱하면서도 천진한, 그러면서도 건강한 문장을 만날 때, 나는 이선우 작가가 과장하지 않고 직시하며 건강하게 살아온 연륜이 반영되었다고 생각한다.

이번 소설집에 실린 여덟 편의 소설 중 표제작이기도 한 「오후 두 시의 친절한 이웃」과 「토끼마켓」을 먼저 읽는다. 두 소설은 고립되거나 관계의 단절이 빚는 외로움을 그리고 있는데 그것을 두려워하면서도 맞서려는 의지를 발견할 수 있다.

인구는 점점 도시로 집중되고 변화의 속도를 따라가지 못하는 노인은 점점 퇴물 취급받는다. 중앙 집중화나 빠른 변화가 기준인양 시스템화되어 간다. 외곽은 슬럼화되고 노인은 고립된다. 언제부턴지 온라인 뱅킹이나 키오스크를 다루지 못하면 나이와 상관없이 이 사회에서 밀려나는 형국이다. 이런 현상은 점점 극단화되어 갈 테고, 기계화, 시스템화는 가속화될 텐데 더 나이를 먹는다면 어떻게 이 사회에서 살아남을 수 있을까 막막해질 때가 있다. '퇴물 취급'이라는 말 속에 살아온 삶에 대한 존중은 없다. 고립된 노인은 나약해져 점점 집 밖으로 나서길 두려워하게 될 것이다. 이 관계의 단절은 필연적으로 외로움이 뒤따른다.

「오후 두 시의 친절한 이웃」은 이 지점을 포착했다. 한때 직업군인이었지만 혈색을 잃어가는 노인은 활기 넘치는 누구라도 자신의 옆에 있었으면 하는 바람을 갖는다. 그 무렵 사내가 나타나고 처음엔 밥과 차를 나누며 농사에 관해 얘기를 나누었고, 추운 겨울날 이불을 덮은 듯 온기를 느꼈다.

그러나 사내는 술만 마시면 돌변했다. 노인을 교묘하게 위협했고 불안에 떨게 했다. 외로움을 덜자고 이웃에게 문을 열어준 결과가 두려움과 공포였다. 힘없는 노인에게 더 이상 친절한 이웃은 없었다. 이 현실은 절망적이다. 한두 번은 피할 수 있어도 결국 사내의 방문을 막아낼 방법이 없다. 노인은 두려움에 떨면서도 결국 사내와 맞서기로 한다. 사내를 요절내겠다고 보행기를 끌며 현관문을 연다. 거동이 불편한 노인은 마당에 쓰러진다. 눈보라만 노인의 몸에 쌓인다. 이 현실은 가차없다.

'이럴 때 사내라도 와줬으면 싶지만 오늘은 더 이상 사내의 방문은 없을 것임을 노인은 잘 알고 있었다'라는 마지막 문장이 세찬 눈보라처럼 가슴 속을 파고든다.

아파트 문화는 이웃과의 단절을 불러왔다. 아니다. 이제는 아파트를 넘어섰다. 사람들은 현실에서 서로 관계 맺기보다는 가상의 공간에서 훨씬 편안함을 느낀다. 익명이 가져다주는 편안함을 즐기고, 인간과의 관계에서 오는 피로 대신 반려동물을 키우며 갖는 즐거움을 더 좋아한다.

「토끼마켓」은 갱년기를 겪고 있는 여성이 주인공이다. 그녀는 다니던 어린이집이 폐원하면서 직장을 잃었고, 남편으로부터는 분명한 이유도 없이 별거 통보를 받는다. 불안정한 변화로 몸이 힘든데 거기에 직장을 그만두게 되고 남편까지 떠난다. 그녀가 의지할 사람은 아무도 없다. 그녀는 종종 토끼마켓이라는 중고 물품을 교환하는 사이트로 숨는다. 갱년기의 그녀와 중고물품을 취급하는 토끼마켓은 닮아 있다.

그녀는 심심하다고 무심한 듯 말한다. 그리고 마음먹는다. 자신의 삶을 더 심심하게 만들기로. 산책을 나간 그녀는 팔을 과도하게 휘젓는 여성들을 따라 하거나, 웨딩 촬영을 하는 여인에게 물병을 주거나, 유모차의 아이 얼굴을 들여다보는 등의 행동을 한다. 또 그녀는 온라인 중고매매 창에 들어가 물건을 사기도 하고 사는 척 대화를 시도하기도 한다. 그녀를 지탱하던 모든 것이 무너졌을 때 그녀는 심심함을 가장해 그 누구보다 소통을 갈망한다.

여보, 남편이 낮게 부르는 것과 동시에 그녀는 단숨에 와인잔을 비우고 내려놓으면서 아들 얼굴을 쳐다보았다. 아들은 남편과 비슷한 얼굴로 그녀를 바라봤다. 갑자기 그녀는 웃음이 터져 나왔다. 그만두려고 해도 웃음은 멈추지 않았다.

"엄마."

아들은 단호하고 낮은 목소리로 그녀를 불렀다. 사돈 내외는 농구공을 바닥에서 튕기는 것처럼 훅, 훅, 훅, 웃었다. 보기 좋으십니다, 했지만 얼굴은 보기 좋은 얼굴이 아니었다.

아들 결혼을 앞두고 사돈 내외를 만난 자리에서 갑자기 멈췄던 생리가 뭉텅 쏟아져 나오고 그녀는 웃음을 멈추지 못한다. 이 희극적인 장면은 「오후 두 시의 친절한 이웃」의 마지막 장면처럼 읽는 독자를 안타깝게 한다. 그러나 마지막 장면에서 그녀는 남편에게 먼저 원하면 이혼해주겠다는 말을 함으로써 고립을 뛰어넘어 홀로서기를 하려는 의지를 엿보게 된다. 다만 그 의지가 토끼마켓 속으로 다시 숨는 것으로 이어지지 않기를 바랄 뿐이다.

「오후 두 시의 친절한 이웃」과 「토끼마켓」이 노인과 갱년기 여성을 주인공으로 나약한 인간에게 닥친 단절과 그로 인한 불안을 얘기했다면 「빌라로부스 전주곡」은 외적인 공포로 삶이 흔들릴 때 인간이 얼마나 이기적인 속성을 가지고 있는지 보여준다.

굉음은 짧고 강렬했다. 개들이 놀라 마을 여기저기서 맹렬하게 짖었다. 미처 잠들지 못했거나 선잠을 자고 있던 사람들이 서둘러 불을 켜고 창밖을 내다보았다. 개 짖는 소리가 잦아든 뒤에도 마을 사람들은 굉음에 대한 상상으로 길고 불안한 밤을 보냈다.

어느 날 갑자기 마을에 거대한 싱크홀이 생긴다. 사람들은 언제 지반이 약화 되고 자신이 서 있는 곳이 무너질지도 모른다는 불안에 떤다. 빌라로부스 전주곡은 불안과 공포에 떠는 이를 달래주는 것이 아니라 소음이 되고, 마을 사람들 간에 보이지 않는 알력이 생기기 시작한다.

프랑스 추기경들은 탱고가 상대를 유혹하는 관능적인 춤이라 해서 신성 모독이라고 금기시했다는 거였다. 그러나 김의 탱고 연주 실력은 수도원 철문의 빗장이 열리고 외출하러 나온 수사들의 발걸음까지 경쾌하게 만들었다.

그들은 우주 비행사처럼 걸음을 떼었다. 파리 할머니와 뜻을 같이하는 몇몇은 엉덩이를 뒤로 빼고 오리걸음처럼 천천히 발을 떼어야 하중이 덜 가 안전하다고 했다. 금순 씨를 따르는 부류는 발바닥을 땅에서 빨리 떼고 달려야 안전할 수 있다는 거였다.

이런 해학적인 문장이 불안을 뚫고 빛을 발한다. 작가는 불안과 공포 앞에 극도의 이기주의가 돼가는 사람들의 변화를 보여주고, 기도만 하는 수도원이나, 마을에서 기르다시피 했던 해봉이 비 오는 날 싱크홀 주변을 위험하게 돌고 있는데도 그의 존재를 잊고 술을 한잔하러 가는 사람들의 아이러니를 앞에 놓는다.

그들은 훗날 마을에 평화가 찾아왔을 때 빗속에서 '비켜요, 비켜' 외치던 해봉을 떠올릴 것이다. 그때 그들은 어쩔 수 없었다고 다들 제정신이 아니었다고 말할 수 있지만 그런 생각만으로 온전히 해봉에 대한 죄책감에서 벗어날 수 있을까. 씽크홀이 메꿔져도 그들의 삶 어딘가에 뚫린 싱크홀에선 해봉의 비켜요, 비켜 외치는 소리가 들릴지도 모르겠다.

이선우 소설가는 타인에 대한 이해가 깊다. 이런 점은 소설 속 인물을 창조할 때 고스란히 드러나는데 특히 노인의 삶을 그릴 때 더욱 빛이 난다.

「오후 두 시의 친절한 이웃」도 노인이 주인공이고, 「소심한 복수가 아니었다면」과 「여름밤의 흑백영화」도 노인이 주인공이다. 노인의 삶을 섬세하게 그리면서도 함부로 감정이입을 하거나 과장하지 않는다. 나이 듦에 필연적으로 동반하는 나약함, 외로움에 집중하며 담담하게 서술해나간다. 그래서 오히려 울림이 크다.

「소심한 복수가 아니었다면」에 등장하는 자매는 모두 상처가 있다. 어쩌다 손자 딱풀을 떠안아 키우게 된 막내, 교통사고로 졸지에 타국에서 아들을 잃은 둘째, 치매가 오기 시작한 첫째. 이들은 둘째의 딸인 소영이 있는 중국으로 여행을 왔지만 모든 것이 여의치 않다. 걷기에 지치고, 밥을 먹는 일조차 힘들다. 손자는 공사장 소음에 발작을 일으키듯 소리를 지른다.

"어머, 여기서 사탕수수를 만나다니, 언니들 난 사탕수수 사 먹을래. 옛날 생각 하면서 먹고 싶어."

"나도 먹을래, 우리 어려서는 동네마다 사탕수수를 키웠잖아. 단물이 죽죽 나오는 게 얼마나 달콤 시원했다고."

첫째와 둘째도 신기한 듯 욕심껏 사탕수수를 바구니에 담았다.

집으로 돌아온 일행은 겉대가 벗겨진 사탕수수를 잘게 썰어 그릇에 수북이 담아놓고 씹어대기 시작했다. 단물이 목구멍으로 넘어가는 소리가 연거푸 세 사람 입 밖으로 새어나왔다. 세 사람은 엄지손가락을 척 올렸다.

그런 와중에 작가는 이런 광경을 펼쳐 놓는다. 해외에서 사탕수수 단물을 빨며 행복해하는 자매. 이 얼마나 놀라운 광경인가.

오리배는 잔잔한 호수 한가운데 떠 있었다. 멈춰버린 시간 속 여행처럼 가볍지도, 무겁지도 않게 시간이 지나갔다. 어느 순간 다른 오리배가 빠른 속도로 그들이 탄 배 옆을 지나갔다. 그들이 탄 오리배가 가볍게 출렁였다. 막내는 가벼운 출렁임이 싫지 않았다.

작가의 세계관이 드러나는 장면이다. 세상은 빠르게 변해

가고 자매의 기억은 조금씩 다르고, 또 막내는 누수공사 시공자에게 소심한 복수 차 해외로 나왔지만 산다는 건 출렁임을 견디며 각자의 속도로 갈 수밖에 없다고 말하는 듯하다.

「여름밤의 흑백영화」 역시 혼자 남은 노인을 다루고 있다. 그녀는 동네 여기저기를 기웃거리고 미군 부대 앞을 서성이며 옛날 극장 청소부로 일하던 시절을 그리워한다. 극장 청소부 시절 영화를 몰래 보던 장면은 허리가 굽고, 주름이 가득한 노인에게도 수줍은 처녀 시절이 있었음을 상기시킨다.

그녀가 쌀가게 점원이던 김만석의 자전거 뒤에 올라타 그의 허리를 꽉 잡은 채 내달리는 장면이 스크린에 펼쳐졌다. 얼마큼 내달리다 억새풀이 울창한 숲 앞에서 자전거를 세우고 입맞춤하던 때를 돌려보고 또 돌려봤다.

영화를 보며 자신의 영화를 돌려보는 장면은 독자로 하여금 고소한 팝콘 냄새처럼 부드러운 미소를 짓게 할 듯하다. '인생이란 무엇인지 청춘은 즐거워. 피었다가 시들면 다시 못 필 내 청춘' 노래를 부르는 만석을 따라 어깨가 들썩여진다. 생이 아무리 박복해도 그리 한스럽지는 않다는 생각이 들게 한다. 노래 속 청춘처럼 젊었던 한 시절을 돌이킬 수만 있다면 말이다.

이 소설의 가장 큰 장점은 배경에 있다. 미군 부대에서 일하던 시절, 극장 청소부였던 그녀를 그려내며 다른 소설과 확연한 구별을 짓는다. 또한 잠깐씩 등장하는 동네 인물조차 그냥 넘어가는 법이 없다. 작가가 창조해낸 인물이 아니라 다큐멘터리에 등장하는 동네 사람들 같다. 한두 마디 주고받는 말만으로도 이들의 삶을 짐작할 수 있게 장치를 해놓았다. 이 소설의 매력이라고 할 수 있다.

소설 중반부에 이르면 비가 쏟아지기 시작한다. 그녀는 죽으려고 저수지 아래로 내려가지만 죽음이 무서워 다시 올라온다. 그러나 종국에 그녀는 손전등을 밝히고 나가 싸리문을 힘껏 민다. 이 장면은 「오후 두 시의 친절한 이웃」의 노인이 마지막 현관문을 여는 장면과 오버랩 된다. 눈은 덮이고 아무도 찾아오는 이 없는 노인은 그렇게 생을 맞이할 것이다. 그녀 역시 이렇게 비가 쏟아지는 밤 남편의 마지막처럼 빗속을 헤매다 생을 마감할 것으로 보인다. 하지만 독자는, 만석이 그녀를 자전거를 태우고 가는 상상 속 영화의 장면이 그녀의 가슴 속에 오래 남아 있기를 빌게 된다. 소설 속 한 생에 대한 기도처럼.

「기서리에서 우리는」은 아버지의 사랑을 받지 못하고 자란 형제가 아버지와 살던 배다른 동생의 부음을 듣고 불우했던 어린 시절을 떠올리고, 그럴 수밖에 없었던 아버지를 이해하는 내용이다. 본처와 후처, 장애가 있는 형제 등의 관계는 다소 고전적인 인상이다. 하지만 문장은 그런 설정을 뛰어넘는다.

평생 뼈를 깎는 아픔을 겪어 웬만한 것은 일도 아니지 했지만 막상 뼈를 깎아 보니 만만치 않더라. 어머니는 퇴원하는 날, 뼈를 깎는 아픔이란 말에 아팠던 기억이 끌려오는지 얼굴을 찡그렸다.

"낚시터에 오는 사람들은 대부분 가짜들이 온다죠? 가짜 사업가, 가짜 선생, 가짜 정치가들……."
"가짜 많지. 그렇지만 상황은 가짜일 수 있다만 저 사람들까지 가짜는 아닐 게다."
아버지는 중얼거리듯 말을 흐렸다.

이런 문장은, 관계의 회복이 쉽지는 않지만 사람까지 가짜는 아니라는, 상황이 그렇게 만들 수는 있지만 자식들에게 향했던, 내보이지 못했던 마음은 진심이란 걸 우회적으로 전하고 있다.

앞선 몇 편의 소설이 노인 문제를 다루고 있다면 또 공통되게 저수지처럼 수렁 같은 공간이 등장한다. 「빌라로부스 전주곡」의 싱크홀로 급격하게 쏟아져 들어오는 빗물은 「여름밤의 흑백영화」의 저수지로 흘러드는 물과 겹쳐진다. 또 「기서리에서 우리는」에도 저수지가 주요 배경으로 나온다. 깊이를 알수 없는 깊게 파인 공간이 소설 속에 자주 등장한다는 것은 작가의 체험 속 공간일 확률이 높다. 그렇다면 작가는 왜 그 많은 공간 중에 저수지에 대해 쓰게 되는 것일까. 싱크홀 주변을돌며 비키라고 외치는 해봉, 저수지에 빠져 죽으려 했던 그녀,가짜 인생이 모여 낚시를 하는 저수지 낚시터를 운영하는 아버지. 이 소설집의 가장 큰 주제는 이 셋의 공통분모를 찾아가는 과정이 아닐까.

「그 밤의 연주」는 베트남 전쟁에 참전했다가 미군의 고엽제 살포를 온몸으로 맞았던 큰아버지와 사업차 베트남을 찾은나, 그리고 장대높이뛰기 선수로 선발돼 한국으로 가길 소원하는 뚜엔이 등장한다. 소설 속 나는 큰아버지에게도 뚜엔에게도 일정 거리를 유지하고 있다. 그리고 마두금이 등장한다.이 연주를 들으면 새끼를 돌보지 않던 어미가 눈물을 흘리며새끼에게 젖을 먹인다. 이 소설은 표면적으로는 영업과 통역,뚜엔의 장대높이뛰기 등이 등장하지만 이면은 마두금 연주라는 걸 알 수 있다.

신호와 동시에 뚜엔은 몸을 곧추세우더니 큰 보폭으로 리듬에 맞추듯 달려나가더니 어느 지점에서부터 전력을 다해 달렸다. 질주하는 동안 복근과 허벅지 근육이 마치 대평원을 달리는 말의 근육을 떠올리게 했다.

뚜엔은 순간에 폴을 지상의 한 점에 꽂고 휘어진 폴이 복원될 때의 탄성을 이용해 허공으로 솟구쳤다. 헤에잉, 휘어진 폴의 탄성 소리를 듣는 순간 나는 거짓말처럼 레스토랑에서 듣던 선율을 생각해 냈다. 어려운 숙제를 끝낸 듯 후련하고 기이했다. 그리고 오래전 늦은 밤 텔레비전 화면 속에서 흘러나오던 선율이 끌려 나왔다.

팽팽한 긴장감이 도는 아름다운 장대높이뛰기 묘사이다. 그러나 뚜엔은 어느 정도 높이에서부터는 번번이 바를 넘지 못한다. 이는 뚜엔이 장대높이뛰기 국가대표 선수가 되지 못한다는 걸 뜻한다. 뚜엔이 현실의 장벽을 뛰어넘긴 어려워 보인다. 그러나 작가는 폴의 탄성에서 나는 소리에 마두금 연주를 연결한다. 폴의 탄성이 뚜엔의 한국으로 가기 위한 염원이라면 마두금 연주에 눈물을 흘려야 하는 사람은 누구일까. 소설 속 나는 '마두금 연주를 듣고 어미 낙타가 기적처럼 새끼낙타에게 젖을 물렸듯, 뚜엔도 휘어진 폴의 울음소리를 듣고 거뜬히 바를 넘을 수 있으면 좋겠다는 엉뚱한 생각을' 한다, 에 그 답이 있을 것이다. 작가는 큰아버지를 고엽제 피해자이자 민간인을 사살한 죄책감을 가진 인물로 그렸다. 라이따이한의 뚜엔은 나에게서 오빠의 모습을 발견한다. 물론 오빠는 아닐 것이다. 그렇다면 뚜엔이나 뚜엔의 어머니가 그리워하는 그는 누구일까. 뚜엔의 아버지는 아니지만 비슷한 범법을 했을 것으로 짐작되는 큰아버지를 작가는 이렇게 묘사하고 있다.

> 큰아버지는 오랜 세월이 지났음에도 밤이면 사지(死地)를 통과한 얼굴로 말했다. 나는 큰아버지가 두려움의 순간에서 벗어날 때까지 옆에 정물처럼 서 있다 서서히 피하기 시작했다.

뚜엔의 장대높이뛰기처럼 세상 한 곳에 폴을 꽂고 알 수 없는 어둠 속을 넘어서는 것이야말로 삶이 아닐까.

지붕이 열리고 새들이 날아오른다. '먼 데서 아득한 종소리'가 들려오는 것이 아니라 귀청을 찢을 듯한 음악 소리가 들린다. 이 환상적인 곳은 돔 나이트클럽. 「안드로메다은하로 가자」 소설 속 무대이다. 나는 은하로 가자고 외치지만 실상은 이벤트로 날린 비둘기 중에 날아가지 못하고 안에서 헤매는 비둘기를 쫓는 신세이다. 룸에서 모욕을 당하는 수지를 구하지만 오히려 수지에게 뺨을 맞는 나는 '저수지와도 닮은 돔 나이트클럽' 관리팀원이다.

아버지를 주문처럼 달고 사는 아버지는 몸이 온전치 못하고, 나는 페달을 굴려 자전거를 타던 먼 시절이 그립다. '철이가 되어 수지와 은하철도 999를 타고 클럽 어딘가에 숨어 있는 문을 통해 안드로메다은하로 달려나가고 싶었지만 돔 안에서 잠이 든 비둘기를 보자기에 싸서 밖으로 나온 뒤 날려 보내는 것으로 대신한다.

꿈과 현실은 늘 충돌한다. 비둘기에 염원을 실어 날려 보내는 것이 고작이다. 그것도 힘겹게 잡은 비둘기가 아니라 돔 밖으로 도망치려다 지쳐 문 앞에서 잠든 비둘기이다. 꿈을 위해 스스로 앞으로 나아간 것이 아니라는 얘기다. 이 지점에서 이선우 소설가의 소설을 생각해볼 필요가 있다.

나약하지만 과감하게 앞으로 나아가다 생을 마감하게 되는 「오후 두 시의 친절한 이웃」과 「여름밤의 흑백영화」의 노인, 「소심한 복수가 아니었다면」의 출렁이는 저수지 한 가운데에서 흔들리는 배에 몸을 맡긴 자매들, 「토끼마켓」의 단호한 행동 뒤에 다시 토끼마켓의 알림을 듣는 그녀 등은 나약한 인간의 삶을 있는 그대로 보여주고 있다. 독자는 이런 나약한 인간의 모습에서 내 모습을 발견하게 되고, 어쩌면 우리는 '인간이란…' 말을 내뱉으며 삶을 다시금 생각하게 된다. 인간에 대한 깊은 이해가 빚어낸 이 소설이 갖는 힘일 것이다.

이선우 소설가의 소설은 근거 없는 희망으로 독자를 끌지 않는다. 가감 없는 현실은 삶이 동화가 아니라는 걸 여실히 보여준다. 그럼에도 이선우 소설가의 소설은 따뜻하다. 며칠 동안 쏟아진 폭설에 지쳐도 어느 순간엔 눈의 결정체에 마음을 뺏기는 것과 같다. 이 따뜻함은 세계가 아니라 사람에게서 나온다. 또한 그 사람은 이선우 소설가가 만든 엉뚱하면서도 순수하고, 그러면서도 삶의 깊이에 깊이 들어간 문장과 그 문장이 빚어낸 소설에서 기인한다. 이번 소설집에 실린 소설 편편이 아름답고 이선우 소설가만의 문장이 돋보여 기대가 크다. 다만 두 번째 소설집이라는 걸 감안하여 사족처럼 덧붙인다면 그녀의 삶과 닮은, 대평원을 뛰는 야생말 같은 좀 더 거칠고, 좀 더 과감하고 그러면서 뜨거운, 이 세상에는 없는 소설을 써볼 것을 주문해본다. 이선우 소설가라면 가능하리라는 생각이 든다.

청색지소설선 5

오후 두 시의
친절한 이웃
이선우 소설

초판 1쇄 발행 2022년 10월 31일

지은이   이선우
펴낸이   김태형
펴낸곳   청색종이
등록   2015년 4월 23일 제374-2015-000043호
주소   서울시 영등포구 문래동2가 14-15
전화   010-4327-3810
팩스   02-6280-5813
이메일   bluepaperk@gmail.com
홈페이지 https://bluepaperk.com

ISBN 979-11-89176-87-7   03810

이 도서는 한국문화예술위원회의 2021년도 아르코문학창작기금 지원사업에 선정되어
발간된 작품입니다. 저작권법에 따라 보호받는 저작물이므로 저작권자와 출판사의 허
락 없이 복제하거나 다른 용도로 사용할 수 없습니다.

값 13,000원